문학의 길을 가려는 그대,
꽃신은 신었는가

창작과 소통 총서 · 03

문학의 길을 가려는 그대, 꽃신은 신었는가

전국대학문예창작학회 편

도서출판 모시는사람들

길을 나서는 그대에게

1.

어느 낯선 시골에서 길을 물었습니다.

"저기, 산모퉁이 돌면 금방이오."

그의 말을 좇아 서둘러 산모퉁이를 돌았더니 또 산모퉁이가 있고 예상치 못했던 험한 고개가 막아섰습니다. 가도 가도 길은 끝이 없는데, 머리를 드니 하늘 흰구름이 앞서고 뒤따르며 부르고 있었습니다.

문학의 길도 대략 그런 것 같습니다. 갈 곳이 바로 눈앞에 있을 줄 알고 길을 재촉하지만 끝이 아스라한, 하염없이 걸어야 하는 멀고도 험한 길입니다. 아니 문학은 애초에 목적지 도착이 중요한 것이 아닙니다. 문학은 길 위에서 자신을 들여다보거나 이웃과의 통섭을 시도하거나, 들꽃이나 풀들이 함께하는 유유자적한 길입니다.

지금 우리는 그 길 앞에 섰습니다.

2.

이 책은 문학의 길을 가려는 이들을 위한 책입니다. 제1부는 강의실에서 들을 법한 창작론이고, 제2부는 오솔길에서 들려주는 이야기들이며 그 끝에는 추천 도서를 달았습니다.

3.

어제는 어슬어슬한 추위와 함께 찬 봄비가 내리더니 오늘은 연분홍빛 봄꽃이 부시도록 환한 세상입니다.

원래 이 책은 꽃이 피기 전에, 선득선득한 방에서 차분하게 길 떠날 채비를 하도록 기획했으나, 꽃들이 아우성치는 계절에 책을 내놓습니다.

문학을 향해 첫발을 내딛는 그대에게 이 책이 꽃신이 되었으면 합니다.

2013년 4월
전국대학문예창작학회장 채길순

차례

제2부 문예창작의 길을 가려는 이들에게

시가 가지고 있는 다섯 가지의 길

김희정 *

시를 쓰는 일은 지난하다. 시 쓰기를 처음 시작한 문학청년 시절에도 그렇지만, 쓰고 고치고 잘 되었나 읽고 또 읽어 보고 하는 일은 지금에도 별다르지 않다. 그래도 시를 어떻게 써야 제대로 쓰는 것인지, 내가 쓴 시가 최소한 어떤 시인지 쥐뿔도 모르고 막막하기만 하던 문학청년 시절보다야 지금 사정이 조금 더 낫다면 낫다. 그 시절에는 시 한편에 쏟아지는 사람들의 비판 한마디가 종종 이해되지 않았다. 내 시가 어떤 시인지도 잘 몰랐다. 덕분에 시창작법 책만 영어책 공부하듯 공부하기도 했다. 시인이나 교수들이 직접 자신의 경험담을 덧붙이고 이런 저런 이론을 가미해 가며 쓴 시창작법을 읽다 보면 나도 시를 잘 쓸 수 있을 것 같은 믿음도 생기고 끝 모를 자신감도 자랐다. 책에서 이런 시가 좋은 시다 하는 예를 들면 한참 읽어 보고 어, 나도 쓸 수 있겠는데, 하는 생각이 들어 비슷한 시를 써 합평을 받고는 했다. 그런데 꼭 그렇게 써서 합평 받은 시는 좋은 소리를 못 들었다. 책에서 좋은 시라고 말한 것과 별 차이도 없는 것만 같았는데, 매번 선배들

---

* 전남 무안 출생. 2002년 충청일보 신춘문예 당선. 2003년『시와정신』신인상 당선. 큰 시 동인. 시집:『백년이 지나도 소리는 여전하다』『아고라』『아들아, 딸아 아빠는 말이야』. E-mail: sandull@hanmail.net

은 쓴 소리만 뱉었다. 지금 돌이켜 생각해 보면 그 당시 나는 창작법에 관한 책을 읽기는 했어도 그 책을 전혀 이해하거나 체화하지는 못했던 것이다. 이론이라는 것이 시를 쓰겠다는 문학청년들에게 하나의 방향을 잡아주는 것은 분명하지만 그것을 자신의 것으로 만들어 주지는 않는다. 지금 내 시 쓰기를 돌이켜 생각해 봐도 이론을 먼저 알고 그에 맞춰 시를 썼다기보다는 시를 쓰다 보니 이론에 눈을 떴다는 말이 맞았다. 자신이 아는 만큼 보인다는 말처럼, 시창작법이라고 하는 것도 자신의 경험만큼 이해된다. 문학청년 시절에는 아무리 해도 내 시와 좋은 시의 차이를 알 수 없었는데, 세월이 흘러 계속 시를 쓰다 보니 저절로 그 당시 내 시가 어떤 시였는지 알게 되었다. 그것처럼 그때 그 책에서 교수님들이 했던 말들이 이제서야 아하, 그 이야기였구나 하고 알게 되는 것이다. 그러니 창작법 책을 쓴 교수님들만큼의 경험치가 없는 문학청년들에게는 그 책이 어떤 지침서가 되기보다는 그저 지나다 훑어보는 참고서에 불과한 경우가 많다. 또 교수님들이, 혹은 나이 든 시인들이 그냥 상식처럼 알고 생활 언어처럼 쓰는 문학 언어나 문학이론도 문학청년들에게는 마냥 생소해 그 책의 이해를 방해하기도 한다. 책에서 하는 소리도 무슨 소린지 모르겠는데 말조차 어려운 것이다.

이런 지난 경험을 돌이켜볼 때 내가 쓰고 싶은 시창작법은 단순하다. 무슨 거창한 이론이나 생소한 문학적 언어를 사용해 좋은 시란 이런 시다, 하고 논하기보다는 그리 길지 않은 십여 년 세월 동안, 시를 읽고 써 온 경험 속에서 내가 느낀 다섯 갈래 시 쓰기에 대해 차근차근 이야기 해 보고 싶다. 그 다섯 갈래 시 쓰기란 다음과 같다.

1. 첫 시 쓰기의 오류 – 설명으로 시 쓰기

대부분 시를 처음 쓰기 시작할 때 흔히 부딪히는 벽이 있는데 설명으로 쓰는 시와 관조로 쓰는 시를 구별하지 못한다는 것이다. 앞에서 나는 좋은 시 예시를 따라 비슷하게 쓴 내 시가 늘 혹평 받았다는 이야기를 했었다. 나는 내 시를 눈앞에 놓고도 내 시와 그 좋은 시 예시가 어떻게 다른지를 몰랐다. 왜 내 시가 이 시와 달리 형상화가 되지 않았다는 말을 들어야 하는지도 이해하지 못했다. 그 당시 나는 설명으로 쓴 시와 관조로 쓴 시를 구분할 수 없었던 것이다. 지금도 나는 첫 시 쓰기를 하는 후배들 시를 가끔 읽는다. 그리고 당시 내게 호되게 혹평했던 선배들처럼 말한다. 그러면 그 후배는 그 당시 나와 똑같이 내게 따진다. 왜 내 시가 다르냐고. 다른 사람에게는 다 보이는 것이 정작 써 온 자신에게만 보이지 않는다. 설명과 관조가 어떻게 다른지 말이다. 이렇게 문학청년들은 첫 시 쓰기에 입문한다.

2. 사물과 자신과 시 쓰기에 대해 중심 잡기 – 관찰로 시 쓰기

시 쓰기에 입문하고 몇 년쯤 쓰면서 혹평도 듣고 앞에서 말한 시 창작법 책도 꽤 읽고 하다 보면 이제 사물에 대해 좀 더 생각해 보게 된다. 사물이 어떤 모습을 하고 있는지, 숨겨진 모습은 없는지 보고, 그 모습이 자신과, 자신이 하고 싶은 말과 어떻게 어우러지는지 생각해 보게 되는 것이다. 말하자면 이제야 시에 대해 올바로 알게 되는 셈인데 누가 직접적으로 이렇게 써라, 하고 문학청년들에게 가르쳐 주지 않는 한 처음부터 이 단계에 접어드는 것은 어렵다. 사물의 특징을 잡아내 그 안에 자신의 감정을 이입하는 것인데, 보통 시 쓰기 입문자는 자신의 감정을 시에 풀어놓기만도 바쁘기 때문이다. 여기서 나아가 좀 더 깊게 관찰하고 사유하면 관조시가 태어날 수도 있는데, 그 경지까지 논하기에 아직 문학청년들의 경험이 가쁘다. 시의 연륜뿐만 아니라 삶의 연륜도 필요한데다, 아무래도 먼저 사물을 관찰하는 데에 익숙해지지 않고는 관조시를 턱 하니 쓰기 어렵다.

3. 풍성하고 미려한 시 쓰기 – 상상으로 시 쓰기

상상으로 시 쓰기라고 하면 무슨 SF 시같이 허황한 것을 쓰는 것이냐고 오해하기 쉽겠지만 천만의 말씀이다. 이 상상력으로 시 쓰기는 앞서 관찰로 시를 쓰는 일에 능숙해진 사람만이 구사하는 기술이다. 앞서 사물을 관찰하는 일에 능숙해진 사람들이 관찰로 알게 된 사물의 특성에 자기 특유의 상상력을 더하고 감정을 이입해 쓰는 시이기 때문이다. 이 정도의 경지라면 이제 시 쓰기를 혼자 어느 정도 할 수 있는 힘과 능력이 있다고 평가할 수 있다. 우리가 신춘문예 당선작품으로 보는 시들이 대부분 이런 시다. 진짜 시 쓰기의 출발선상에 선 것이다. 사물의 특징을 잡아내고 거기에 덧입히는 상상력이 얼마만큼 능숙하고 참신하느냐에 따라 신춘문예의 당락이 결정된다. 잊지 말자. 시에서 상상밖에 보이지 않는다 해도 좋은 상상력은 날카로운 관찰에서 출발한다.

4. 능숙한 시 쓰기 – 관찰과 상상을 넘나들며 시 쓰기

이제 상상으로 시를 쓰는 일에 능숙해졌다면 시 쓰기의 기본은 되었다. 하지만 어느 분야든 그렇겠지만 기본을 하는 것으로 실력이 있다고 말하지는 않는다. 장인은 기본을 능숙하게 구사하며 자신의 영역을 구축한다. 시인은 단지 관찰로만 시 쓰기, 상상으로만 시 쓰기가 아니라 관찰과 상상을 넘나들며 자신의 시를 완성한다. 이런 시를 쓸 수 있을 때가 되어야 시인이라는 이름이 부끄럽지 않아진다.

5. 자기완성으로 가는 시 쓰기 - 관조를 통한 시 쓰기

관조를 통한 시 쓰기는 문학청년들이 쓰기도 어렵고 구별하기도 쉽지가 않다. 관조라는 것을 사전적인 의미로 보면 고요한 마음으로 사물이나 현상을 관찰하거나 비추어 보고 난 뒤 쓰는 시이다. 사물을 통찰하는 힘이 있어야 한다는 뜻인데 그것은 삶의 경험이 우러나올 때 사물을 보고 찾아낼 수 있다. 많은 문학청년들이 설명적인 시를 쓰고 관조시라고 우긴다. 가끔은 시인들도 그런다. 그만큼 쓰는 당사자가 관조시와 설명시를 구별하는 일은 어렵다.

내가 십여 년의 세월을 통해 얻은 시의 갈래는 이렇다. 하지만 단지 앞서의 몇 줄 설명만으로는 내 말이 무슨 뜻인지 이해하기는 어려울 테니 이제 각 갈래의 시에 대해 직접적인 예문을 통해 알아보고 생각해 보자.

1) 설명으로 쓰는 시에 대해 생각해 보기

먼저 설명으로 쓰는 시가 왜 좋은 시가 될 수 없는가 하는 것부터 생각해 보자. 우선 설명으로 쓰는 시가 어떤 시인지 알아보자. 예전 문학청년 시절 문학동아리 신입생을 받아 보면 꼭 학교 앞에서 베스트셀러 시집이라고 놓고 파는 누구누구의 시를 읽고 시인의 꿈을 키웠다는 학생이 있다. 시도 꼭 자기가 읽은 그대로 쓴다. 그렇게 쓰면 안 된다고 몇 번을 말해도 이해를 못한다. 그게 왜 나쁜 시냐고 묻는다. 왜 나쁜 시냐고? 예술이라는 것은 어떤 활동을 통해 정신의 고양을 추구하고 자신의 삶을 돌아보게 하는 데에 그 목표가 있다. 그래서 아무리 완성도가 높아도 전단지나 광고를 보고 예술이라고 말하지 않고 상업미술이라고 한다. 소설도 상업소설 혹은 장르소설은 예술이라고 하지 않는다. 시도 마찬가지다. 정신의 고양이나 자신의 삶을 돌아보게 하는 예술의 기본 역할을 하지 않는다면 그 시는 상업시라고 불르거나 시가 아니라고 해야 한다. 그런데 그 학생이 읽던 베스트셀러 시집에는 오직 감정의 고양만이 있었다. 그 학생이 쓰던 시에도 오직 그 학생의 감정만이 풀어져 있었다. 아무리 예쁘게 꾸며져 있는 시도 그 알맹이가 없다면 좋은 시가 아니다. 물론 시라고는 읽지 않는 시대에 그런 시라도 읽어 주면 시인으로서 고맙다. 그런 시가 가교 역할을 해서 그 학생도 문학동아리를 기웃거리지 않았는가. 그 이후에 어떤 시가 좋은 시인지를 가르치는 것은 주위 사람들의 몫이니 말이다. 또 그 학생처럼 그런 베스트셀러 시를 읽는 문학 소년소녀들이 이해는 된다. 실상 주위에서 좋은 시를 접하는 일도 쉽지 않다. 교과서에 실린 시도 대부분이 관조시라 그런 사정을 부추긴다. 베스트셀러 시는 말이 쉽고 아름답고 청소년의 여린 감정과 쉽사리 동화된다. 하지만 거기까지다. 좋은 시는 읽고 또 읽을 때마다 깊이가 다른데, 그런 시는 몇 번을 읽어도 같다.

　　당신을 진심으로

　　사랑했습니다

　　당신 없는 세상

　　저는 그림자만 남았습니다

　　해가 떠오르면

　　그림자 없는 저를 발견합니다

당신이 떠난 그 순간

저의 존재도 사라지고 말았습니다

기다려도 오지 않는 당신

어디에 있는지

바람에게 물어보고 싶지만

대답을 들을 수 없습니다

당신, 알고 있나요

당신이 내 곁에 있을 때

기쁠 때 웃고

슬플 때 울 수도 있었다는 것을요

내가 세상에 살고 있는 이유를

찾을 수 있었다는 것을요

− 김희정, 「존재의 의미」

얼핏 보기에 한용운 시 같은 느낌이 나지 않나? 예시를 위해 본인이 간단히 만든 시다. 위에 인용된 시와 유사한 시들은 인터넷 여러 사이트에서 볼 수 있다. 아름다운 풍경이나 그림에 시를 넣어 블로그나 카페에 올린다. 이 시는 읽는 데 전혀 어렵거나 불편하지 않다. 그냥 쉽게 읽히고 감정도 선명해 곧 마음에 와 닿는다. 특히 감정이 샘솟는 청소년들에게 말이다. 하지만 좋은 시인가 생각해 보자. 시에서 이별과 사랑, 존재의 이유 같은 단어를 썼는데 단어의 의미 이상의 시의 의미가 없다. 단지 일기장을 공들여 쓴 것과도 같다. 일기장에 다른 사람이 참견할 여지가 없는 것처럼 이 시에는 독자가 들어갈 자리가 없다. 독자가 들어갈 자리가 없다는 이야기는 다시 말해 독자가 이 시를 읽고 무언가 생각해 볼 거리가 없다는 이야기다. 슈퍼마켓 전단지를 읽고 물건 가격 이상의 의미를 찾을 수 없는 것과 같다. 슈퍼마켓 전단지가 인생의 무상함이나 자본주의의 불평등함, 사회의 불안 같은 것을 되돌아 생각하게 해 주지는 않는 것처럼 이 시도 시 언어 이상의 의미를 독자가 생각해 보게 해 주지는 않는다. 결국 읽으면 읽을수록 시가 지겹고 공허해진다. 감정이 예민한 청소년들만이 주로 읽는 이유가 여기에 있다. 모르는 사람이 길바닥에 앉아 누구야, 하고 애인 이름을 부르고 울면 청소년들은 놀라고 좀 슬프겠지만 어른은 금세 술 먹었구나 하고 외면하는 것과 같다. 어른에게 그런 일이란 자기도 해 보고 다른 사람이 하는 것도 숱하게 본 일상인 것이다. 그런데 이런 시나 1920년 1930년대 시를 좋은 시라 생각하는 문학청년들이 의외로 많다. 처음부터 관찰로 쓰는 시가 좋은 시라는 것을 알면 좋은데 워낙 주위에 접하는 시가 다 관조시 아니면 설명시다. 덕분에 대부분의 문학청년들이 이런 시로 시 쓰기를 시작하는 것은 하는 수 없다.

그런데 이런 경우 말고 또 달리 설명으로 시를 쓰는 경우가 있다. 4~50대까지 좋은 시를 쓰다 공부와 사유가 부족하여, 쓰기는 하지는 자신은 관조시라 우기고 다른 사람들은 설명으로 쓴 시라고 비판하는 시다. 이런 시들이 시집으로 엮어져 나오면 당혹스럽다. 오랜 시간 시를 쓰면서 늘 좋은 시만 쓰기는 어렵다. 때로는 타작(惰作)도 나오고 때로는 졸작도 나온다. 시를 쓰면서 독자나 시인들에게 언제나 인정받을 수 없다는 것은 시인이라면 누구나 알고 있지만, 예전의 시만큼 좋은 시를 쓰지 못하는 시인을 만나 작품 이야기를 할 때면 정말 곤혹스럽다. 당신의 이번 시는 설명시라고 말을 했다가 다시는 우연히 길거리에서도 마주치지 않게 된다. 이런 경우를 겪을 때마다 시를 쓰는 일은 끊임없이 공부하고 생각하는 일이라고 새삼 생각하게 된다.

2) 관찰로 쓰는 시에 대해 생각해 보기

앞서 설명으로 쓰는 시에 대한 예를 통해 나는 자신의 감정을 몇 개의 단어로 설명하는 시는 잘 쓴 일기와 다르지 않다고 말했다. 그럼 어떻게 써야 좋은 시일까. 무조건 자신의 감정을 표현하지 말아야 하는 것일까. 그건 분명 아니다. 시는 시인이 느낀 어떤 감정을 독자의 마음에 와 닿을 수 있도록 몇 개의 단어로 풀어 놓는 일이다. 그런데 얼핏 듣기에 앞에 말한 설명으로 쓴 시와 별 달리 들리지 않는다. 하지만 두 가지는 분명히 다르다. 어디가 다르냐면 감정이 아니라 '독자의 마음에 와 닿을 수 있도록'이라는 부분이 다르다. 단지 '나'만이 있는 설명시와 달리 진짜 시라는 것은 시의 맞은편에 혹은 어느 한 곳에 독자의 자리가 존재한다. 그럼 어떻게 시 안에 독자의 자리를 만들고 그 독자의 마음을 움직이게 할 수 있을까. 이 지점에서 보통 시창작법에서 이야기하는 '객관화'가 등장한다. 우리 식으로 단순하게 말하자면 내 감정이 내 감정에서 끝나게 하지 않고 다른 사람에게 동의를 구하는 것이다. 말하자면 이런 일이다. 친구들과 수다를 떨 때, '짜증나 죽겠어.' 하고 끝내는 것과 '내가 이런 상황에서 짜증이 났는데, 다른 누구도 그런 일을 당하고 짜증이 났다더라. 이런 일은 없어져야 하지 않겠어?' 하고 말하는 것은 분명 다르다.

그럼 시에서는 어떻게 이런 객관화를 할 수 있을까. 친구들과 수다 떨 때처럼 누구도 그랬더라 하고 시에서도 말하면 좋겠지만, 그런 식의 시를 쓰면서 만담이 되지 않기란 굉장히 어렵다. 그래서 등장하는 게 바로 사물을 통해 자신의 감정을 객관화하는 일이다. 사물을 관찰하고 그것에 자신의 감정을 연결하는 일이 시 쓰기의 가장 기본이 되는 것도 바로 그 때문이다.

어린아이가 몸을 뒤집으려 수백 번을 뒤척이는 것처럼 시를 쓰는 일도 그렇다. 처음엔 어려워도 온갖 사물에 대해 생각해 보고 느껴보는 일을 수없이 하다 보면 어느새 자신의 감정을 사물에 빗대 생각하고 시를 써 보는 일에 익숙해진다. 뒤척이기만 하던 아이가 어느새 몸을 뒤집어 기고 걷는 것처럼 말이다. 그러면 이제 관찰로 쓴 시 한 편 들여다보자.

> 보일러 새벽 가동중 화염투시구로 연소실을 본다
> 고맙다 저 불길, 참 오래 날 먹여 살렸다 밥, 돼지고기, 공납금이
> 다 저기서 나왔다 녹차의 쓸쓸함도 따라나왔다 내 가족의
> 웃음, 눈물이 저 불길 속에서 함께 타올랐다.
>
> 불길 속에서 마술처럼 음식을 끄집어내는
> 여자를 경배하듯 나는 불길에게 일찍 붉은 마음을 들어바쳤다
> 불길과 여자는 함께 뜨겁고 서늘하다 나는 나지막이
> 말을 건넨다 그래, 지금처럼 나와
> 가족을 지켜다오 때가 되면
>
> 육신을 들어 네게 바치겠다.
> ─ 이면우, 「화염경배」

시인이 보일러를 관찰하고 그 불길과 자신의 삶을 연결해 쓴 시다. 시인은 보일러 화염투시구를 들여다본다. 새벽, 사람들은 모두 잠이 들어도 사람들을 위해 보일러는 멈추지 않는다. 보일러 안에 불꽃이 피어야 건물이 따뜻해지고 일하는 사람이 추위에서 해방된다. 저 뜨겁게 타오르는 불꽃이

시인의 가족에게 밥이 되고 반찬이 되고 아들의 공납금이 된다. 보일러에서 타오르는 불꽃은 웃음과 눈물이다. 가족을 지켜주는 것이 다른 무엇도 아닌 이 새벽 저 불꽃이다. 시인은 그 불꽃에 때가 되면 시인의 몸을 바치겠다고 말한다. 스님이 죽으면 다비식을 하는 것처럼. 그들에게 있어 산다는 것은 한 줌의 재로 돌아가는 과정이다. 연소실 구멍을 들여다보는 마음을 표현한 이 시에서 수십 년 참선수행을 하다 세상을 떠나는 큰 스님의 모습이 엿보인다.

이면우 시인은 보일러공이다. 그는 일을 하며 보일러에서 타오르는 불꽃을 보았을 것이다. 보통의 보일러공이라면 그냥 불꽃이 잘 타고 있구나 하는 생각만 했겠지만 시인이자 보일러공인 이면우 시인은 연소되는 불꽃을 통해 자신의 삶을 되돌아본다. 불교의 경전인 화엄경을 통해 삶을 깨달은 것이 아니라 보일러 연소실을 통해 삶을 통찰한다. 이면우 시인을 만나면 삶의 바탕 위에서 시를 써야 한다는 말을 자주 듣는다. 이런 관찰의 힘은 '삶이 곧 시이고 시가 곧 삶'이라는 이면우 시인의 말에서 그대로 드러난다.

3) 상상으로 쓰는 시에 대해 생각해 보기

상상으로 시를 쓴다고 말하면 무슨 SF 소설 같은 시를 생각할지도 모르겠다. 하지만 천만의 말씀이다. 관찰로 쓰는 시에서도 이야기했지만 시란 시인의 감정을 독자의 마음에 닿게 하는 일이다. 그런데 실체 없이 허황한 시로 그런 일이 가능할 리 없다. 그럼 대체 어떤 게 상상으로 시를 쓰는 일일까? 관찰을 통해 쓰는 시보다도 더 감이 안 잡히는 일이니 우선 그런 시 한 편을 들여다보자.

엄니는 늘 잇몸 아프셨네

등잔불에 벌겋게 달군 못을

입 속에 넣어 썩은 이빨 달구셨네

이놈의 이빨 다 부숴버려야지

찔레꽃 지는 밤

아버지는 울분처럼 타오르고

내가 잘 치던 풍금의 검고 흰 이빨들이

우수수 쏟아져 내렸네

이제 그 잇몸 아프지 않아도 되겠네

달군 못에 혓바닥 데지 않아도 되겠네

씹는 둥 마는 둥 대충 삼키는 엇 박의 음정들이

쓸쓸함마저 거두어간 빈방에서

홀로 오물거리고 있네

                        - 육근상, 「풍금」

쉰이 넘은 시인이 상상을 통해 쓴 시다. 시인은 이빨을 풍금이라고 말한다. 풍금과 이빨은 아무런 상관도 없지만 시인의 상상력만으로 하나의 묶음이 되었다.

시를 한번 살펴보자. 이 시에서 시인의 엄마는 치통을 앓는다. 아버지는 아내의 고통에 분통을 터트리며 다 부셔버리겠다고 분노한다. 그런데 가만히 보면 아버지의 분노는 단지 치통에 대한 분노가 아니다. 치통 같은 생활고, 혹은 현실에 대한 분노이고 무력한 자신에 대한 분노이다. 우수수 떨어지는 건반으로 보인 엄마의 이빨, 그 이빨로 음식을 씹는 엄마의 모습을 시인은 엇 박의 음정이라고 표현한다. 이렇듯 분명 엄마의 이에서 시작한 시이지만 시인은 시에 풍금을 엮어 넣었다. 단지 가난 때문에 치료하지 못한 어머니의 이를 관찰로만 썼다면 별 재미가 없었을 시가 풍금이라는 상상으로 풍성해진 것이다.

4) 관찰과 상상을 넘나들며 쓰는 시에 대해 생각해 보기

앞에서 언급했듯이 시인은 기본적으로 관찰을 바탕으로 시를 쓴다. 사물을 바라보는 관찰의 힘은 시인에게 없어서는 안 되는, 공기와 물 같은 것이다. 시인에게 관찰력이 있기에 그 사물을 관찰해서 그 사물의 특징을 잡아내고, 그 사물에 숨겨져 있는 이면을 찾아 상상도 할 수 있다. 앞에서 언급한 '풍금'이라는 시도 관찰이 없었다면 상상을 동원하지 못했을 것이다. 시인이 갖추어야 할 것이 많고 많지만 그중에서도 기본이 관찰이다. 관찰을 통해서만 사물과 이야기를 나누고 현실과 소통이 가능하기 때문이다. 이제 시를 한 번 살펴보자.

길 잃은 단풍들

시월의 숲을 보았는가 백 년 전 외쳤던 그 목소리가 메아리로 산다 숲길은 삭정이만 남아 더 이상 푸른 잎을 잉태하지 못했다 시베리아 기단을 등지고 남하하는 가지 사이로 나부끼는 붉은 깃발들 소멸과 싸우는 시간을 알리려 봉홧불처럼 산봉우리를 태운다
나무에 매달린 늙은 잎들, 꿈의 애착에 파르르 떤다 투쟁을 연상시키는 바람의 출정가는 잎들을 매장한다 탈색된 수많은 혁명가들 하얗게 질려 각혈을 하다 나무 품으로 돌아간다 혁명을 좇다 산산이 부서진 잎들 저 잎들이 봄의 새싹으로 태어나기까지 나무는 추운 겨울을 보내야 한다

혁명은 늘 한 발짝 늦게 숲에 온다, 그래서 나무가 춥다

　　　　　　　　－김희정, 「붉은, 시월」

　우리나라에는 사계절이 있다. 매년 가을이면 이 땅에서 단풍이 물들고 떨어진다. 그즈음 우리 엄마 아버지들은 단풍이 가장 곱다는 산을 찾아 단풍놀이를 간다. 지친 삶을 단 하루 단풍구경으로 풀 수는 없지만 나는 그날 하루만이라도 단풍을 보며 그분들의 꿈을 생각하는 시간이 되기를 소망한다. 그런데 그것과 별개로 시인인 나는 이런 단풍을 통해 지난 시절의 혁명가를 떠올린다. 바람에 떨어져 가는 붉은 단풍의 모습이 마치 세월이 지나고 쓸쓸히 스러져가는 옛 혁명가의 뒷모습 같다. 마치 추운 겨울을 홀로 견뎌야 하는 것이 나무의 운명인 것처럼, 그들의 운명도 꼭 그런 것만 같아 마음이 애잔하다. 너른 시베리아 벌판을 건너오는 추위가 단풍잎 하나하나를 떨굴 때마다, 백 년 전 이루지 못한 러시아혁명의 붉은 깃발이 떨어지는 것 같고, 바람이 불에 타듯 붉은 산을 한 번 휘저을 때마다 삭정이 같은 나무가 진혼이 섞인 낮은 투쟁가를 부르는 듯하다. 시린 바람에 지난 혁명은 떨어져도 내년 봄이 오면 새 생명은 자란다. 이 시에서 시인인 내게 나무란 혁명이고 생명이고 꿈이다. 나무와 낙엽, 계절에 대한 관찰을 통한 사실이 혁명이란 상상을 부르고 다시 사실과 상상이 어우러지며 하나가 되었다가 관찰을 통한 사실로 이 시는 마무리된다. 이렇듯 시라고 하는 것은 단지 하나의 방식으로 쓰여지는 것이 아니라 시인이 능숙해지면 능숙해질수록 여러 단계의 기본기를 오고가며 쓰이게 된다.

5) 관조를 통해 쓰는 시에 대해 생각해 보기

　시인이 되어 가장 쓰기 힘든 시이지만 가장 쓰고 싶은 시가 바로 관조를

통해 쓰는 시다. 처음에도 말했듯 이 시는 바로 수행하는 승려마냥 자기완
성으로 가는 시이기도 해서 어지간한 삶의 연륜과 통찰 없이는 쓰기 어렵
다. 삶의 모든 희로애락을 내려놓고 정갈한 마음으로 사물을 바라보는 것
에서부터 시작한다는데, 어지간한 경륜으로는 이미 그 시작부터 실패다.
그래도 세상 떠나며 그런 시 한 편 남겨 놓을 수 있다면 정말 행복할 것 같
다. 그럼 정말 쓰기 힘들다는 관조시 한 편을 감상해 보자.

> 내려갈 때 보았네
> 올라갈 때 못 본
> 그 꽃
>
> —고은, 「그 꽃」

    우리나라에 시조가 있다면 일본에는 하이꾸가 있다. 시인이 누구인지
언제 썼는지 알 수 없는 시들이 대부분인데, 한 줄 두 줄인 아주 짧은 시가
폐부를 찌른다. 이런 시를 두고 촌철살인(寸鐵殺人)이라고 하나 보다. 읽다
보면 나도 이런 시 한 편 써 보고 싶다는 욕심이 무럭무럭 자란다. 고은 시
인의 '그 꽃'이란 시다. 아주 짧은 시인데, 그 상황이 모두 눈에 그려지듯
선하다. 올라갈 때에는 힘이 들어 못 보던 꽃이 내려올 때에는 보인다는 시
인의 말. 누구나 경험해 본 일이고 아는 일인데, 시인이 그 꽃에 집중하는
순간 산은 단지 산이 아니고 꽃은 단지 꽃은 아니게 됨으로써, 그 일상의
경험은 마음을 움직이는 시가 되었다. 또 스스로의 욕심을 내려놓으라는
선답이 되었다. 무척 간단해 보이는데도 이런 시를 쓰는 일은 쉽지 않다.
단지 몇 마디의 단어와 집중을 통해 중의적인 의미를 눈에 보이듯 그려내
는 일은 어지간한 기술이 아니다. 수십 년간의 단련과 통찰, 그리고 마음을

비우는 시인의 경륜이 있을 때에만 가능한 경지인 것이다. 시인이면 언젠가는 쓰고 싶은 한 편의 시. 이런 경지까지 가기에 시인에게는 시간이 필요하다. 그 주어진 시간을 어떻게 통찰해야 하는지는 결국 시인의 몫일 수밖에 없다. 좋은 시를 쓴다는 것, 좋은 시인이 된다는 것에는 시인의 생이 통째로 필요하다.

시를 쓰는 동안 시가 어떤 모습으로 발전해 가는지, 몇 편의 시를 통해 시의 갈래를 살펴보았다. 하지만 시라는 것은 이론대로 딱 나누어떨어지지 않는다. 앞서도 이야기했듯 시를 쓰다 보니 이러이러하더라 하고 분류도 하는 것이지, 처음부터 이론을 만들어 놓고 자로 재듯 그것에 맞추어 시를 쓰는 일은 없기 때문이다. 어쨌든 나는 내가 습득하고 느낀 대로 문학청년 시절부터 시작한 시 쓰기가 어떤 과정을 통해 나아가는지 풀어놓았다. 수차례 말했듯 절대 착각하지 말자. 게임에서 레벨 업을 하듯 설명으로 된 시를 쓰다 갑작스레 관찰로 된 시만을 쓰는 일은 없다. 관찰로 된 시와 설명으로 된 시를 마구 섞어 쓰며 혹독하고 지난한 합평과 고치기를 반복하다 보면 어느새 관찰로 된 시 쓰기에 익숙해지기 때문이다. 이것은 다음 단계로 나아가는 일에도 마찬가지다. 하지만 시를 쓰는 일에 시인마다 고생했던 관문이 다르고 어려움을 느끼는 부분도 달라서 그 어려움을 헤쳐나간 기술은 백인백색, 수도 없다. 어휘력이 모자란 누구는 국어사전을 통째로 놓고 필사하고, 누구는 합평에 목숨을 걸고, 누구는 세상 온갖 시를 다 가져다 읽고. 문학청년들이 직접 시인들을 만나 이런 창작 과정을 묻고 듣는다면 지금의 내 글보다 더할 나위 없이 좋은 창작 경험이 될 듯싶다.

시를 어떻게 써야 할까. 첫 시를 쓰는 문학청년들을 놓고 스스로에게 되물어본다. 시의 모습은 세월이 흐를 때마다 조금씩 달라졌다. 어떤 때에는 마구 해체된 것처럼 보이는 시가 유행하기도 하고, 또 어떤 때에는 고통스런 현실이 가득한 시가 회자되기도 했다. 하지만 시는 시다. 세월이 흐를 때마다 시를 쓰는 시인들의 경험이 달라지듯 그 모습은 바뀌어도 언어를 통해 독자의 마음을 움직이고자 하는 시의 본질만은 달라지지 않았다. 시의 본질에 대한 생각과 시 쓰기에 대한 각오. 나는 문학의 길에 들어선 청년들이 이것만은 잊지 않고 고민해 보았으면 싶다.

하지만 나 역시 이 글을 끝마치면서도 시를 어떻게 써야 좋은지 아직 자신이 없다. 내가 지금 좋은 시를 쓰고 있는 것인지도 모르겠다. 그저 적어도 나쁜 시는 쓰지 말아야지 하고 마음에 새긴다. 내게 흡족한 시가 독자의 가슴도 울릴 수 있을지, 모든 선후배 문인들이 고민하듯 나 역시 고민한다. 좋은 시를 쓴다는 것은 어떤 창작 방법론을 읽어 할 수 있는 일이 아니다. 시를 읽고 많은 경험을 하고 그리고 그 경험에 대해 생각해 보고, 세상에 따뜻한 시선을 떼지 않을 때 시가 내게로 오지 않을까, 그저 나는 생각해 본다.

시인은 기본적으로 관찰을 바탕으로 시를 쓴다.

사물을 바라보는 관찰의 힘은 시인에게 없어서는 안 되는,

공기와 물 같은 것이다.

시 창작론

민병기*

1. 시의 본질

시의 본질은 무엇인가? 시는 무엇으로 이루어졌으며, 그 특성은 무엇인 가? 이러한 문제에 단정적으로 정의를 내릴 수는 없다. 이러한 질문은 한마 디로 정의하기가 불가능한 것이 그 속성이다. '시 정의의 역사는 오류의 역 사다.'라는 엘리엇(Eliot, Thomas Stearns, 1888-1965)의 말이 그 속성을 잘 대변해 준다. 간단하게 정의하기가 불가능한 것이 시의 본질이더라도, 그 정체를 밝히려는 노력은 언제나 계속되고 있다.

시란 무엇인가? 이 소박한 질문에 가장 확실하게 대답할 수 있는 것은 시가 언어의 구조물이라는 사실이다. 그러면 시는 그것을 구성하는 언어의 집합 그 자체인가 아니면 언어의 구조물에 담긴 정서와 의미인가? 시는 시 글(poem)과 시정신(poetry)으로 간단하게 구분될 수 있는 성질의 것인가? 존재론적으로 시의 본질을 추구할 때, 시는 언어의 집합 자체인가 아니면

---

* 을유년 충남 홍성에서 태어나, 고려대 국문과 학·석·박사학위 받음. 시인지로 등단. 시집 물방울의 꿈(도서출판 경남), 저서 정지용(건국대 출판부)·현대작가작품론 (집문당)·한국의 영상문학(문예마당) 편저 신춘문예당선우수시100선(문예마당) 등. 현재 창원대 국문과 명예교수.

언어의 구조물이 환기시키는 정서적인 반응이라는 심리 현상인가? 시는 그중 하나인가? 전부인가? 이러한 질문을 답하기 위하여 한 편의 시가 좋은 예가 된다.

산에는 꽃이 피네
꽃이 피네
갈 봄 여름 없이
꽃이 피네

산에
산에
피는 꽃은
저만치 혼자서 피어 있네
산에서 우는 작은 새요
꽃이 좋아
산에서 사노라네

산에는 꽃 지네
꽃이 지네
갈 봄 여름 없이
꽃이 지네
　　- 김소월, 「산유화」

이 시에서 생산자인 시인(素月)과 전달 매체인 글자(言語)와 소비자인 독자(여러분)와의 관계를 살펴보자.

　78자 16행 4연으로 구성된 이 언어의 구조물에 소월이 표현한 정서와, 최종 소비자인 독자가 이것을 읽고 느끼는 심미적 정서는 다르며, 또 독자마다 다른 정서를 느낀다. 소월이 표현한 의미와 정서를 M0라고 하고, 전달 매체인 언어의 구조물을 C라고 하고, 독자가 받는 각각의 의미나 정서를 M1, M2, M3……라고 가정했을 때, 이는 다음과 같은 도표로 설명될 수 있다.

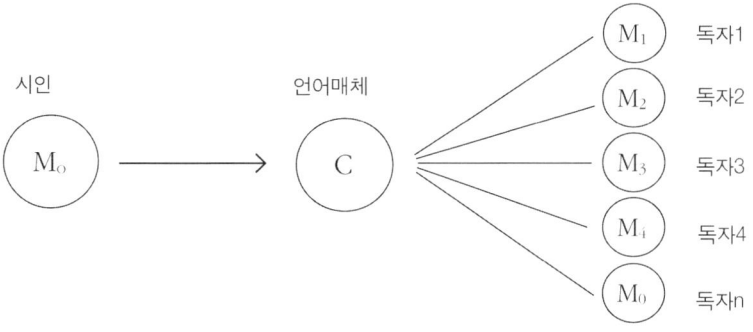

　위의 도표에서 C에 소월이 표현한 것이 M0인데, 한 독자는 꽃이 피고 지는 과정 속에서 우주의 질서와 생명의 원리(M_n)를 각기 달리 느낄 수도 있을 것이다. 이때 문제는 이렇게 독자마다 C를 읽고 느끼는 정서나 의미가 각기 다를 때, 이 시의 의미는 무엇이며, 이 시의 정체는 무엇이냐 하는 점이다. C에다 작가가 이미 표현한 의미(M0)보다도 오히려 중요한 것은 C를 읽고 느끼는 독자들의 의미나 정서(M1, M2, M3, M4……Mn)다. 또 M0보다 독자들이 느낄 수 있는 정서나 의미의 총화 $\sum_{i=1}^{n}$ M1가 크다는 점이다. 후자는 C가 지닌 정서와 의미의 자장이요, 시의 육체(C)에 깃들인 시의 혼이다. 여기서 시가 영혼과 육체를 지닌 살아 있는 생명체임을 확인한 셈이다. 이 사실은 시가 시대와 문화의 공간에 따라서 변모, 발전한다는 점에서도 드러난다. 예를 들면 향가는 당시 신라인들이 느낀 바와는 상당히 다르게 오늘날의 독자들에게 읽힐 뿐만 아니라, 신라인들이 시라고 생각했던 것과 현대인이 시라고 생각하는 것 사이에는 상당한 차이가 있다.

시가 영혼과 육체를 가진 생명체로 시대에 따라 진화한다는 사실로 시의 본질이 밝혀졌다고 볼 수는 없다. 시의 본질과 그 특성을 살피기 위해 다른 장르와 시를 비교해 볼 필요가 있다. 시를 다른 장르와 비교해 볼 때 가장 큰 특징은 리듬을 지니고 있다는 점이다. 또 시는 언어 예술 중에서 다른 장르보다 언어 자체에 의존하는 속성이 강하다는 점이다.

1) 시의 정의

시란 무엇인가? 이에 대한 해답을 얻기 위하여 동서고금의 문헌 속에 시가 어떻게 언급되었으며, 시에 관한 논의가 어떻게 전개되었는가를 살펴보자. 동서양을 막론하고 시에 대한 논의의 양상이 너무나 다양하므로, 체계화를 위하여 에이브럼즈(M.H.Abrams)의 4가지 분류법에 따라 살펴보자. 그는 『거울과 램프*The Mirror and the Lamp*』에서 다음과 같은 좌표를 설정하고 있어서 관심을 끈다.

앞의 도표에서, 작품을 우주와 관련시키는 것이 모방론, 독자와 관련시키는 것이 효용론, 시인과 관련시키는 것이 표현론, 그 자체를 논하는 것이

존재론(객관론)이다. 좀 더 구체적으로 논의해 보자.

아리스토텔레스(BC384-BC322)의 "시는 율어에 의한 모방이다."라는 말은 모방론의 대표적인 주장이다. 모방론은 문학이 인생과 우주를 모방, 재현한다고 보는 입장에 선다.

시드니(Philip Sidney, 1554-1586)의 "시는 가르치고 즐거움을 주려는 의도를 가진 말하는 그림이다."라는 말은 효용론의 대표적인 경우가 되겠다. 효용론은 문학작품이 사회 대중에게 어떤 영향을 미치느냐를 중시한다. 시가 즐거움을 주되, 이 즐거움은 궁극적으로 교훈적 의미를 지녀야 한다는 시드니의 이 주장처럼, 시가 독자 다수에 미치는 교육적 · 실용적 영향과 그 가치를 중시하는 것이 효용론의 기본 입장이다.

워즈워스(William Wordsworth, 1770-1850)의 "시는 넘쳐흐르는 감정의 힘찬 발로다."라는 말은 문학작품을 작가의 개성적인 감정을 표현한 것으로 보는 입장이며, 이것이 표현론이다. 표현론은 이와 같이 작품을 작가의 독특한 정신의 표현으로 보는 것이다. 이는 예술가 자신이 예술작품과 그것을 평가하는 기준을 산출한다는 관점을 대변한다.

하이데거(Martin Heidegger, 1889-1976)의 "시는 언어의 건축물이다."라는 말이나, "시는 모든 발화(發話) 중 최상의 완전한 형식이다."라는 주장은 존재론의 입장이다. 존재론은 문학작품을 사회, 독자, 작가로부터 분리시켜 진공의 상태에서 작품을 독립된 존재로 보는 관점이다. 예술작품을 인간과 사회의 문맥 속에서 다루지 않고, 순수한 객관적 입장에서 그 자체의 구조를 중시하는 관점이다. 시에 대한 논의가 어떻게 전개되었는지 좀 더 구체적으로 살펴보자. 동양에서는 효용론에 바탕을 둔 공리주의적 시관(詩觀)이 중시되어 왔다.

子曰 詩三百 一言而蔽之曰 思無邪

　　　　　　　　　—「論語・爲政篇」

詩言志 歌永言 聲從永 律和聲

　　　　　　　　　—「書經・舜典」

詩者 志之所之也 在心爲志 發言爲詩

　　　　　　　　　—「詩經・大序」

　시를 사(思)의 정도(正道)로 보거나 뜻(志)의 표출로 보거나 지(志)의 발언(發言)으로 보거나 간에, 공리적 가치를 중시하는 효용론이 동양 시관의 주류를 이루어 왔음을 발견하게 된다. 이러한 흐름을 우리나라도 그대로 따르고 있다. 다음 예에서 구체적으로 확인된다.

夫詩 以意爲主 設意最難綴辭次之

　　　　　　　　　—李奎報

詩者小枝 然或有關於世敎, 君子宜有所取之

　　　　　　　　　—徐居正

不愛軍憂國非詩也 不傷時憤俗非詩也

　　　　　　　　　—茶山

　시에서 뜻(意)을 중요시한 이규보의 주장이나, 시의 기교적 가치에 의의를 둔 서거정의 말이나, 우국충정의 사상을 담지 않으면 시가 아니라는 다산의 주장은 모두 시의 공리적 가치에 치중하는 효용론적 관점이다. 이상과 같이 고대 중국이나 우리나라의 시관이 교훈적 효용론에 바탕을 두고서 발전·계승되어 왔음을 확인할 수 있다. 그러면 서양 현대 시관은 어떻게 전개되어 왔는지 살펴보자.

시는 가장 행복한 심성의 최고 열락의 순간을 표현한 기록이다.

  －Shelley

좋은 시는 내포(內包)와 외연(外延)의 최원의 극단에서 모든 의미를 통일한 것이다.

  －A.Tate

시는 정서의 표출이 아니라 정서로부터의 도피이며, 개성의 표출이 아니라 개성으로부터의 도피다.

  －T.S.Eliot

이러한 견해들은 모두 현대시를 새롭게 보는 시각으로 시 창작법을 언급한 것으로 표현론의 관점이다. 따라서 고대에는 시의 효용론적 가치를 중시했으나 현대 시론에서는 표현론적 가치를 중시한다는 것을 알 수 있다.

이상과 같이 시에 대한 논의를 살펴보았으나, 시의 본질이 밝혀진 것은 아니다. 또한 다양한 시의 정의를 살펴보았지만, 시의 본질에 관한 만족할 만한 결론에 도달하지도 못했다. 다만, 고대의 시론에서는 효용론이나 모방론의 관점을 중요시하던 것이, 현대시로 오면서 표현론과 존재론의 관점에 비중을 두는 쪽으로 발전해 왔다는 사실을 알 수 있었다. 그러면 시의 본질을 밝히기 위하여 시의 구조를 살펴보자.

2) 시의 구조

시의 구조적 특징의 하나는 다층적 성층 구조를 지닌다는 점이요, 또 다른 하나는 유기적 동적 구조로 존재한다는 사실이다. 다층적 성층 구조란 시가 언어와 심리적 체험과 의미의 상호작용에 의해 불가시적으로 존재하는 추상적 구조물임을 의미한다.

시는 개인적인 발화로부터 시작되는 현실태로서의 성격을 지니는 것이다. 또 시는 시간과 공간의 변화 속에서 차츰차츰 개방되는 또는 획득되는 의미체라고 볼 수 있다. 따라서 시는 시인의 창작 과정에서 완성되는 것이 아니라 해석과 비평이 가해짐으로써 완성되어 가는 유기적인 동적 구조물이다. 시가 창작 과정과 독자의 소비 과정 속에서 어떻게 완성 또는 소비되는지 그림을 통해서 살펴보자.

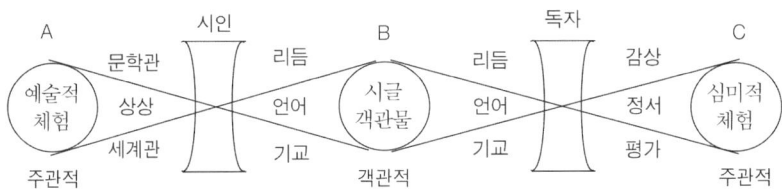

위의 그림에서 A는 시인의 창작 과정 속에 존재하는 추상적인 의미체다. 이는 한 편의 시를 쓰고 싶은 충동과 시로 표현하고 싶은 의미와 사상이다. 이것을 예술적 체험이라고 할 수 있다. 이것은 시인의 마음속에 존재하는 의미체로 주관적 세계에 속하며 문자나 소리의 매체로 형성되기 이전의 것이므로 어둠 속에 존재하는 그 무엇이다. 이것이 언어를 통하여 시의 모습으로 형성되고 객관화되는 과정에서 시적 장치나 리듬의 통제를 받으며 굴절된다. 언어의 구조물(B)은 객관적 세계에 존재한다. 이 구조물은 객관적 유기체로서 정서와 의미의 자장을 띠고 있다. 이것이 독서 체험을 통하여 감상, 평가되며 독자의 마음속에서 정서의 체험으로 환원된다.

시는 시인의 예술적 체험에서 시작하여 언어를 매체로 객관화되었다가 다시 독자 개개인의 정서적 심미 체험으로 완결된다. 이 작품은 읽는 사람과 시대에 따라 각기 다르게 파악된다. 시는 언어의 구조물이면서 동시에 정서와 의미의 구조물이지만, 이 의미 구조는 건축이나 조각처럼 일정한 공간을 점유하는 불변의 상태에 머물러 있지 않고 시대와 독자에 따라 다르게 파악되는 동적인 성격을 띠고 있다. 독자의 의식은 사람마다 다르고 시대에 따라 변하므로 동일한 언어 구조로 되어 있는 시라고 해도 그것의 의미는 독자에 따라서 조금씩 다르게 파악되는 것은 당연하다. 언어 구조(B)는 동일하지만 이것을 읽고 느끼는 독자의 서정적 체험은 각기 다르다. 시는 언어 구조물이면서도 의미 구조물이라는 양면성을 띠고 있다. 언어 구조는 불변의 성격을 띠고 있으나 의미 구조는 가변적 성격을 띠고 있다. 의미 구조란 추상적인 정서의 의미망이라는 불가시적 구조를 말한다. 이것은 언어 구조에 구속을 받으면서도 늘 언어 구조를 초월한다. 이것이 시의 양면 구조적 성격이다. 이상의 논의를 토대로 시의 구조적 성격을 압축해 보면 다음과 같이 결론지을 수 있을 것이다. 즉, 시는 유기적 동적 구조물이며, 불변적이면서 가변적이요, 가시적이면서 불가시적이라는 양면적 이중 구조물이다.

3) 시와 리듬

시가 음악과 깊은 관계에 있는 것은 그 발생적 기원에서 비롯된 결과다.

시는 원래 노래 형식이었다. 시가 원시 종합예술의 형태에서 분화·독립될 때는 원래 노래였다. 동양 최고의 시집인『시경(詩經)』이 민간에 전승되어 오던 민요를 모은 것이었다는 사실이나, 서양의 서정시(lyric)가 본래 노래를 지칭하던 말이었다는 사실이 이를 말해 준다. 또 우리나라 고대 시가인 「구지가」도『삼국유사』에 보면 사람들이 함께 불렀던 노래였다는 사실이 드러나 있다. 또 향가나 속요나 시조 등의 경우도 가창의 흔적을 보여주고 있다. 명칭 자체가 '시가'(詩歌)라는 점에서도 노래와 시가 구분되지 않았다는 사실을 발견할 수 있다. 이렇게 노래의 형태이던 것이 후에 가사가 악곡으로부터 분리되어 오늘날과 같은 시로 발전하였다. 따라서 시는 다른 장르와는 다르게 음악성을 지니고 있다. 이 음악성을 우리는 리듬이라고 할 수 있다. 우리는 시란 개인의 정서나 느낌을 리듬에 따라서 표현하는 비교적 짧은 글이라고 생각한다. 그러면 리듬은 무엇인가? 리듬은 운율(韻律)을 뜻하며, 운율은 운(韻)과 율(律)의 합성어로, 운이란 비슷한 소리의 규칙적인 반복을 의미한다. 다른 말로 압운이라고도 하는데 두운, 각운, 요운, 자음운, 모음운 등으로 세분된다.

> 꽃가루와 같이 보드러운 고양이의 털에
> 고운 봄의 향기가 어리우도다.
> 금방울과 같이 호동그란 고양이의 눈에
> 미친 봄의 불길이 흐르도다.
> ─이장희, 「봄은 고양이로다」

> 내 마음의 어딘듯 한편에 끝없이 강물이 흐르네
> 돋쳐 오르는 아침날빛이 빤질한 은결을 도도네

가슴엔듯 눈엔 듯 또 핏줄엔듯 마음이 도른도른 숨어 있는 곳

내 마음의 어딘듯 한편에 끝없는 강물이 흐르네

—김영랑 「끝없는 강물이 흐르네」

위의 두 편의 시에서 △와 ×는 소리의 반복을 표시한 것으로 각운에 해당한다. 이러한 압운은 단순한 소리의 반복이어서 영시나 한시만큼의 운율 효과는 없다. 진정한 의미에서 압운이라고 볼 수 있겠느냐 하는 의문을 제시할 수도 있다.

「끝없는 강물이 흐르네」에서 '흐르네', '도도네', '가슴엔듯', '핏줄엔듯'과 같이 모음(에)과 유성자음(-ㄴ, -ㄹ) 등의 쾌미음(快美音)의 반복을 느낄 수 있는데, 이것이 유포니(enphony)다.

그다음은 율의 반복, 즉 율격(律格)을 살펴보자. 율격은 그것을 형성하는 음운의 자질에 따라 크게 순수 음절 율격과 복합 음절 율격으로 나누어진다. 순수 음절 율격이란 음수율, 즉 음량률이다. 우리나라의 율격은 순수 음절 율격으로 고려가요, 경기체가, 시조, 가사, 민요 등에서 발견할 수 있다.

① 아리랑 아리랑 아라리요

아리랑 고개를 넘어간다

—「아리랑」

② 나 보기가 역겨워

가실 때에는

말없이 고이 보내 드리우리다.

—김소월, 「진달래꽃」에서

③ 대죠션국 건양원년 자주독립 기쁘하세

천지간에 사람되야 진흥보국 제일이니

　　　　—「애국가」에서

④ 古人도 날 몯보고 나도 고인 못뵈

古人을 몯뵈도 녀던 길 알픠 잇늬

녀던 길 알픠 잇거든 아니 녀고 엇뎔고

　　　　—이황,「陶山十二曲」

　①은 민요로 3·3·4조이고, ②는 현대시로 7·5조이고, ③은 개화가사로 4·4조이고, ④는 시조로 3·4조다. 이렇게 음량인 음절로만 계산하여 운율 미적 가치를 충분히 분석할 수는 없다. 이는 우리말이 가지고 있는 운율적 자질의 빈곤에서 비롯된 것이며, 우리말이 장단, 고저, 강약의 변별적 기능이 없는 데서 연유한 결과다.

　오늘날 우리 시가의 전통적 율격 연구가 음수율에서 음보율의 관점으로 바뀐 것은 바람직한 현상이다. 음보율을 연구함으로써 음수율이 가지고 있는 몇 가지 한계성을 극복할 수 있기 때문이다. 우리 시가를 음수율의 관점에서 연구하는 것보다 음보율의 관점에서 연구하는 것이, 고대 시가와 근대시의 단절론을 극복할 수 있는 장점이 있고, 또 식민지 시대의 연구 방법을 극복할 수 있다는 점에서다. 음보율로 본다면, 우리 시가의 기본 율격은 3음보격과 4음보격이다. 3음보 율격은 경쾌한 맛이 있어 가창하기에 적합하고, 서민 계층의 리듬으로 자연적 리듬이며, 동적 변화를 배경으로 하고 있다. 이에 비해 4음보 율격은 장중한 맛이 있어 음송하기 적합하며 사대부 계층의 리듬으로 교술적이며, 안정과 질서를 누리는 시대에 적합하다.

즉, 평화 시대를 배경으로 한 귀족 계층의 리듬이다. 리듬은 현대시에서도 중시되고 있으며, 또한 언제나 시를 활성화시킨다.

4) 시와 언어

시는 언어 예술 중에서도 다른 장르에 비하여 언어에 의존도가 높은 것이 특징이다. 그렇다면 시의 언어는 일반적인 언어와 다른가? 아니면 그 쓰임이 다른가? 이러한 의문을 가지고 시어를 살펴보자. 정형시가 씌어지던 문화권에서는 시의 형식과 운율에 맞추기 위하여, 시어가 큰 제약을 받아야만 했다. 따라서 시어가 일상 언어와 구별될 수밖에 없었다. 그러나 현대시가 자유시화되면서 이러한 구속에서 해방될 수 있었고, 시어 또한 일상어와 크게 구별되지 않게 되었다. 주제의 폭이 넓어지면서 이러한 현상은 더욱 보편화되었다. 이것은 시적 혁명이라고 할 수 있을 만큼 시어의 큰 변화를 가져왔다. 시어가 일상적 언어와 구별되지 않게 된 반면에 그 쓰임상에 변화가 일어났다. 즉, 시어의 쓰임이 일상 언어의 쓰임과는 상당히 달라지게 되었다. 시에서의 언어 용법이 일반적인 언어 용법과 어떻게 구별될 수 있을까? 언어의 시적 용법이 일상적 용법과 크게 구별되는 것은 언어를 내포적(connotative)으로 사용한다는 점이다. 달리 말하면 시에서는 언어가 함축적인 의미에 의존하여 씌어지고 있다는 점이다. 다음 시를 예로 좀 더 구체적으로 살펴보자.

이것은 소리 없는 아우성
저 푸른 해원을 향하여 흔드는
영원한 노스탤지어의 손수건
순정은 물결같이 바람에 나부끼고

오로지 막고 곧은 이념의 푯대 끝에
애수는 백로처럼 날개를 펴다.
아! 누구인가?
이렇게 슬프고도 애닯은 마음을
맨 처음 공중에 달 줄을 안 그는.

　　　　　　　　　　　　　　　　　　　—유치환, 「깃발」

　위 시의 첫 구 '이것은 소리 없는 아우성'이라는 시구에서 '아우성'의 외연(denotation)은 여러 사람이 악써 지르는 소리다. 그러나 위 시에서 이 말의 내포는 몸부림·절규·갈구 등의 의미이다. 위 시에서 아우성의 외연적 의미와 내포적 의미는 상충된다. 그러나 외연적 의미는 소멸되고, 오직 내포적 의미만 남아 있다. 이 시어는 내포적 의미로 쓰였다. 이로써 함축성과 체험성이 극대화되어 개성적 의미가 살아난다. 한 단어가 외연적으로 사용될수록 지시적 명료성과 객관성을 띠지만 작가의 경험이 반영되지 않는다. 반대로 언어를 내포적 의미로 사용할수록 그것은 체험적이고 구체적이며 개성적이다. 다음과 같은 시편들 속에 내포적 의미로 쓰인 시어가 많이 있다.

그 해의
늦은 눈이 내리고 있다.
눈은 산다화를 적시고 있다.
산다화는
어항 속의 금붕어처럼
입을 벌리고 있다.

산다화의

명주실 같은 늑골이

수없이 드러나 있다

─김춘수, 「산다화」

위 시에서 내포적인 의미를 지니고 있는 대표적인 시어가 늑골이란 단어이다. 늑골이란 동물의 갈비뼈로 동백꽃에 있을 수가 없다. 따라서 외연적 의미로 쓰이지 않았음이 쉽게 드러난다. 내포적 의미로 쓰인 '늑골'이란 시어가 시 전체를 살리고 있다. 시인이 표현하려는 의도와 숨겨진 화자의 감정을 가장 잘 암시하기 때문이다.

'어항 속의 금붕어처럼/ 입을 벌리고 있다'는 표현과 의미상 조응하면서 '명주실 같은 늑골이/ 수없이 드러나 있다'는 표현은 숨겨진 화자의 삶에 지친 감정을 넌지시 암시하고 있다. '입을 벌리고'와 '명주실 같은 늑골'은 일상생활에 지친 화자를 반영한 것으로 볼 수 있다. '어항 속'이라는 말로 인하여 반복되는 일상생활의 틀과 답답함을 더욱 느끼게 된다. 그 답답함은 눈 내리는 겨울을 배경으로 삼고 있어 더욱 적절하다.

이 시는 화자가 숨겨져 있고, 동백꽃이라는 객관적 상관물에 대한 묘사로 일관해 있다. 그만큼 시인의 감정은 철저히 숨겨져 있다. 그러나 시인의 감정을 노출한 시보다도 더 효과적으로 시인의 감정을 독자에게 전달한다. 그런 점에서 이 시는 성공을 거두고 있다. 시의 성공에 내포적 의미를 담은 시어의 쓰임이 얼마나 중요한가를 말해 주는 좋은 예이다.

나는 시방 위험한 짐승이다.

나의 손이 닿으면 너는

미지의 까마득한 어둠이 된다.

존재의 흔들리는 가지 끝에서
너는 이름도 없이 피었다 진다.

눈시울에 젖어드는 이 무명의 어둠에
추억의 한 접시 불을 밝히고
나는 한밤내 운다.
나의 울음은 차츰 아닌밤 돌개바람이 되어
탑을 흔들다가
돌에까지 스미면 금이 될 것이다.
……얼굴을 가리운 나의 신부여.
　　　　　－김춘수,「꽃을 위한 서시」

　「꽃을 위한 서시」에서 내포적 의미를 지니고 있는 시어는 '짐승', '접시', '금', '신부' 등이다. 내포적 의미로 쓰인 시어들이 많다. 그 중에도 '신부'란 시어에 시인은 감정적 강음부를 치고 있다. 이 경우가 바로 시인이 내포적 의미를 담고 있는 시어로 의미를 강조하고 종결짓는 대표적인 예이다. 다음 시에서도 비슷한 점을 느낄 수 있다.

　해와 하늘빛이
　문둥이는 서러워

　보리밭에 달 뜨면

애기 하나 먹고

꽃처럼 붉은 우음을
밤새 울었다.
                        ─서정주, 「문둥이」

「문둥이」는 짧은 단시이면서 강렬한 감정의 무게를 지탱하고 있어 좋은
시이다. 내포적 의미로 쓰인 시어가 기능을 발휘하는 부분이 '꽃처럼 붉은
울음'이다. '슬픈 울음'이라고 하지 않고 '붉은 울음'이라고 한 표현에서 내
포적 의미를 느낄 수 있다. 이 표현이 시의 결정을 이루고 있으며, 또 시의
격을 높이고 있다. 만약에 '슬픈 울음'이라고 표현했다면 이 시는 저급한
시로 떨어졌을 것이다. 내포적 의미를 머금고 있는 시어 하나가 시의 품격
을 높이는 데 결정적인 역할을 한다는 것을 잘 보여 주고 있다. 이는 시의
절정 부분에 내포적 의미를 갖는 시어를 구사하여 매듭을 잘 지은 좋은 예
이다.

　시어의 또 다른 특징으로 빼놓을 수 없는 것이 애매성(ambiguity)이다. 이
말은 영국의 문학 이론가 앰프슨(William Empson)이 『애매성의 일곱 가지
형태』*Seven Types of Ambiguity*라는 책에서 다룬 이래로 중요한 비평 용어
로 등장하였다. 그는 동일한 기호 구조가 독자들에게 여러 가지 다른 반응
을 일으키는 것은 언어가 지니는 애매성 때문이라 보고, 시인의 복잡한 체
험을 언어의 애매성으로 전달한다는 사실을 밝혔다. 애매성은 독자가 선택
적으로 반응할 여지를 주는 언어의 모든 미묘한 뉘앙스다. 그는 애매성의
유형을 다음과 같이 설명했다.

① 하나의 단어나 문장이 동시에 다양한 효과를 나타내는 경우

② 둘 이상의 의미가 작가가 의도한 하나의 의미로 나타나는 경우

③ 일종의 동음이의어로 하나의 단어로 동시에 두 가지 뜻을 나타내는 경우

④ 두 개 이상의 의미가 서로 모순되면서 결합하여 시인의 복잡한 정신 상태를 나타내는 경우

⑤ 일종의 비유로서 그 비유의 두 관념은 서로 어울리지 않으나, 시인의 한 관념에서 다른 관념으로 전이됨을, 말하자면 불명료에서 명료로 나타나고 있음을 암시하는 경우

⑥ 하나의 표현이 모순이거나 아무것도 의미하지 않은 경우(시인이 의도적으로 해놓은 경우), 이때 독자가 스스로 해석함

⑦ 하나의 표현이 근본적으로 모순되어 시인의 정신에 분열이 있음을 암시하는 경우

이와 같이 어떤 단어, 문장이 애매하다고 규정하는 것은 이미 그것의 의미가 복합적이거나 또는 풍부함을 의미한다. 흔히 애매성이라는 용어는 다의성이라는 말로 해석되기도 한다.

다음 시를 통하여 이를 구체적으로 살펴보자.

눈은 살아 있다
떨어진 눈은 살아 있다
마당 위에 떨어진 눈은 살아 있다

기침을 하자
젊은 시인이여 기침을 하자

눈 위에 대고 기침을 하자
눈더러 보라고 마음 놓고 마음 놓고
기침을 하자

눈은 살아 있다
죽음을 잊어버린 영혼과 육체를 위하여
눈은 새벽이 지나도록 살아 있다

기침을 하자
젊은 시인이여 기침을 하자
눈을 바라보며
밤새도록 고인 가슴의 가래라도
마음껏 뱉자
　　　　　　　－김수영, 「눈」

　이 시에서는 눈은 다양한 의미를 지닌다. 눈(雪)일 경우는 순결, 결백, 순수, 고요함, 안온함 등의 내포적 의미를 뜻하며, 눈(眼)일 때에는 비판정신, 판단력, 분별력 등을 의미한다. 이로써 눈이라는 말은 의미의 다양한 효과를 얻게 된다.

　이 무언의 말
　하늘의 빛이요, 물의 빛이요, 우연의 빛이요
　우연의 말
　　　　　　　－김수영, 「말」

여기서 애매성은 본래 개념의 확대에 따라서 나타난다. 즉, 하늘의 빛, 물의 빛, 우연의 빛으로 전이되며 나타난다.

2. 시의 기교

1) 이미지(image)와 이미저리(imagery)

일반적으로 이미지와 이미저리는 같은 의미로 사용되고 있으나 엄격하게 본다면 서로 구분되어야 한다.

이미지는 지각이나 상상, 환상에 의해서 정신 속에 기록되는 감각적 모습이라는 특징을 지니고 있다. 이러한 개별적인 이미지를 집합적 측면에서 보면 이미저리가 된다. 즉, 언어에 의해 생성되는 일련의 이미지군을 이미저리라고 할 수 있다. 따라서 시의 논의에서는 이미지보다 이미저리로 언급되는 것이 더 적절하다.

이미저리는 대체로 세 가지 유형으로 구분된다. 정신적 이미저리, 비유적 이미저리, 상징적 이미저리가 그것이다. 정신적 이미저리는 곧 시각적, 청각적, 후각적, 미각적, 촉각적, 근육 감각적 이미저리 등으로 세분할 수 있다. 청각적 이미저리는 대체로 음성 상징성을 띠며 음악적인 효과를 나타내는 리듬 의식이다. 시각적 이미저리는 색체를 나타내는 회화성을 의미한다. 후각적 이미저리는 후각성을 띠는 것으로 향기롭다든지 달콤하다든지 메스껍다는 등의 성격을 띠는 형용사로 표현될 수 있다. 미각적 이미저리는 맛을 나타내는 것으로, 쓰다든지 시다든지 화하다든지 하는 등의 형용사로 나타난다. 촉각적 이미저리는 열, 냉 등의 감각으로 표현된다. 근육 감각적 이미저리는 근육의 긴장과 움직임을 표상하는 것이다. 그럼 이와 같은 이미저리가 실제로 작품 속에서 어떻게 나타나는가를 살펴보자.

① 하이한 暮色 속에 피여 있는

山峽村의 고독한 그림 속으로

       —김광균, 「외인촌」에서

베어진 논두렁에서 달빛이 남아 뒤를

따르고 달빛이 남아 뒤를 따르고 달빛이

남아 길잃은 사나이의 뒤를 따라가고 있다.

       —崔夏林, 「가을의 말」에서

② 志操 높은 개는

밤을 새워 어둠을 짖는다.

어둠을 짖는 개는

나를 쫓는 것일 게다.

       —尹東柱, 「또 다른 故鄕」에서

하이얀 입김 절로 가슴이 메어

마음 허공에 등불을 켜고

내 홀로 밤 깊어 뜰에 내리면

머언 곳에 여인의 옷 벗는 소리

       —김광균, 「설야」

③ 꽃향기 들려오는

山峽에 너랑 묻혀

이대로 살으리

靑山에 살으리

―辛夕汀, 「靑山別曲」에서

내 가슴 속에 가늘한 내음

애끈히 떠도는 내음

저녁해 고요히 지는 제

머언 산 허리에 슬리는 보라빛

오! 그 수심뜬 보라빛

내가 잃은 마음의 그림자

한이틀 정열에 뚝뚝 떨어진 모란의

깃든 향취가 이 가슴 놓고 갔을 줄이야

―김영랑, 「가을한 내음」에서

④ 수박 냄새 품어오는 저녁 물바람,

오량쥬 껍질 씹는 젊은 나그네의 시름.

압천 십리ㅅ벌에

해가 저물어……저물어……

―정지용, 「압천」

굳은 열매

쌉슬한 자양

에 스며 드는

에 스며 드는

네 생명의 마지막 남은 맛!

-김현승, 「견고한 고독」

⑤ 琉璃에 차고 슬픈 것이 어린거린다.

열없이 붙어서서 입김을 흐리우니

길들은양 언날개를 파다거린다.

지우고 보고 지우고 보아도

새까만 밤이 밀려나가고 밀려와 부디치고,

물먹은 별이 반짝, 寶石처럼 백힌다.

밤에 홀로 琉璃를 닦는 것은

외로운 황홀한 심사이어니,

고흔 肺血管이 찢어진 채로

아아, 늬는 山ㅅ새처럼 날러 갔구나!

-정지용, 「琉璃窓」

너의 할아버지가 이브를 꼬여 내던 달변의 헛바닥이

소리 잃은 채 날름거리는 붉은 아가리로

푸른 하늘이다.……물어뜯어라, 원통히 물어 뜯어,

-서정주, 「화사」

위의 인용된 시들 중에서 ①은 시각적 이미저리 ②는 청각적 이미저리 ③은 후각적 이미저리 ④는 미각적 이미저리 ⑤는 촉각적 이미저리와 근육 감각적 이미저리가 나타나고 있다. 이와 같이 정신적 이미저리가 다양한 것을 알 수 있다.

비유적 이미저리는 비유적 양식(기법)에 의하여 만들어지는 이미저리를 뜻한다. 비유적 기법으로는 직유, 은유, 환유, 제유, 의인, 우유, 상징 등이 있다. 이러한 기법의 공통된 점은 원개념(本義, tenor)과 보조개념(喩義, vehicle)을 갖는다는 점이다. 원개념과 보조개념의 만남에서 창조적 단위 이미지가 형성된다. 비유적 이미저리는 그 성격에 따라서 네 가지 유형으로 구분하여 논의할 수 있다. 첫째는 원개념과 보조개념이 모두 이미지 형태인 것이요, 둘째는 두 개념이 다 관념적인 경우, 셋째는 원개념은 이미지고 보조개념은 관념적인 경우, 넷째는 원개념은 관념적인데 보조개념은 이미지인 경우다. 이와 같은 각각의 경우를 다음 시를 통하여 구체적으로 확인해 보자.

① 구름은
보라빛 색지 우에
마구 칠한 한 다발 장미
　　　　－김광균, 「뎃상」에서

② 사랑하는 나의 하느님, 당신은
늙은 비애다.
푸줏간에 걸린 커다란 살점이다.
시인 릴케가 만난
슬라브 여자의 마음 속에 갈앉은
놋쇠 항아리다.

　　　　　　　　　　　　　　　　　　　　　　　−김춘수, 「나의 하느님」에서

③ 광화문은 차라리

한 채의 소슬한 종교

　　　　　　　　　　　　　−서정주, 「광화문」에서

④ 내 마음은 호수요

그대 노 저어 오오

나는 그대의 흰 그림자를 안고

옥같이 그대의 뱃전에 부서지리다.

　　　　　　　　　　　　　−김동명, 「내 마음」에서

　위에 인용된 시들 중에서 ①은 앞에서 이미 언급했던 첫째 유형이고 ②
는 둘째 유형 ③은 셋째 유형 ④는 넷째 유형의 예다.

　상징적 수법은 그 쓰임에 있어서 대체로 반복되는 경우가 많다. 이러한
반복적 이미저리를 통하여 표상된 상징을 추구하는 방법은 두 가지가 있
다. 하나는 외재적 방법으로 작가의 경험이나 기질이나 기호를 통하여 추
리하는 것이다. 또 다른 하나는 내재적인 방법인데 주어진 작품 속에서 숨
겨진 상징을 파악해야 한다. 이 경우에 동일한 이미지가 반복되는 경우도
있고 상이한 이미지가 반복되는 경우도 있는데, 동일한 이미지는 서로 다
른 문맥 속에서 반복되는 예가 많고 상이한 이미지의 반복은 다른 이미지
를 연상하게 하는 기능을 갖는다. 다음 시를 통해서 이를 좀 더 구체적으로
살펴보자.

바람아 불어라,

서귀포에는 바다가 없다.

남쪽으로 쏠리는

끝없는 갈대밭과 강아지풀과

바람아 네가 있을 뿐

서귀포에는 바다가 없다.

아내가 두고 간

부러진 두 팔과 멍든 발톱과

바람아 네가 있을 뿐

가도 가도 서귀포에는

바다가 없다.

바람아 불어라.

—김춘수, 「이중섭」에서

이 시는 이중섭이라는 불우한 화가를 객관적으로 묘사하는 것이 아니라, 주관적으로 묘사하고 있다. 즉, 시인의 내적 경험의 세계를 하나의 역사적 사실에 의탁해서 노래하고 있다. 바람과 서귀포의 묘사는 시인의 내적 경험을 상징한 것, 즉 상징적 이미저리의 경우다. 이때 앞부분의 바다 묘사와 뒷부분의 아내 묘사는 서로 상이한 이미저리의 반복이지만 동일한 의미를 상징하고 있다. 서귀포의 바다 묘사와 아내에 대한 묘사는 시인의 내면적인 세계를 상징하고 있다. 이와 같이 상이한 이미저리가 한 의미를 상징하고 있는 것이다.

이상과 같이 정신적 이미저리, 비유적 이미저리, 상징적 이미저리의 쓰임을 살펴보았다. 구체적이고 특수한 체험을 통하여 추상적인 의미를 암시하는 것이 시의 중요한 특성인데, 이때 구체적이고 특수한 것이 바로 이미지다. 이 때문에 현대시에서 이미지가 중시되고 있다.

2) 비유

비유는 현대시에서 중요한 묘사의 양식으로 원개념(本義, tenor, primary meaning)과 보조개념(喩義, vehicle, secondary meaning)의 결합 형태다. 이때 양자의 결합 근거는 유사성(analogy) 또는 연속성이다. 비유에는 직유와 은유가 있는데, 현대시에서는 직유보다도 은유가 더 중시된다. 그것은 은유가 의미의 전이(transfer) 현상이 더 강하기 때문이다. 은유, 즉 metaphor의 어원은 전이를 의미한다.

원개념과 보조개념의 만남에 있어서 외연적 의미의 동일성에 따라서 세 가지 유형을 생각할 수 있다. 원개념과 보조개념의 만남의 토대가 되는 유사성의 질에 따라서 은유의 성격을 다음과 같이 살펴볼 수 있다.

A : '해바라기는 새색시 얼굴이다.'

B : '내 마음은 호수요.'

C : '출렁이는 파도에 여자는 깨어졌다. 깨어진 여자는 구슬이다.'

이 세 개의 시구에서 A는 원개념과 보조개념 사이의 외연적 의미의 유사성이 가장 크므로 긴장감은 크게 나타나지 않는다. C는 두 개념 사이의 유사성이 거의 발견되지 않으며 따라서 그만큼 충격적인 만남이다. B는 A와 C의 중간적 성격을 지니고 있다. 즉, 두 개념 사이의 유사성이 A보다는 적고 C보다는 많다고 할 수 있다. 이를 도표로 표시하면 다음과 같다.

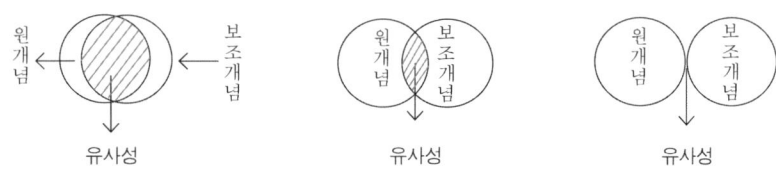

위에서 보는 바와 같이 빗금친 부분은 유사성의 양을 나타낸다. 이때 두 개념의 만남에 있어서 독자에게 충격과 감동을 주는 것은 C의 경우다. 또 의미의 전이 현상으로 본다면 A의 경우가 전이성이 가장 강하고, C의 경우가 가장 약하다. 따라서 C는 의미의 대립적 병치 현상을 나타낸다.

또 원개념과 보조개념의 성격에 따라서 네 가지 유형으로 나눌 수 있다. 원개념과 보조개념이 모두 추상적인 것, 원개념과 보조개념이 모두 구상적인 것, 원개념이 추상적이고 보조개념이 구상적인 것, 원개념이 구상적이고 보조개념이 추상적인 것들이다. 이러한 예를 살펴보면 다음과 같다.

① 구상→ 구상 :

나의 서재는 바다이다.

— 김광균, 「눈 오는 밤의 시」에서

② 추상→ 구상 :

내 마음은 고요한 물결

바람이 불어도 흔들리고

— 김동명, 「마음」에서

③ 구상→ 추상 :

광화문은 차라리

한 개의 소슬한 종교

—서정주, 「광화문」

어느 먼 곳의 그리운 소식이기에

이 한밤 소리없이 흩날리느뇨

—김광균, 「설야」

④ 추상→ 추상 :

사랑하는 나의 하느님, 당신은 또

대낮에도 옷을 벗는 어리디 어린

純潔이다

—김춘수, 「나의 하느님」

시는 언어를 통하여 시인의 상상력을 발동시킴으로써 다양한 시적 이미지를 형성하고 그것을 가시적인 세계로 형상화하는 언어 기능의 세계이기 때문에, 그 표현상에 있어서 언어의 사용법이 시인마다 각기 다른 것처럼 은유의 형식도 다양한 모습을 보이게 된다. 즉 은유는 시가 필요로 하는 내적 요구에 의하여 그 표현이 알맞게 변형된다.

3) 상징과 알레고리(allegory)

상징(symbol)은 '짜맞춘다'는 뜻을 가진 그리스어에서 유래된 말이다. 또 symbolon은 부호(sign, mark)라는 뜻을 가진 그리스 말이다. 이런 어원적 의미에서도 상징의 성격이 나타나고 있는데, 그것은 '대신한다'는 기능을 수행하고 있다. 문학적인 의미로서 상징은 내적인 의미의 외적 기호다. 즉, 불가시적인 것을 암시하는 가시적인 것이 보조개념이다. 비유와 견주어 보면 상징은 비유의 형태에서 원개념을 떼어 버리고 보조개념만 남아 있는 모습이다. 예를 들면 "여자는 연약한 갈대다"라고 했을 때는 은유이지만, "갈대는 속으로만 울며 산다. 바람에 흔들리는 가냘픈 존재다"라고 했을 때는 상징이다. 이것을 그림으로 그려 보면 다음과 같다.

원개념(여자) ←———— (빗금친 원) ————→ 보조개념(갈대)

작가가 말하려는 원개념은 여자인데, 이것은 숨겨 버리고 보조개념만 드러내고 있다는 점에서 상징은 숨김과 드러냄의 미학으로 반투명성을 그 특징으로 하고 있다. 여기서 반투명성이란 가시적인 세계(보조개념)와 불가시적인 세계(원개념)의 조화를 말한다. 보조개념은 구체적인 사물의 이미지 형태로 드러나고 있으며, 원개념은 추상적인 의미체로서 숨겨져 있다.

이러한 상징의 특징은 세 가지로 말할 수 있는데, 그것은 바로 동일성, 암시성, 다의성이다. 동일성은 비유와는 달리 원개념과 보조개념의 완전한 결합을 의미한다. 완전한 결합이란 양자가 동시적이고 공재적(共在的)이어서 일체가 된다는 점이다.

더러는
옥토에 떨어지는 작은 생명이고저······
흠도 티도,
금 가지 않은

나의 전체는 오직 이뿐!

더욱 값진 것으로
드리라 하올제,

나의 가장 나아종 지니인 것도 오직 이뿐.

아름다운 나무의 꽃이 시듦을 보시고
열매를 맺게 하신 당신은,
나의 웃음을 만드신 후에
새로이 나의 눈물을 지어 주시다.

　　　　　　　　　　－김현승, 「눈물」

　이 시에서 핵심적인 이미지는 눈물이다. 눈물은 단순한 이미지에 그치지 않고 무엇인가를 상징하고 있다. 눈물을 옥토에 떨어지는 생명으로 묘사함으로써 눈물에 대해 가질 수 있는 일반적인 안이한 생각을 부정하고, '흠도 티도/ 금 가지 않은'이라는 표현에서 볼 수 있듯이 순수한 의미를 담아내고 있다. 즉, 이 작품에서 눈물은 순수한 생명이라는 내포적 의미를 지니고 있다. 동시에 꽃과 열매의 관계가 웃음과 눈물의 관계로 대치되면서, 눈물이 영원하고 불변적인 가치를 암시하고 있다. 즉, 눈물이라는 이미지가 상징하는 것은 영원한 가치를 갖는 생명의 순수성이다. 이는 시인의 최고의 가치이며 유일무이한 이념이다. 이처럼 눈물이라는 이미지와 생명의 순수성이라는 관념, 즉 보조개념과 원개념이 일치되고 있다. 여기서 상징의 동일성 원리를 발견하게 된다.

상징은 원개념을 숨기고 보조개념만 제시하는 양식으로서 숨김과 드러냄의 양면성을 띠고 있다. 원래 무엇인가를 되도록 감추는 것이 시의 한 특성이므로 상징의 양면성은 이러한 점에서 중요시된다.

동방은 하늘도 다 끝나고
비 한방울 내리잖는 그 때에도
오히려 꽃은 빨갛게 피지 않는가.
내 목숨을 꾸며 쉬임 없는 날이여

북쪽 순드라에도 찬 새벽은
눈 속 깊이 꽃 맹아리가 움직거려
제비떼 까맣게 날아오길 기다리나니
마침내 저버리지 못할 약속이여

한바다 복판 용솟음치는 곳
바람결 따라 타오르는 꽃성에는
나비처럼 취하는 회상의 무리들아
오늘 내 여기서 너를 불러 보노라.

―이육사, 「꽃」

위 시에서 보조개념이 꽃이다. 원관념은 숨겨져 있다. 이 시는 우리 영혼 깊숙이 깊숙이 숨겨져 있는 그 무엇을 구체적인 이미지로 자극함으로써 강한 호소력을 지닌다는 점에서 또한 중시되는 것이다.

내 마음 속 우리 님의 고운 눈썹을

즈믄 밤의 꿈으로 맑게 씻어서

하늘에다 옮기어 심어 놨더니

동지 섣달 날으는 매서운 새가

그걸 알고 시늉하며 비끼어 가네.

— 서정주, 「동천」

이 작품에는 상징의 특징인 양면성을 발견하게 된다. 양면성이 잘 드러나는 것이 바로 눈썹이다. 눈썹은 근원적인 생명력이나 관능적인 욕망이나 초승달을 암시하고 있다. 이 세 가지를 모두 눈썹이라는 이미지의 원개념으로 볼 수 있다. 이렇게 상징에서 보조개념은 원개념을 암시하고 있다. 이와 같은 암시성이 상징의 한 원리가 된다.

또 다른 상징의 중요한 원리의 하나가 다의성이다. 상징은 반쯤 드러내고 반쯤 숨겨 버리는 속성 때문에 숨겨진 의미를 유추할 수밖에 없다. 유추 과정에서 원개념은 다양해진다. 한 보조개념이 숨기고 있는 원개념은 하나로 명확하게 유추할 수 없고, 또 유추할 필요도 없다. 상징은 본래 여러 가지 의미를 내포하고 있는 것이 그 속성이기 때문이다.

눈은 살아 있다.

떨어진 눈은 살아 있다.

마당 위에 떨어진 눈은 살아 있다.

기침을 하자

젊은 詩人이여 기침을 하자

눈 위에 대고 기침을 하자
눈더러 보라고 마음 놓고 마음 놓고
기침을 하자.

눈은 살아 있다.
죽음을 잊어버린 영혼과 육체를 위하여
눈은 새벽이 지나도록 살아 있다.
기침을 하자
젊은 시인이여 기침을 하자
눈을 바라보며
밤새도록 고인 가슴의 가래라도
마음껏 뱉자

　　　　　　－김수영, 「눈」

　이 시에서 눈의 이미지가 가장 중요하다. 이때 눈은 눈(雪)인지 눈(目)인지 분명하지가 않고 모호하다. 기침을 하고 가래를 뱉는다는 행동적인 표현은 정직성이나 순결성의 의미를 지니고 있으니 눈(雪)으로 볼 수 있다. 또 비판 정신을 표현한 점에서 본다면 눈(目)으로 볼 수도 있다. 이 시에서 중요한 것은 눈이 눈(雪)을 의미하는가 아니면 눈(目)을 의미하는가가 아니라, 눈이라는 이미지가 상징하는 것이 순결성이나 생명성이나 비판 정신 같은 것을 다의적으로 암시하고 있는 점이다. 이와 같이 보조개념 속에 숨겨진 원개념이 다의적으로 입체적으로 해석될 수 있는 것이 상징의 한 특징인 다의성의 원리다. 이상으로 상징의 일반적 원리를 살펴보았다.
　또 상징은 다음과 같이 셋으로 분류하여 논의할 수 있다.

(1) 개인적 상징

이것은 창조적 상징이라고도 할 수 있는데, 어떤 작품 속에서 작가가 특수하게 상징적 의미를 부여한 것을 말한다.

풀이 눕는다
비를 몰아오는 동풍에 나부껴
풀은 눕고
드디어 울었다
날이 흐려서 더 울다가
다시 누웠다

풀이 눕는다
바람보다도 더 빨리 눕는다
바람보다도 더 빨리 울고
바람보다도 먼저 일어난다

날이 흐리고 풀이 눕는다
발목까지
발밑까지 눕는다
바람보다 늦게 누워도
바람보다 먼저 일어나고
바람보다 늦게 울어도
바람보다 먼저 웃는다
날이 흐리고 풀뿌리가 눕는다.

—김수영, 「풀」

이 시에서 풀은 계속 되풀이되면서 독특한 상징적 의미를 드러내고 있다. 풀은 빠른 템포로 반복되면서 신비적 효과를 나타낸다. 여기서 바람이 민중적 삶의 실존적 상황을 의미한다면 풀은 민중의 끈질긴 생명 의식의 지향성을 뜻한다. 풀의 현장적 삶을 통하여 민중의 역동적인 생명감을 표현하고 있는 이 시에서 우리는 풀이 단순한 식물성의 풀이 아니고 민중적 의미를 지닌 상징물이라는 것을 발견하게 된다. 이 시에서 작가는 개성적으로 풀을 상징화하고 있는데, 이것이 바로 창조적 상징이요 개인적 상징인 것이다.

(2) 관습적 상징

관습적 상징은 보편적 상징, 공중적 상징이라고도 하는데, 이는 창조적 상징과 대조를 이룬다. 창조적 상징이 개성의 확대의 소산이라면, 관습적 상징은 사회적 인습이나 제도나 문화 전통의 문맥 속에서 보편적인 의미를 획득한 상징이다. 예를 들면 십자가는 관습적인 상징의 대표적인 것으로 희생정신이나 봉사정신을 상징하고 있는 것이 그것이다. 또 우리나라 문화 풍토에서 흥부는 착한 사람을, 춘향이는 정조와 절개를 지키는 여인을, 심청이는 효녀를 각각 상징하는 것이 좋은 예가 될 수 있다. 이렇게 관습적 상징은 전통적 문맥이나 문화사적 문맥 속에서 통용되는 상징을 말한다. 다음 작품에서 그러한 예를 살펴보자.

다듬이 소리가 들린다.
청이의 에미일까

아직 죽지 못해 두고 온

개짐이라도 바래고 있는 것일까

혓바닥만 남은 사내들이

청이의 膣 속으로 들어간다.

열 달 동안 손톱도 자라고

이빨도 자란다.

댓자씩 혓바닥도 자란다.

—박청룡, 「칠옥도 4」

이 시에서 청이는 효의 상징이다. '혓바닥만 남은 사내들이/ 청이의 질 속으로 들어간다/ 열 달 동안 손톱도 자라고/ 이빨도 자란다/ 댓자씩 혓바닥도 자란다'라는 표현에서처럼 타락의 방식으로 살아가는 야성적인 삶의 모습이 당대적 삶이 요구하는 참된 의미의 인간상과 대립적으로 암시되고 있다. 여기서 사내의 의미와 청이의 의미는 대립되는데, 청이가 상징하는 의미는 우리나라 문화의 관습적 문맥 속에서 바라볼 때 더욱 선명하게 드러난다. 즉, 청이가 효를 상징하는 것은 관습적 문맥 속에서 가능하고, 이것이 관습적 상징이 구체적으로 쓰이는 좋은 예가 된다. 다음 시에서도 관습적 상징의 적절한 쓰임을 찾아볼 수 있다.

천길 땅 밑을 검은 물로 흐르거나

도솔천의 하늘을 구름으로 날더라도

그건 결국 도련님곁 아니예요?

더구나 그 구름이 소나기 되어 퍼부을 때

춘향은 틀림없이 거기 있을 거예요!

─서정주, 「춘향유문」

이 시는 고대소설 속에 등장하는 춘향을 관습적 상징으로 표현하고 있는데, 이때의 상징이 뜻하는 것은 영원한 사랑의 의미다.

(3) 원형적 상징

원형(archetype)은 시대와 장소를 초월하여 문학작품 속에 무수히 되풀이되는 이미지나 화소(motif)를 이루는 것이다. 그러므로 신화 비평에서나 원형 비평에서는 이것을 가장 중시하며 각 문화권에서 공통적으로 나타나는 그 테마를 추출해 낸다. 다음 시에서 원형적 상징이 어떻게 쓰이고 있는가를 살펴보자.

바다 위에서 눈은
부드럽게 죽는다.

죽음을 덮으며
눈을 내리지만

눈은 다시
부드럽게 죽는다.

부드럽게 감겨 있는
눈시울의 바다.

얼굴 위에 쌓인

눈의 무게는

보지 못하지만

그의 내면에는

눈이 내리고 있다.

—허만하, 「데드마스크」

이 시에서 반복적으로 나타나는 바다는 원형적 상징물이다. 이 바다(물)은 창조의 신비, 탄생, 죽음, 소생, 풍요의 상징이며, 융이 말하는 집단 무의식의 반영이다. 또 바다는 모든 생명의 어머니, 영혼의 신비와 무한성, 죽음과 재생, 공포 같은 죽음과 관련된 절망감을 상징하고 있는 것이다. 다음의 윤동주 시에서도 원형적 상징을 발견하게 된다.

괴로왔던 사나이,

행복한 예수 그리스도에게처럼

십자가가 허락된다면

모가지를 드리우고

꽃처럼 피어나는 피를

어두워가는 하늘 밑에

조용히 흘리겠습니다.

—윤동주, 「십자가」에서

이 작품의 주제는 널리 알려져 있는 것처럼 속죄양 의식이다. 속죄양의 모티프는 이 작품에서 예수가 인류를 위하여 희생된 것처럼, 식민지 시대의 비극적 현실을 자기희생으로 감수하려 했던 시인의 초극적 의지를 상징하고 있다. 즉, 영웅의 비극적 운명이라는 원형을 상징하고 있는 것이다.

그런데 알레고리(allegory)는 원개념을 숨겨 버리고 보조개념만 제시한다는 점은 상징과 유사하지만, 보조개념과 원개념이 일(一) 다(多)가 아니라 일대일의 관계를 가진다는 점이 다르다. 그 예를 들면 다음과 같다.

껍데기는 가라
사월도 알맹이만 남고
껍데기는 가라

껍데기는 가라
동학년 곰나루의
그 아우성만 살고
껍데기는 가라

그리하여, 다시
껍데기는 가라
이곳에선 두 가슴과 그 곳까지 내논
아사달 아사녀가
중립의 초례청 앞에 서서
부끄럼 빛내며
맞절할지니
껍데기는 가라

한라에서 백두까지

향그러운 흙가슴만 남고

그 모오든 쇠붙이는 가라

　　　　－신동엽, 「껍데기는 가라」에서

이 작품에서 중심 이미지는 껍데기인데 만약 이것이 상징이라면 껍데기의 원개념을 여러 가지로 유추할 수 있다. 그런데 이 시의 경우에는 역사의 부조리나 허구성이라는 한 가지로 유추할 수밖에 없어서 알레고리의 성격을 띠고 있다. 이처럼 알레고리는 상징보다는 의미 지시가 더 분명한 것이 특징이다.

4) 아이러니(irony)와 역설(paradox)

아이러니(irony)는 그리스어 eiron(시치미 떼는 사람)에서 유래된 말이다. eiron은 고대 그리스 희극에서 나오는 붙박이 작중 인물로서 자신을 실제보다 낮추고 똑똑하지 못한 척하는 것이 특징인 사람이다. 그 상대역이 arajon(허풍장이)이다. 이 두 인물이 대결하여 처음에는 eiron이 수난을 받다가 나중에는 eiron이 승리를 거두는 것으로 되어 있다.

아이러니는 크게 수사적 아이러니와 상황적 아이러니로 나누어진다. 수사적 아이러니는 표현된 것과 의미된 것이 상반된 진술을 말한다. 상황적 아이러니는 기대와 충족 사이의 대조가 야기하는 효과를 의미한다. 수사적 아이러니에는 소크라테스식 아이러니, 축소 아이러니, 과대 아이러니, 낭만적 아이러니 등이 있다. 그리고 상황적 아이러니는 다른 말로 구조적 아이러니라고도 하는데, 이것을 세분하면 희극적 아이러니, 비극적 아이러니, 희·비극적 아이러니 등이 있다. 이 두 유형 외에도 우주적 아이러니,

실존적 아이러니 등이 있다. 이러한 아이러니가 실제로는 어떻게 쓰이는가
를 다음 시에서 살펴보자.

> 한 줄의 시는커녕
> 단 한 권의 소설도 읽은 바 없이
> 그는 한평생을 행복하게 살며
> 많은 돈을 벌었고
> 높은 자리에 올라
> 이처럼 훌륭한 비석을 남겼다
> 그리고 어느 유명한 문인이
> 그를 기리는 묘비명을 여기에 썼다
> 비록 이 세상이 잿더미가 된다 해도
> 불의 뜨거움 굳굳이 견디며
> 이 묘비는 살아 남아
> 귀중한 사료(史料)가 될 것이니
> 역사는 도대체 무엇을 기록하며
> 시인은 어디에 무덤을 남길 것이냐
> — 김광규, 「묘비명」

　이 시에서 화자는 한 줄의 시도 쓰지 않으면서 세속적인 의미에서 잘 살
다가 그럴싸하게 묘비명을 남겨 놓고 간 속물적인 인간에 대하여 진술하고
있다. 화자는 겉으로는 그럴 듯한 진술을 늘어놓는 것 같지만 속마음으로
는 그에 대하여 비판적이면서도 그렇지 않은 척 시치미를 떼고 있음을 알
수 있다. 이것이 아이러니의 표본적인 예다. 아이러니는 이와 같이 표면에

뚜렷이 제시된 국면과, 그와는 상반되는 정황을 동시에 전달하는 어법이다. 즉, 외양의 허구와 내면의 진실을 동시에 서술하는 지적인 언어의 표현법인 것이다. 다음 시에서도 아이러니의 수법이 적절하게 사용되고 있음을 알 수 있다.

> 오 망국은 아름답습니다. 인간세 뒤뜰 가득히 풀과 꽃이 찾아오는데 우리는 세상을 버리고 야유회를 갔읍니다. 우리 세상은 국경에서 끝났고, 다만 우리들의 철없는 흉곽에 어욱새풀 잎의 목메인 울음소리 들리는 저 길림성 봉천 하늘아래 풀과 꽃이 몹시 아름다운 채색으로 물을 구하였읍니다. 우리는 모른 체 했읍니다. 우리는 불면의 잠을 잤읍니다. 지친 사람들은 꿈을 꾸고 흉몽의 별똥들이 폭죽 쑤는 태평성대 국경 근처 다른 나라의 방언을 방청한 풀과 꽃이 자꾸 어떤 신호를 보내왔읍니다. 그 신호의 푸른 나뭇가지를 마구 흔들며 우리 허리에 걸친 기압골이 남단으로 내려갔읍니다.
>
> ─황지우, 「만수산 드렁칡 I」

이 시에서 얽히고설킨 만수산 드렁칡은 무질서하고 혼동된 현실을 암시한다. 즉, 있어야 할 현실과 있는(현존) 현실이 일치되지 않는 긴장감을 아이러니 수법으로 표현하고 있는 것이다. 다시 말하면 시인은 외양과 진실의 갈등을 혼돈된 현실 감각으로 암시하고 있는 것이다. 이는 아이러니가 감정을 직접 서술하지 않고 전달하는 수법이라는 것을 말해 준다.

역설(paradox)은 표면적으로는 모순되고 불합리한 것처럼 보이지만 실제로는 사리에 합당한 의미를 지니고 있는 진술로서 상반된 두 요소를 결합하는 표현법이다. 클린스 브룩스(Cleanth Brooks)는 『잘 만들어진 항아리』에서 "역설의 기미가 완전히 제거된 언어를 요구하는 사람은 과학자이고,

시인이 말하는 진리는 확실히 역설을 통해서만이 가능한 것이다."라고까지 주장하고 있다. 이는 시가 상호 대립·모순되는 여러 경험들을 질서 있고 조화 있게 통합하는 언어이어야 한다는 사실을 뜻하는 것이다. 다음 시를 통해서 역설적 표현이 어떻게 쓰이는가를 살펴보자.

님은 갔습니다. 아아 사랑하는 나의 님은 갔습니다.
푸른 산빛을 깨치고 단풍나무 숲을 향하여 난 작은 길을 걸어서 차마 떨치고 갔습니다.
황금의 꽃같이 굳고 빛나던 옛 맹세는 차디찬 티끌이 되어서 한숨의 미풍에 날아갔습니다.
날카로운 첫 '키스'의 추억은 나의 운명의 지침을 돌려 놓고 뒷걸음쳐서 사라졌습니다.
나는 향기로운 님의 말소리에 귀먹고 꽃다운 님의 얼굴에 눈멀었습니다.
사랑도 사람의 일이라 만날 때에 미리 떠날 것을 염려하고 경계하지 아니한 것은 아니지만 이별은 뜻밖의 일이 되고 놀란 가슴은 새로운 슬픔에 터집니다.
그러나 이별은 쓸데없는 눈물의 원천을 만들고 마는 것은 스스로 사랑을 깨치는 것인 줄 아는 까닭에 걷잡을 수 없는 슬픔의 힘을 옮겨서 새 희망의 정수박이에 들어부었습니다.
우리는 만날 때에 떠날 것을 염려하는 것과 같이 떠날 때에 다시 만날 것을 믿습니다.
아아 님은 갔지마는 나는 님을 보내지 아니하였습니다.
제 곡조를 못 이기는 사랑의 노래는 님의 침묵을 휩싸고 돕니다.
　　　　　　　　　—한용운, 「님의 침묵」

이 시는 역설에 기초를 둔 발상법을 사용하고 있다. '님은 갔읍니다'라는 이성의 차원은 '나는 님을 보내지 아니하였읍니다'라는 신념의 차원으로 역설에 의하여 고양됨으로써 상상력의 초월과 함께 예술적 진리의 차원으로 상승되고 있는 것이다. 이와 같이 역설은 현대시에서 중요한 표현 방법이 되고 있다.

3. 시의 특성

1) 시적 화자와 퍼스나(persona)

시적 화자란 모든 시에 나타나는 필수 조건이다. 시적 화자는 자신에 어울리는 목소리를 가지며 그에 합당한 역할을 한다. 이러한 화자를 음미해 보는 것이 시의 이해를 위해 도움이 될 것이다.

시적 화자를 분석할 때 가장 중요한 것은 인칭 문제다. 즉, 화자가 1인칭이면서 시인과 동일할 수도 있고 다를 수도 있다. 동일할 경우에는 자서전적이고 고백적이다. 다음 두 시를 통해서 살펴보자.

청마는 가고
지훈도 가고
그리고 수영의 영결식
그날 아침에는 이상한 바람이 불었다.
그들이 없는
서울의 거리.
청마도 지훈도 수영도
꿈에서조차 나타나지 않았다.

깨끗한 잠적
다만
종로2가에서
버스를 내리는 두진을 만나
백주노상에서
몇 마디 이야기를 나누고
어느 젊은 시인의
출판기념회가 파한 밤거리를
남수와 거닐고
종길은 어느 날 아침에
전화가 걸려 왔다.
그리고
어제 오늘은 차 값이 사십원
십오프로가 뛰었다.

— 박목월, 「일상사」

이 시는 시인 자신의 개성이 드러나고 있으며 자서전적인 요소를 많이 내포하고 있다. 청마, 지훈, 수영 등 시인들의 잇따른 죽음과 일상성을 대비시켜서 삶의 슬픔과 허망함을 함축적이면서도 집약적으로 시화한 탁월한 작품이다. 이 시가 성공할 수 있었던 것은 화자가 시인 자신이므로 그의 육성을 들을 수 있고, 느낄 수 있어, 시적 감동을 강화하기 때문이다. 이는 화자를 시인 자신으로 설정한 것과 시적 분위기가 조화를 이루는 톤(tone)의 효과에서 기인한 것이다.

이와는 달리 화자가 시인 자신이 아니고 가면의 탈(persona)을 쓰고 등장하는 경우가 있다. 이러한 화자를 퍼스나라고 하는데, 이는 허구적이고 극적인 인물이다. 즉, 시 속에서 타인의 탈을 쓰고 탈에 어울리는 역할을 하는 화자가 바로 퍼스나다. 그러면 퍼스나의 실체를 다음 시에서 살펴보자.

> 나는 요새 무서워져요. 모든 것의 안만 보여요. 풀잎 뜬 강에는 살없는 고기들이
> 놀고 있고 강물 위에 피었다가 스러지는 구름에선 문득 암호만 비쳐요. 읽어봐
> 야 소용없어요. 혀 짤린 꽃들이 모두 고개 들고, 불행한 살들이 겁없이 서 있는
> 것을 보고 있어요. 달아난들 추울 뿐이에요. 곳곳에 쳐 있는 세그물을 보세요.
> 황홀하게 무서워요.
>
> ―황동규, 「초가」에서

이 시에서는 퍼스나가 여자로 등장하는데, 이는 시의 정황과 잘 조화를 이룬다. 즉, 시적 상황에 대한 회의와 공포에 휩싸여 있는 여성이다. 공포적인 시적 상황을 제시하는 데는 남성적 퍼스나보다 여성적 퍼스나가 훨씬 효과적이기 때문이다.

2) 시적 청자

화자를 염두에 둘 때 필연적으로 존재하는 것이 청자다. 화자가 시인 자신일 수도 있고 퍼스나일 수도 있듯이, 청자도 표면에 나타날 수도 있고 나타나지 않고 숨겨질 수도 있다. 청자가 표면에 나타나는 경우를 다음 시를 통해서 살펴보자.

아랫목에 모인
아홉 마리의 강아지야.

강아지 같은 것들아.

굴욕과 굶주림과 추운 길을 걸어

내가 왔다.

아버지가 왔다.

아니 십구문반의 신발이 왔다.

아니 지상에는

아버지라는 어설픈 것이

존재한다.

미소하는 내 얼굴을 보아라.

　　　　　　　　　　　　　　　　ㅡ박목월, 「가정」에서

　이 시는 1인칭 화자가 3인칭 청자인 가족들에게 이야기하는 것으로 되어 있다. 이렇게 화자가 말을 건네고 청자가 그것을 듣는 형식으로 청자가 표면에 나타나 있다. 화자와 청자가 표면적으로 결합하는 분위기 속에서 소시민의 애환과 휴머니티가 잘 표현되고 있다.

흙 속을 헤엄치는

꿈을 꾸다가

자갈밭에 동댕이쳐지는

꿈을 꾸다가……

지하실 바닥 긁는

사슬소리를 듣다가

무덤 속 깊은 곳의

통곡소리를 듣다가……

창문에 어른대는

하얀 달을 보다가

하늘을 훨훨 나는

꿈을 꾸다가……

　　　　　　　　　　　　　－신경림, 「세월」전문

　이 시에서는 청자가 버림받고 수난을 당하는 대상으로 설정되어 있지만 표면적으로 나타나지는 않는다. 그러나 비극적 상황에서도 절망하지 않는 역동적인 민중의 의지를 암시하고 있다.

3) 어조(語調, tone)

　어조는 시의 내용과 밀접하게 관련되어 있다. 어조는 화자와 청자와도 긴밀한 관계가 있다. 화자가 시인 자신이냐 퍼스나이냐에 따라 어조가 달라지고, 청자가 표면에 나타나느냐 나타나지 않느냐에 따라서도 달라진다. 즉, 시인 자신이 화자이면서 청자인 경우와, 퍼스나가 화자이고 청자가 숨겨져 있을 때 또한 어조가 달라진다. 이 점에 대해 앨리엇(T.S. Eliot)의『시와 시인에 대하여』On Poetry and Poets라는 책은 명쾌한 이론을 제공하고 있다. 이 책에 의하면 제1의 목소리는 시인 자신이 자신에게 말하는 경우다. 제2의 목소리는 시인이 자신에게 말하는 것이 아니라 청중에게 말하는 경우다. 제3의 목소리는 퍼스나를 통해서 말하는 시인의 목소리다.

　제1의 목소리는 시인이 자신에게 혼자 말하는 것과 같은 상태로 독백적이다. 소월의 「진달래꽃」의 경우가 여기에 해당된다. 제2의 목소리는 제1

의 목소리보다 복잡하고 다양하다. 이는 시에서 흔히 들을 수 있는 목소리로 사회적 목적을 가진 시들, 즉 교훈이나 도덕을 설교하는 것이나, 세상을 풍자하는 성격을 띠고 있다. 예를 든다면 개화기의 시가나 오늘날의 참여시 같은 것이 여기에 해당될 것이다. 제3의 목소리는 퍼스나를 통해서 말하는 것으로 퍼스나는 인물 설정에 적합하도록 쓰여야 할 것이다. 이때 퍼스나는 단순히 시인의 대변자여서는 안 되고 시의 분위기에 따라서 그 성격이 결정되어야 한다. 따라서 시인의 의식은 그만큼 제한을 받게 된다.

화자와 청자의 관계 속에서 어조가 결정되는 실상을 다음 작품들을 예로 살펴보기로 하자.

그대 떠난 마음의 빈 자리

아플지라도

숨막히는 이별은 말하지 않으리,

여기로 불어오는 바람

서러웁고

저기서 울리는 종소리

외로와도

가만히 견디며 들으리라

커다란 즐거움은 아픔 뒤에 오는 것.

흐르는 강가에 가슴을 설레어도

말하지 않으리라 이별의 뜻을.

그대 떠난 마음의 빈 자리

아플지라도

나에게 잠들게 하라

너의 그림자를.

　　　　　　　　　　　－이창대, 「애가」

언제부턴가 갈대는 속으로
조용히 울고 있었다.
그런 어느 밤이었을 것이다. 갈대는
그이 온몸이 흔들리고 있을 것을 알았다.

바람도 달빛도 아닌 것.
갈대는 저를 흔드는 것이 제 조용한 울음인 것을
까맣게 몰랐다.

－산다는 것은 속으로 이렇게
조용히 울고 있는 것이란 것을
그는 몰랐다.

　　　　　　　　　　　－신경림, 「갈대」

　시 「애가」는 화자가 이별의 아픔을 아무에게도 말하지 않고 홀로 참겠다는 의지를 표현한 시다. 화자 자신이 자기에게 말하는 시로 첫째 목소리에 속한다. 첫째 목소리의 전형적인 시라고 할 수 있다.

　이에 비하면 시 「갈대」는 성격이 다소 다르다. 피상적으로 살피면 시인이 갈대에게 이야기하는 것 같으나, 면밀히 살펴보면 그렇지 않다. 갈대가 바로 화자 자신임이 마지막 연에서 드러난다. '－산다는 것은 속으로 이렇게/ 조용히 울고 있는 것이란 것을/ 그는 몰랐다.'에서 '그'는 문맥상 갈대이지만 갈대의 감정은 바로 화자의 감정이다. 화자와 갈대가 일치되고 있다. 그러니 화자 자신이 자기 스스로에게 말하는 형식이다.

우리 모두 화살이 되어
온몸으로 가자
허공 뚫고
온몸으로 가자
가서는 돌아오지 말자
박혀서
박힌 아픔과 함께 썩어서 돌아오지 말자

우리 모두 숨 끊고 활시위를 떠나자
몇 십년 동안 가진 것
몇 십년 동안 누린 것
몇 십년 동안 쌓은 것
행복이라던가
뭣이라던가
그런 것 다 넝마로 버리고
화살이 되어 온 몸으로 가자

허공이 소리친다
허공 뚫고
온몸으로 가자
저 캄캄한 대낮 과녁이 달려온다

이윽고 과녁이 피 뿜으며 쓰러질 때

단 한번

우리 모두 화살로 피를 흘리자

돌아오지 말자

돌아오지 말자

오 화살 정의의 병사여 영령이여

        - 고은, 「화살」

다음은 두 번째 목소리로 화자가 청중 다수에게 말하는 형식이다.

「화살」은 반체제적 혁명시로 80년대에 널리 알려진 작품이다. 시대 상황을 잘 반영한 시로 사회의식이 강하게 표현된 것이 특색이다. 이 시는 화자가 다수의 민중적 청자에게 선동적으로 호소하는 내용이니 제2의 목소리이다. 사회 참여성이 강한 시들이 둘째 목소리의 시가 많다. 일제시대의 아지·프로시나 70년대의 참여시, 80년대의 민중시 중에 여기에 속하는 시편들이 많다.

다음 권환의 아지·프로시를 중심으로 시의 목소리를 살펴보자

小부르조아지들아

못나고 비겁한 小부르조아지들아

어서 가거라 너들 나라로

幻滅의 나라로 沒落의 나라로

小부르조아지들아

소부르조아의 庶子息 푸로레따리아의 적인 소부르조아지들아

어서 가거라 너 갈데로 가거라

紅燈이 달린 「카페」로

따뜻한 너의 집 안방 구석에로

부드러운 복음자리 녀편네 무릅위로!

그래서 幻滅의 나라 속에서

달고단 낮잠이나 자거라

가거라 가 어서!

적은 새앙쥐 가튼 小부르조아지들아

늙은 여호 가튼 小부르조아지들아

너의 가면 너의 野慾 너의 모든 지식의 껍질을 짊어지고

　　　　　－권환, 「가라거든 가거라」

　「가라거든 가거라」는 '우리 진영 안에 있는 소부르주아지에게 주는 노래'라는 부제가 달린 작품이다. 이 부제가 말해 주듯 볼셰비키 노선에 위배되는 반혁명 기회주의자들에 대한 매도와 비판이 강도 높게 담겨져 있다. 자체 조직 내에 있는 여러 기회주의자들은 물론 소부르주아 중간계급까지도 척결함으로써 볼셰비키 노선을 강화하려는 전략이 드러나 있는 작품이다. 이 시는 카프의 2차 방향 전향 이후 그 주도권을 장악한 볼셰비키파의 이념을 잘 반영한 시이다.

　이 시에서 화자는 숨겨져 있고 청자가 작품의 전면에 나타나 있다. 청자는 한 개인이 아니고 소부르주아 계급에 속하는 다수의 사람들이다. 아지·

프로시들은 대부분 제2의 목소리에 속한다. 다음으로 제3의 목소리를 살펴 보자.

사랑하는 우리옵바 어적게 그만그릇케 위하시든옵바의거북紋이 질화로가 쌔 어졋서요
언제나 옵바가 우리들의「피오닐」족으만 불상한영남이하구 저하구처럼
쪽 우리사랑하는 옵바를일흔 남매와 갓치외롭게 벽에가 나란히걸녓서요
옵바…………………………
저는요 저는요 잘알엇서요
웨― 그날 옵바가 우리 두 동생을 쩌나 그리로 드러가실그날밤에
연겁허 말은 卷煙을 세 개씩이나 피우시고게섯는지
저는요 잘아럿세요 옵바

언제나 철업는제가 옵바가 공장에서도라와서 고단한저녁을잡수실째 옵바몸 에서 신문지냄새가난다고 하면
옵바는 파란얼골에 피곤한우슴을 우스시며
……네몸에선 누에똥내가 나지안니―하시든세상에위대하고 용감한우리옵바 가 웨그날만
말한마듸업시 담배연기로 방속을 메워버리시는 우리 우리 용감한 옵바의 마음 을 저는잘알엇세요.
천정을향하야 긔여올나가든 외줄기담배연긔속에서―옵바의강철가슴속에 백 힌 위대한결정과성스러운각오를 저는 분명히보앗세요
그리하야 제가영남이에 버선한아도 채못기엇슬동안에
문지방을 째리는쇠소리 마루로밟는거치른구두소리와함께―가버리지안으서

섯서요

그러면서도 사랑하는 우리위대한옵바는 불상한저의남매의근심을 담배연기

에싸두고 가지안으섯서요

옵바—그래서 저도 영남이도

옵바와 쏘가장위대한용감한 옵바친고들의 이야기가 세상을 뒤줍을 째

저는 제사기를쩌나서 백장의일전짜리 封筒에 손톱을 쭈러트리고

영남이도 담배냄새구렁을내쫓겨 封筒꽁문이를 뭄니다

지금—만국지원갓흔 누덕이밋헤서 코를고울고 잇습니다

—

옵바—그러나 염려는 마세요

저는 용감한이나라청년인 우리옵바와 피T줄을 갓치한 계집애이고

영남이도 옵바도 늘 칭찬하든 쇠갓흔 거북문이 화로를사온 옵바의 동생이 아니

에요

그리고 참 옵바 악가 그젊은 나머지옵바의친구들이왓다갓습니다

눈물나는 우리옵바동모의소식을 전해주고갓세요

사랑스런용감한청년들이엇습니다

세상에 가장위대한 청년들이엇습니다

화로는 깨어져도 화적같은 기ㅅ대처럼남지안엇세요

우리옵바는 가섯서도 귀여운 「피오닐」 영남이가잇고

그리고 모—든 어린「피오닐」의 짜듯한누이품 제가슴이 아즉도 더웁습니다.

그리고 옵바……

저쑨이 사랑하는옵바를 일코 영남이 쑨이, 굿세인형님을 보낸 것이 겟습니가

슬지도안코 외롭지도 안습니다

세상에 고마운청년 옵바의 무수한위대한친구가잇고 옵바와형님을 일흔수업
는게집아희와동생 저의들의 귀한동모가 잇습니다

그리하야이다음 일은 지금섭섭한 분한사건을 안 잇는 우리동무 손에서 싸워질
것입니다

- 임화, 「우리 옵바와 화로」부분

「우리 오빠와 화로」는 8연으로 짜여진 이야기시이다. 이 시를 김기진은
단편서사시로 규정하고, 이 양식이야말로 프로시가 대중화할 수 있는 유효
한 양식이라고 극찬했다. 이 시에 노동자 삼남매가 등장한다. 인쇄공장에
다니는 오빠와 연초공장에 다니는 동생과 제사공장의 여직공 누이가 그들
이다. 여기서 화자는 누이이다. 작가가 창조한 퍼스나인 누이의 목소리로
진술된다. 따라서 제3의 목소리이다. 누이의 입을 통해 이야기가 전개된
다. 이야기 속에 하나의 전체적인 줄거리가 있다.

오빠가 공장에서 늦게 돌아와 궐련만 연거푸 피우다가 별안간 나는 쇠
소리와 구두소리와 함께 어디론가 잡혀가고 만다. 뒤에 용감한 오빠와 친
구들이 벌린 사건이 세상을 떠들썩하게 만든다. 그 일로 남매는 공장에서
쫓겨나 봉투 붙이는 일로 연명해 간다. 어느 날 영남이가 사온 거북무늬 질
화로가 깨어져 누이와 동생이 크게 상심한다. 두 남매는 감옥의 오빠에게
새 솜옷을 넣어주기 위해, 백장에 일 전씩 하는 봉투 붙이는 일을 열심히
하며, 힘차게 살아갈 것을 굳게 결심한다.

위 이야기는 극적으로 긴밀하게 구성되어 있지 않다. 편지 형식으로 산
만하게 구성되어 있다. 고아 노동자 삼남매가 등장하는 이 이야기가 의미

하는 것은 무엇인가? 노동자의 삶을 예찬하고 노동계급의 투쟁의식을 고취하는 데 의미가 그치지 않는다. 그 의미는 이 시에 등장하는 3남매와 거북무늬 화로의 관계를 살펴보면 더 확대된다. 화로가 깨졌다는 것은 가정의 파탄을 의미한다. 오빠는 감옥으로 가고 남매는 직장을 잃는다. 이러한 가정의 파탄은 또 국권 상실이라는 나라의 파탄을 상징하고 있다. 화로가 거북무늬라는 점에서 이를 확인할 수 있다. 거북은 우리의 전통적인 민족의식과 관계가 깊다. 장수의 상징적 동물로 우리의 설화나 민담 속에 자주 등장한다. 거북무늬 화로의 깨어짐은 바로 나라의 대들보가 붕괴됨을 상징한다. 또 화로는 불씨를 담아 두는 그릇이다. 여기서 불씨는 민족 투쟁의 불씨이다. 운동가인 오빠가 거북무늬 화로에 대해 집요한 애착을 가지는 이유가 바로 여기 있다.

'거북무늬 화로의 깨어짐→가정의 파탄→국권의 상실→투쟁의 단절'로 그 상징적 의미가 확산된다. 이렇게 의미가 확대되면서, 민족의 불씨를 지키기 위하여 꼭 필요한 그릇인 화로가 깨어진 사건이라는 안타까운 상황을 통하여 민족의 불씨를 지켜야 함을 호소하고 있다. 오빠의 투쟁은 노동운동 차원을 넘어선 민족운동의 의미를 담고 있는 것이다. 그런 점에서 이 시는 계급의식을 초월한 민족의식을 느끼게 한다.

이 시와 같이 제3의 목소리를 가진 시가 파인의 「국경의 밤」과 신동엽의 「금강」 같은 작품이다. 「국경의 밤」에서 순이라는 퍼스나를 통해서 시가 진술되고 있다. 순이는 이 시에 등장하는 창조된 인물로 시인과는 무관하다. 이렇게 제3의 목소리를 내는 시의 화자(퍼스나)는 경험적 화자(시인)와 완전히 분리된다.

다문화 시대 대중문화 미디어로서 디카시

이상옥*

1. 다문화 시대

우리 시대는 모든 것의 경계가 무너지고 서로 뒤섞이는 크로스오버 시대 혹은 하이브리드 시대라고들 한다. 이 말은 어느덧 우리 사회도 다문화 시대로 접어들었다는 것을 의미한다. 행정안전부 통계에 의하면 현재 (2010) 우리나라에는 18만 2천여 명의 결혼이주 여성과, 12만 2천여 명의 외국인 자녀가 살고 있다. 그들의 가족구성원까지를 모두 합하면 대략 60만 명에 이르는 숫자다. 최근 농촌에서 결혼하는 10쌍 중 4쌍이 국제결혼이고, 이런 추세라면 앞으로 10년 안에 농촌 인구의 50%는 다문화 가정으로 변모하게 된다는 보고도 있다. 2004년 이후 외국인과의 결혼이 10%를 웃돌고 있는 현실 앞에서, 우리는 이제 '한핏줄'을 더 이상 자랑으로 내세울 수만은 없게 된 것이다. '다문화가족정책위원회' 설치 등을 내용으로 하는 '다문화가족지원법 일부 개정법률안'이 2010년 3월 11일 국회 본회의

---

* 시인, 교수. 홍익대 대학원(문학박사). 1989년 『시문학』 등단. 시집 『유리그릇』 『그리운 외뿔』 외 다수. 시론집 『현대시와 투명한 언어』, 『시창작입문』 외 다수. 시문학상, 유심작품상, 경남문학상 수상. 반년간 『디카詩』 주간. 창신대학교 문예창작과 교수.

에서 통과된 이래 지속적인 개정이 진행되고 있는 것도 이러한 시대 변화를 반영한 것이라 할 수 있다.

그렇다면 이러한 시대 상황에 대비해 시급하게 갖추어져야 할 것이 무엇일까? 그것은 아마도 다문화 구성원들 간의 원활한 소통이지 않을까 싶다.

2011년 9월 초에는 한국다문화예술원과 대한민국 다문화예술조직위원회가 공동주최하는 "제1회 2011 아시아 다문화축제"가 경남 창원시 용지공원 야외특설무대에서 열렸다. 이 행사는 영남 지역의 다문화 가정이 직접 참여한 가운데 인기가수 축하공연과 다문화가족노래자랑, 먹거리 장터, 바자회, 글짓기, 풍물놀이 등 다양한 이벤트를 펼친 것이다.

여기서 주목을 끄는 것은 글짓기다. 이 자리에서 발표된 글들은 다문화시대에는 더 이상 한민족의 순혈주의 문학이어서는 안 된다는 점을 일깨운다. 이즈음 다문화 시대의 문학의 좌표도 진지하게 모색해야 한다. 이미 민용태 교수는 2009년 문학미디어 세미나 주제발표문 「다민족환경에서 문학이 배워야 할 시각」에서 백의민족, 단일민족이라는 자의식이 다민족 시대를 생소하고 문제성 있는 표현으로 만들고 있다면서 이미 글로벌 시대, 지구촌 시대를 살고 있는 현대인으로서 이웃에 흑인, 백인, 아프리카인이 있다는 생각이 상식이어야 하고, 그 다른 모습, 다른 문화, 다른 습관에도 내 속과 같은 더운 피, 따스한 인간성, 찌르면 아픈 인간이 있음을 깊이 고려해야 한다고 말했다. 나아가 우리나라에 아직 노벨상을 받을 만한 작품이 제대로 나오지 않는 이유로 우리 문학이 외국 독자들에게 지나치게 자기 민족 중심적이라는 문제를 지적했다.

강소영 교수는 같은 세미나에서의 주제발표문 「다문화와 문학의 공존」에서 현재 100만 명 넘는 이주민들이 국내에 거주하고 있는 현실은 한국사회의 단일민족 통념이 해체되고 있음을 보여준다는 것을 전제하고, 우리

나라 다문화 정책이 아직 사회 통합을 '한국화' 일변도로 동화시키고자 하는 경향이 있다고 비판한다. 또 이주민들이 한국에 대한 지식을 습득하는 동시에 그들의 고유문화와 그들만의 독특한 정체성을 존중 받을 수 있고 공유할 수 있어야 진정한 성공적인 사회 통합이 될 수 있다고 진단했다.

우리 주변에는 중국과 일본, 러시아, 태국, 캄보디아, 몽골, 베트남, 필리핀, 우즈베키스탄 등의 사람들과 다문화가정을 이루고 살고 있는 것이 더 이상 낯선 풍경이 아니다. 그래서 다문화 시대의 문학은 더 이상 백의민족 문학, 단일민족 문학이 아니다. 그들의 고유한 문화와 독특한 정체성은 하위문화이거나 아웃사이드 문화가 아니라 그것들은 그것들대로 가치가 있는 것이고, 또한 한국 고유의 문화와 버무려지고 뒤섞이면서 제3의 문화로 거듭 창출되어야 하는 것이다.

이러한 서로 다른 문화를 매개하는 데 있어 결정적인 역할을 하는 것이 '미디어'이다. 이런 점에서 인류 역사는 미디어 기술의 진화사라고 말한다. 인간은 이미 오래 전부터 자신의 생각과 감정 또는 욕구를 표현하거나 전달하기 위해 매개 수단을 만들어 왔는데, 저 멀리 고대의 그림문양에서부터 최근의 스마트폰에 이르기까지 미디어 기술은 진화를 거듭해 왔다. 얼마 전까지 가장 영향력을 떨친 것은 역시 문자 미디어였다. 그러나 최근 스마트폰 열풍이 환기하듯이 트위터나 페이스북과 같은 새로운 소셜네트워크가 일상화되면서 소통의 실시간성이 강조되는바, 그것도 멀티미디어가 대세를 이루고 있는 것은 두말할 여지가 없다.

이런 미디어 환경에서 미디어 수용자는 이제 더 이상 기존의 독자처럼 수동적 위치에만 머물러 있지 않는다. 소위 '프로슈머'(producer+consumer)로서 미디어 소비자이면서 동시에 생산자의 역할까지 넘보는 것이다. 과거의 수용자는 수동적이었지만, 정보화 사회에서 수용자들은 하워드 라인골

드의 표현대로라면 '똑똑한 군중'(smart mobs)들이다. 예전처럼 TV드라마나 인터넷 소설 등의 스토리 전개를 일방적으로 받아들이기보다는 이제 저마다의 미디어 기기들을 이용해 스토리 전개에 적극적으로 개입한다.

빌렘 플루서(Vilém Flusser, 1920-1991)는 일찍이 『디지털 시대의 글쓰기』에서, '역사의 시작 이래로 문자와 책이라는 미디어를 기초로 형성된 선형적, 진보적, 역사적 사고방식은 이제 새로운 디지털 코드에 의해 비선형적, 순환적, 탈역사적 사고방식으로 이행해 갈 것'이라고 밝힌 바 있다.

플루서의 예견처럼, 우리 시대의 소통 환경은 인쇄 매체를 주조로 하던 문자 미디어 중심의 전 시대와는 확연히 달라져 있다. 이런 시대에 기존의 문자 언어로서의 시가, 지난 시대처럼 문학의 절대 왕좌를 차지하기를 기대하기란 무망한 노릇이다. 이제 시도 소셜네트워크 시대에 다시 한 번 진화해야 할 시점을 맞은 것이다.

시는 인쇄 매체의 문자언어라는 순혈주의만 고집해서는 안 된다. 멀티미디어 시대의 영상까지 수용하여 하이브리드 혹은 크로스오버 문학으로도 진화해야 하는 것이다(물론, 문자언어로서의 시를 부정하는 것은 아니다.).

이런 당위는 작금의 다문화 시대와 맞물려 있다. 이민족과 같이 한 나라의 가족으로 살아가야 하는 하이브리드 혹은 크로스오브 시대다. 모든 것이 분리되는 것이 아니라 버무려져 하나가 되는 진정한 소통의 시대가 도래한 것이다.

2. 대중미디어로서의 디카시

이런 점에서 대중미디어로서의 디카시(dica-詩)를 주목할 필요가 있다. 주지하다시피 디카시는 순간의 실시간 소통을 전제로 하고 있다. 그것은 영상과 문자가 동일한 층위로서의 지위를 차지하고 있다. 기존의 문자시와는 달리 만국 공통어라 할 수 있는 영상을 주요 소통 수단으로 사용하고 있다는 것은 다문화 시대에 매우 유효한 것이다. 아래의 디카시는 이러한 유효성을 보여주는 좋은 본보기가 될 만하다.

이사를 간다
식솔들이 한 짐이다
하늘이 텅 비었다

   -최광임, 「이사」

디카시 운동은 2004년부터 필자의 디카시집『고성 가도(固城街道)』를 기점으로 공론화되어 현재는 디카시 전문 잡지가 발간될 만큼 여러 국면에서 담론의 장이 마련되고 있다. 디카시는 자연이나 사물 속에 존재하는 시적 형상(날시)을 디지털카메라로 포착하여 문자 재현하는 방식이다.

이런 점에서 디카시의 시인은 에이전트가 된다. 시적 형상을 창조하는 것이 아니라 견자(見者)로서 순간 포착하여 그것을 문자 재현하여 독자들에게 전달한다는 점에서 그렇다. 기존의 시인이 창조자라는 관점에서 보면, 다소 혁명적이다. 이를 비롯한 디카시의 독특한 시론을 다 말하려면 많은 지면을 필요로 한다. 여기서는 그럴 여지가 없다(디카시 이론에 대한 것은 필자의 『앙코르 디카詩』등 참조 바람). 아무튼 디카시는 사물이나 자연에서 시적 형상을 순간 포착한다는 점에서 일본의 하이쿠처럼 매우 짧은 형식의 경제적 소통을 지향한다. 위의 인용 디카시처럼 대체로 5행 내외가 적합한 형식이라 봐도 좋다.

이러한 디카시가 다문화 시대 대중문화 미디어로서 뚜렷해질 수 있는 몇 가지 근거는 다음과 같다.

첫째, 디카시는 우리 시대 가장 친숙한 하이브리드 혹은 크로스오버 문학이라고 감히 전제하고자 한다. 근대 산업혁명이 대량생산, 대량소비를 통해 원전이 지닌 아우라를 붕괴시켜 버린 아쉬움이 있긴 하지만, 이를 대중 중심으로 이해하면 그만큼 문화의 대중적 확산을 가져왔다는 점에서는 높이 평가될 만한 이유가 분명한 셈이다. 당시 상황에서 산업혁명의 주된 미디어인 문자 미디어가 종이로 인쇄되어 지식과 정보를 대중에게 소통시킨 것은 하나의 혁명이었다. 그러던 것이 정보화 혁명기에 들어선 이즈음은 모든 문화의 통합을 실현시키고자 하는 하이브리드 혹은 크로스오브의 세계로 진입하는 또 하나의 전환점이 되고 있다. 그것은 멀티미디어 언어가 새로운 미디어로 등장한 것과 관련이 없지 않다. 이러한 시대에 문학은 예전의 그 전통적인 '고귀한 자리'를 고집스레 지키고 있어선 안 될 일이다. 인간의 삶을 바탕에 둔 문학이 정작 인간의 생활과 동떨어진 자리에서 언어유희로 전락한다면 무슨 의미가 있을 것인가. 문학은 이제 좀 더 친숙한 멀티미디어 속으로 구현되어야 할 운명을 맞았다. 이런 점에서 시도 문자 언어 예술이라는 순혈주의를 스스로 벗어나야 할 상황에 처해 있는 것이다.

문자 언어에서 멀티미디어 언어로 이행되고 있는 우리 시대에 하이브리드 혹은 크로스오버적 문학인 디카시가 우리 시대정신을 드러내고 있다는 건 새삼스러운 일이 아니다. 디카시가 멀티미디어 언어의 가장 기본적인 형태라고 할 수 있는 '영상+문자'를 하이브리드 혹은 크로스오버적으로 한몸을 이루어 표현된다는 것만으로도 우리 시대의 새로운 대중문화 미디어 기능을 할 것으로 기대하게 한다.

둘째, 디카시는 다문화 시대 다중언어로 소통되는 대중문화 미디어로서의 기능을 갖는다. 현대시에 있어서 시인과 독자의 불통 문제는 어제 오늘의 일이 아니다. 오늘의 시는 몇몇 시인들끼리 돌려 있는 은어이거나 암호로 전락하고 있다. 그것은 시의 난해성이라는 운명적 요인도 없지 않지만, 이전처럼 시가 대중문화 미디어로서의 기능을 상실한 데에서 오는 시적 자해와도 관련이 없다고는 말할 수 없을 것이다. 이런 국면에 오늘의 현대시가 다문화가족들에게 소통된다는 것은 거의 불가능한 일이다. 여기 그 대안으로서도 디카시를 거론할 수 있다.

디카시는 시적 형상을 먼저 디카 영상으로 먼저 포착하는 것이다. 가령 위의 예시의 경우, 디카 영상은 벌판 위의 철새들이 어디론가 이동하는 장면이다. 이 장면은 짧은 문자로 언술된다. "이사를 간다/ 식솔들이 한 짐이다// 하늘이 텅 비었다."로 표현하였다. 즉, 철새들의 이동 장면을 이사로 읽어 내어 언술하고 있다. 영상과 문자의 메타포이지만, 그렇다고 단순한 메타포로 끝나지 않는다. 이들은 제3의 텍스트가 되어 상징으로 업그레이드되고 있다. 자식들을 품에서 떠나보내는 부모의 심정 혹은 또 다른 하늘을 선택한 이주민들의 정황, 혹은 실존의 문제 등 의미망은 영상과 문자의 조합에 의해서 계속 확장된다.

여기서 주목해야 할 것은 다중 언어라는 점이다. 흔히 문자만의 언어인 경우에는 번역하면 그 시성이 현저하게 훼손될 수 있다. 가령 김소월의 리드미컬한 시어를 영어로 번역했을 때 그 시성이 제대로 살아나겠는가. 그러나 디카시는 이미지를 전제로 하기 때문에 설령 다소 거칠게 번역된다 해도 그 시성은 별 손상 없이 옮겨질 수가 있는 것이다.

이 정도의 디카시라면 다문화가족들도 충분히 향수할 수 있지 않겠는가. 앞으로 디카시는 다중언어로 번역하여 세계문학 시장에 선보일 수 있을 것이다. 지구촌 시대의 새로운 시로 자리 잡을 수 있을 것으로 기대한다.

셋째, 디카시는 단순히 시의 영역에서 소통되는 것에 만족하지 않는다. 디카로 재현된 그것은 다양한 문화산업 콘텐츠로서의 기능을 훌륭히 수행할 수 있다. 가장 손쉬운 것으로 '컴퓨터 스크린세이버'나 '휴대폰 기능화면' 등으로 활용할 수 있다. 산업적 차원에서는 상품 포장지나 인테리어 소품 등에서 활용할 수 있으며, 도시 미관을 위한 이미지폴의 콘텐츠로도 활용할 수 있다. 이렇게 본다면 디카시는 훌륭한 'OSMU'(One Source Multi Use)의 원재료가 될 수 있다. 문화 콘텐츠 측면에서는 요즈음을 'OSMU' 개발의 시대라고 부른다. 그만큼 스토리텔링의 쓰임새가 중요함을 깨닫고 있다는 뜻이다. 그러나 지금까지 스토리텔링은 '서사' 중심으로 그 터무니를 넓혀 오고 있다. 내다보건대, 머지않아 이것은 우리 삶의 거의 모든 영역으로 그 촉수를 뻗어 올 것이다.

지금 우리가 온몸으로 밀고 가는 이 '디카시' 운동은 지금까지 이야기 중심으로 전개되어 온 스토리텔링을 '서정'의 영역으로까지 확장시킬 수 있는 선행적 운동이 될 것이다. 이것이 과거 한때의 '구체시 운동'이나, 최근의 '포토포엠'과 뚜렷하게 나뉘는 것은 이 때문이다. 다시 말해 디카시는, 이미 만들어진 문화 담지체를 시의 영역으로 끌어오는 수동적 문화운동이 아니라, 디카시를 하나의 OSMU로 설정하여 우리 삶의 모든 영역으로 그 터무니를 넓혀 나가는 적극적 문화운동으로서의 성격을 지닌다.

3. 디카시, 시의 대중미디어로서의 가능성

오늘날 급속한 미디어 환경의 변화는 정보화 시대, 다문화 시대의 대중문화 미디어로서의 문학을 새삼 다시 생각해 보게 한다. 개화기 시대 춘원이나 육당이 대중적 소통을 위하여 문학을 선택한 것은 우연이 아니다. 주지하다시피, 개항 이후 서구 문물의 급격한 조류와 봉건적 왕조 체제가 부실함 속에 밖으로는 미국, 영국, 러시아, 일본 같은 외세가 국권을 넘보고, 안으로 제 세력들의 갈등으로 소모적인 논쟁만 되풀이하다가, 조선은 마침내 일본에 강점되고, 그 후 3·1운동도 실패하고 말았다. 이때 우리는 육당과 춘원의 계몽주의 문학을 본다. 그들은 순수한 작가라기보다 개화 계몽 운동을 펼치기 위해서 대중과의 소통 도구, 즉 대중문화 미디어로서 선택한 것이 문학이었다.

그러나 우리 시대라면 대중과의 소통을 위해서 춘원이나 육당이 다시 문학을 선택할까. 아마, 문학보다는 영상물을 선택하지 않을까. 물론 계몽 주의 식으로 대중문화 미디어로서의 문학만이 능사는 아니었다. 소수 엘리트 독자를 위한 고급문화 미디어로서의 기능 또한 간과해서는 안 될 것이다. 그러나 문학이 언제까지 순수문학 혹은 엘리트 문학이라는 기치 아래 자폐적인 문자언어로 소수에게만 향유되는 은어나 방언이 되어서는 안 된다는 것이다. 문학이 다시 대중문화 미디어로서의 역할을 회복하기 위해서는 멀티미디어 문학으로 진화해야 한다는 당위를 굳이 막을 이유는 없다.

근자에 디카시 운동이 활기를 띠는 것은 시의 대중문화 미디어로서의 새로운 가능성을 모색하려는 움직임에 다름 아니다.

디카시는 앞에서 제시한 우리의 시대정신을 반영한다는 상징성과 소통의 효율성, 그리고 훌륭한 'OSMU'로서의 가능성 등으로 다문화 시대의 다문화가족을 비롯한 일반 대중에게 대중문화 미디어로 기능할 가능성이 충분히 있다. 끝으로, 본문에서 미처 다루지 못한 디카시의 대중문화 미디어로서의 프로슈머적 특성 하나만 지적하고 이 글을 맺도록 하겠다.

디카시는 원래 프로슈머들에 의해서 자연발생적으로 드러난 것이라고 해야 한다. 언제부턴가 디지털카메라가 우리 시대의 새로운 펜으로 기능하게 되면서부터 온라인을 중심으로 디카 영상 글쓰기는 일반화되었다. 가령 디카 에세이라 일컬어지는 것이 그것이다.

커튼 새로 스며든 늦은 햇살이
슬며시 내 어깨를 짚으며 일렀다

아름다움은 마음속에 있는 것
보이는 것만 보지는 말아라

눈을 뜨고 꿈을 꾸었다
　　　　-서울 인사동 학고재 화랑에서

　서울의 독자 강현석이 『중앙일보』(2004.09.16)에 「도시의 고요 한낮의 여유」라는 제목으로 투고한 디카 에세이다. 이렇듯 디카 영상 글쓰기는 디지털 시대의 일상적 풍경이 되었다.
　이런 디카 영상 글쓰기를 시의 영역으로 끌어올린 것이 디카시라고 한다면, 프로슈머적인 디카시는 쌍방향 대중문화 미디어로서 친연성을 더한다.

사람들에 대한 시 쓰기

박 형 준*

1. '사람'과 대화를 꿈꾸는 시 독자에게

우리 시대의 시는 사람을 되찾아야 한다. 스페인의 시인 페데리코 가르시아 로르카(Federico Garcia Lorca)는 한 대담에서 "시인은 그가 언어로 창조한 백합 다발을 거들떠보기보다는 백합을 찾고 있는 사람들을 위해 진흙탕 속으로 빠져 들어가야 한다."**고 말했다. 어느 시대보다 새로움이 강조되는 우리 시대의 시와 마주하고 있을 때 로르카의 말은 의미심장하게 다가온다.

그의 말을 빌려 말하자면 우리 시대의 시가 처해 있는 위기는 우리의 삶을 채우고 있는 예리하고 형이상학적인 질문에서 나오는지 모른다. 이미

---

* 명지전문대 초빙교수. 1966년 전북 정읍에서 태어나 서울예대 문예창작과를 졸업하고 명지대 문예창작학과 대학원에서 박사학위를 받았다. 1991년『한국일보』신춘문예에 시「家具의 힘」이 당선되어 작품 활동을 시작했다. 시집으로『나는 이제 소멸에 대해서 이야기하련다』『빵냄새를 풍기는 거울』『물속까지 잎사귀가 피어 있다』『춤』『생각날 때마다 울었다』, 산문집으로『저녁의 무늬』『아름다움에 허기지다』가 있다. 동서문학상, 현대시학작품상, 소월시문학상, 육사시문학상 등을 수상했다.

** 정현종·김주연·유평근 엮음.「시적 창조는 해독할 수 없는 신비」(페데리코 가르시아 로르카),『시의 이해』, 민음사, 1983, 108쪽.

1922년에 슈펭글러는 자신의 저서『서구의 몰락』에서 "A. D 2000년 이후에는 인구 1천만에서 2천만까지의 도시들이 광활한 들녘에 펼쳐져 있는 것을 예상한다."*고 말한 바 있다. 그의 지적대로 우리가 살고 있는 세계 속에서 도시 영역은 날이 갈수록 확대되고 있으며 도시와 농촌의 경계는 물론이고 도시와 도시 간의 자연적 경계도 불투명해져 가고 있다.

먼저 도농(都農) 간의 경계가 흐려져 가는 예를 살펴보자. 우리의 탯줄인 그리운 고향도 명절에 찾아가 보면 더 이상 추억과 그리움으로서의 성소(聖所)가 아니라는 것을 알게 된다. 고향 사람들도 의식은 도시이며, 여러 매체를 통해 도시의 삶을 닮아가고 있다. 그렇지만 도시처럼 시스템이 되어 있지 않기 때문에 쓰레기가 생겨도 제대로 치우지 않는다. 안타깝게도 도시의 나쁜 습성이 그대로 드러나고 있는 고향에서 우리는 오히려 환경과 공해 문제가 더 절실한 아이러니한 상황과 마주치게 된다. 이렇게 고향은 어느새 도시 주변부가 되어 가고 있다. 고향 사람들이 도시에서 산다고 해도 상황은 별로 나아지지 않는다. 그들이 고향을 떠난 순간부터 그들은 도시의 유민이 될 뿐이고, 고향은 사람이 없어 더 공동화되어 가기 때문이다. 도시와 도시 간의 자연적 경계 역시 불투명해져 있기는 마찬가지이다. 이것은 서울과 서울을 중심으로 한 수도권 지역의 관계를 생각해 보면 알 수 있을 것이다. 갈수록 도시는 최대한도로 확대되고 있지만 자리는 여전히 비좁다.

전광식은 그의 저서『고향』에서 이러한 대도시에서 살고 있는 현대인의 모습을 다음과 같이 설명했다. "현대인은 이 절망감 가운데 깊은 고독 속에

---

* Oawald Spengler, Der Untergang des Abendlandes Bd. 2, München, 1923, S.119.

빠져 있다. 이 고독은 이중적인데, 하나는 고향으로부터의 이탈에서 파생된 근본적인 고독이며, 다른 하나는 도시와 같은 타향에서 폐쇄된 자아들의 군집 속에서 갖는 관계적 고독이다."* 그의 말에 따르면 고향을 잃은 인간에게 고향 같은 모습으로 위장한 공동체와 사상들은 유혹으로 다가온다는 것이다. 우리 주변에는 어느 시대보다도 더 새로운 학설과 교리, 그리고 주의(主義)가 범람하고 있다. 특히 오늘날의 과학과 기술은 실재계의 모든 것을 완벽하게 해석하고 정정할 수 있을 것 같은 전능자의 모습을 띠면서 '영원한 고향', 즉 유토피아로 안내하는 인도자의 모습을 닮아 가고 있다. 그러나 그것이 결코 현대인의 절망감과 고독을 근본적으로 치유할 고향은 되지 못한다. 오히려 고독한 현대인이 형이상학적인 주의와 과학기술주의를 고향할수록 그 절대화되고 타향적인 모든 것은 우리를 편안하고 아늑하게 치유하는 유토피아가 되지 못하며, 우리를 구속하는 이데올로기로 작동할 뿐이다.

인간은 태어난 이래로 타인과 교류하면서 생성된 또 다른 자아와 영향을 주고받으면서 공동체를 이루고 그 속에서 자신만의 고유한 주체를 이루어나간다. 폴 발레리(Paul Ambroise Valéry, 1871-1945)가 "시인의 기능은 시적 상태를 경험하는 것이 아니라 타인 속에 그것을 만들어주는 것이다."라고 한 것이나 옥타비오 파스(Octavio Paz, 1914-1998)가 "시는 리듬이며 리듬은 그 자체로 대화다."라고 할 때의 시적 경지가 그러하다. 즉 하나의 개성이 아니라 다양한 개성 속에서 우리가 만지고 보는 사물과 만나는 인간들이 다른 깊이를 가지고 있음을 느낀다는 것, 즉 그렇게 생성된 리듬이 시적 대화의 출발이다.

---

* 전광식, 『고향』, 문학과지성사, 1999, 120쪽.

우리 시대의 시는 사람을 되찾아야 한다. 오늘날 시에 대한 감응은 인쇄된 책에서 시를 읽고 이해하려는 수준에서 멈추고 만다. 언제부턴가 시는 독자와의 공감대를 잃어 가고 독자에게 가 닿지 못하고 있다. 시는 예술을 위한 예술이 되기보다는 세상 사람들과 함께 웃고 울어야 한다. 시인 자신이 스스로가 창조한 백합 다발에 탐닉한 결과 시인이 시인을 위해 쓰는 시가 되는 우를 범하지 말고 서두에서 말한 로르카처럼 백합을 찾고 있는 사람들을 돕기 위해 시인 스스로가 진흙탕 속으로 걸어 들어가야 한다. 로르카는 시적 창조는 해독할 수 없는 신비라고 말한다. 그것은 사람이 태어나는 것과 마찬가지이다. 말하자면 어디서 오는지 모를 소리를 듣는다. 그 소리가 어디서 오는지 숙고하는 건 그의 말대로 쓸데없는 일이다. 또한 시인은 날개 달린 음악, 웃음, 그리고 말로 표현할 수 없는 영원한 맥주가 있는 엄청난 카페를 갖고 있지 못하다. 그런데 로르카는 자신 있게 말한다. "그러나 걱정 말아라, 갖게 될 테니."* 이러한 로르카의 반어(反語)야말로 시적 대화를 지향하는 핵심을 정확히 찌른 것이라고 할 수 있다. 우리에게 잃어버린 고향과 사람을 되찾기 위한 시적 고투를 아름답고 절실하게 보여주고 있기 때문이다.

그러나 고향을 잃고 대도시에서 험한 세상에 피멍 들며 살아온 사람들이 만나는 성스러운 장소가 우리 주변에서 완전히 사라진 것은 아니다. 그것은 시에서도 그렇고 사람 사는 세상에서도 그렇다.

인사동에 가면 오랜 친구가 있더라
얼마 만인가

---

* 정현종 · 김주연 · 유평근 엮음, 앞의 책, 109쪽.

성만 불러도

이름만 불러도 반갑더라

무슨 잔치같이 날마다 차일을 치겠는가

무슨 잔치같이

팔목에

으리으리한 팔찌 끼고 오겠는가

빈손이

오로지 빈손을 잡고

그냥 좋기만 하더라

험한 세상 피멍 들며 살아왔다

조금은 잘못 살았다

너는 내달리기만 하였고

나는 풀잎 하나에도 무정하였다

인사동에 오면

그런 날들 가슴에 묻어

고향 같은 골목들 그냥 좋기만 하더라

어찌 15년 20년 친구뿐이겠는가

인사동에 오면

추운 날 하얀 입김 서러워

모르는 얼굴들

어느새 정다운 얼굴이더라

인사동에 가면

한잔 술 주고받을

친구가 있더라

얼마 만인가

얼마 만인가

밤 이슥히 손 흔들어

헤어질 친구가 있더라

오늘밤은 아직 내일이 아니더라

성만 불러도

이름만 불러도

반가운 친구가 있더라

인사동에 가면

—고은, 「인사동」(『두고 온 시』, 창비, 2002)

위 시도 그렇다. 사는 일이 매번 무슨 잔치같이 날마다 차일을 칠 수도 없고, 또한 날마다 팔목에 으리으리한 팔찌를 끼고 다닐 수는 없지만 "성만 불러도/ 이름만 불러도/ 반가운 친구"가 있는 장소가 우리 주변에는 아직 있다. 대도시라는 타향에서 고향의 이미지를 간직하고 있는 이런 장소가 성스러운 것은 오랜 친구만 있어서가 아니라, "추운 날 하얀 입김 서러워/ 모르는 얼굴들/ 어느새 정다운 얼굴"이 되게 하는 "빈손이/ 오로지 빈손을 잡고/ 그냥 좋기만 하는" 고향의 표정이 있기 때문일 것이다.

그러나 우리는 현대 사회에 살면서 사람으로 살기가 얼마나 어려운지도 새삼 다시 되물어야 한다. 낙관과 비관의 이율배반 속에서 우리는 먼 길을 돌아 집으로 귀향할 수 있는 길트기와 대화를 시도할 수 있다.

2. 인간의 피가 흐르는 이야기로서의 시

오스카 와일드(Oscar Wilde, 1854-1900)의 동화에 「선녀를 만난 나무꾼」
이야기가 있다. 내용은 이렇다. 한 나무꾼이 초저녁이면 마을 사람들이 많
이 모인 곳에 가서 낮에 만난 선녀 이야기를 늘어놓는 것을 재미로 했다.
그런데 어느 날 저녁, 나무꾼은 영 꿀 먹은 벙어리가 되어 아무 말도 하지
못했다. 지금까지는 선녀를 만난 것이 아니라 꾸며낸 거짓말로 사람들을
멀쩡하게 속여먹은 것이지만, 이날은 정말로 선녀를 만났기 때문이다.

미당 서정주는 이 이야기를 인용하면서 다음과 같이 말했다. "시인의 언
어는 이 이야기 속의 나무꾼의 거짓말 늘어놓기가 아니라 꿀 먹은 벙어리
가 되어 버린 그 체험된 감동의 침묵을 기초로 하는 것이어야 한다고 생각
한다."(『서정주 문학전집』제2권) 소중한 경험은 거짓말과는 달리 바로 말해질
수가 없다. 오랜 기간 '그 체험된 감동의 침묵'을 기초로 하여 숙성될 때, 어
느 날 자신이 보고 느낀 감동에 알맞은 '언어의 예물'이 장만될 것이다.

옛날에는 동네마다 이런 이야기꾼이 있었다. 대개의 이야기꾼은 동네에
붙박혀 사는 사람들과는 달리 먼 곳으로 떠났다가 돌아온 사람이었다. 그
가 외지에서 겪은 체험은 외지 경험이 없는 동네 사람들에게는 중요한 지
식이었고 정보였다. 독일 철학자 발터 벤야민(Walter Benjamin, 1892-1940)
은 「이야기꾼」에서 이야기꾼의 역할을 다음과 같이 말한 바 있다. "지금도
그렇지만 앞으로도 최초의 진정한 이야기꾼은 옛이야기를 들려주는 이야
기꾼일 것이다. 좋은 조언이 잘 떠오르지 않았을 때는 옛이야기는 언제나
조언을 해줄 줄 알았다. 어려운 처지에서 그리고 정작 조언이 필요했을 때

가장 가까이서 얻을 수 있었던 것은 옛이야기의 도움이었다." 이와 같이 이야기꾼의 진정한 역할은 조언에 있다. 그래서 이야기를 듣는 사람은 이야기꾼과 함께 있게 되며, 그와 유대감을 느끼게 된다.

하지만 문명사회가 발달하면서 이야기꾼의 역할은 각종 정보매체가 담당하고 있다. 신문을 읽게 되면 우리는 직접 경험을 하지 않았지만 사회에서 일어난 많은 일들을 알게 된다. 우리가 살고 있는 세계에서 이제는 옛날과 같은 이야기꾼의 역할은 필요 없게 되었고, 그들이 직접 들려주던 이야기의 신비감은 더 이상 느낄 수 없게 되었다.

물론 사회가 발달하면서 더 이상 이야기에 기대지 않은 시들이 씌어지고, 대부분 그런 시들은 난해시로 흐를 때가 많다. 모든 정보들을 각종 정보매체가 담당하면서 더 이상 타인의 직접 경험을 공유할 필요가 없어지게 되면서 무의식과 개인 내면 풍경이 시의 중요한 주제가 되었다. 오르떼가 이 가세트(José Ortega y Gasset, 1883-1955)가 『예술의 비인간화』에서 말한 것처럼 현대시는 많은 부분 "비통속성, 혹은 반통속성"에 기대고 있다. 삶의 보편적인 체험에 기댄 인간적인 시보다는 내면의 놀이로서의 비인간적인 시가 현대시의 큰 흐름을 차지하게 되었다.

그러함에도 작가나 시인은 여전히 이야기에 매달린다. 소설가는 이야기를 길게 느리게 이어가며 서사로서 말하지만 시인은 어떤 이야기를 이미지로 집약시켜 말한다는 점이 차이일 뿐이다. 그러한 점에서 작가나 시인이나 이야기에 갈증을 느끼는 것은 예나 지금이나 마찬가지라고 할 수 있다. 세계와 사람에 대한 호기심이 이야기에 집약되어 있기 때문이다.

미하엘 쾰마이어(Michael Köhlmeier)는 자신의 책 『그리스 신화』에서 "나는 호기심을 사랑한다. 신화는 호기심이 만들어낸 거대한 코스모스다." 라고 말했다. 여기서 '신화'라는 단어를 '시'라는 단어로 대체하면, 그것이 시의 속성을 파악하는 열쇠가 된다. 왜냐하면 시인은 미궁을 향해 나아가는 자이다. 시인을 일컬어 '견자'라고 하는 것은 그가 미궁을 향해 나아가기 때문이다. 호기심은 맹목의 산물이 아니다. 우리가 사물에 대해 호기심을 느끼는 것은 그 속에 비밀이 숨겨져 있기 때문이다. 비밀을 풀기 위해서, 미궁을 빠져나가기 위한 열쇠를 발견하기 위해서 시인은 관찰한다.

그리스 신화에 반인반수인 마르시아스(Marsyas) 이야기가 나온다. 볼품없고 못생긴 마르시아스는 팔라스 아테나(Pallace Atena) 여신에 의해 저주받은 악기 플루트를 불다가 음악의 신 아폴론(Apollon)과 연주 대결을 벌인다. 음악과 학문의 뮤즈들을 불러놓고 벌인 대결에서 마르시아스는 아폴론에게 패한다. 그는 신과 대결을 벌인 죄로 나무에 매달려 자신이 불던 플루트로 가죽을 벗기는 형벌에 처해진다. 여기서 중요한 것은 뮤즈들의 반응이다. 뮤즈들은 세상만사를 미적인 차원에서 받아들이기 때문에 마르시아스의 비명소리도 음악소리로 여기며 듣는다. 시인의 운명도 마찬가지다. 시인이란 미궁의 비밀을 풀기 위해 '견자'로서 살다가, 그 죄로 저주받게 된다. 그리고 우리는 그의 고통에 찬 신음소리를 천상의 음악으로 듣는다.

그래서 시인은 자신의 가난을 팔지 않는다. 뮤즈(독자)들의 환심을 사기 위해서 자신의 음악을 팔지 않는다. 나무 꼭대기에 매달려 피부가 벗겨지는 형벌에 처해지더라도 그는 신의 영역인 비밀과 대결한다. 미궁으로 나아가는 정신은 그렇게 태어난다.

무엇보다 시를 쓰는 일도 넓게는 세상을 살아가기 위한 한 방법이다. 우리 시대에는 좋은 시를 쓰기 위해 꾸며진 거짓말로 그럴 듯하게 쓰기보다는 진실한 이야기로 독자들과 유대를 이루는, 그런 감동을 지닌 시가 절실하게 필요하다. 우리는 자신의 거짓말에 취하는 시인보다는 한번이라도 진실과 대면하는 시인이 그리운 것이다. 그리고 그 이야기를 절실하게 담아내기 위해, 시인은 그에 합당한 언어의 예물을 장만해야 할 것이다. 인간의 피가 흐르는 이야기로서의 시, 그 감동의 순간을 위해 오랜 시간을 꿀 먹은 벙어리로 침묵을 견딜 수 있어야 한다.

명망을 바라지 않고 종이에 글을 쓰는 건 싱거울지 모른다. 그리고 실연과 고통을 다시 떠올려보는 건 민망한 일인지도 모른다. 하지만 종이에 글을 쓰는 건 상처를 남기는 것이 아니라 상처를 치유하는 행위이다. 자신의 하찮음 속에서 참된 자아가 말하기 시작하면 그건 일대 사건이 된다. 그래서 우주 공간의 사랑과 하나가 되는 경이에 동참하게 된다. 보리스 빠스체르나크(1890-1960)의 다음의 시는 타인과 자신에 대해서 우리가 글을 어떻게 쓸 것인지 하는 물음에 진실된 답을 전해준다.

유명해진다 함은 아름다운 것도

내세울 만한 것도 아니다.

기록을 남기거나 쓴 글에 연연할

필요도 없는 일이다.

창작의 목적은 자아의 표출이니

허세나 출세가 아닌 것이다.

아무 것도 모르면서 사람들의 입에

오르내리는 것은 수치일 뿐.

그러나 헛된 명망 없이 살아야 하느니,

미래의 부름에 귀 기울이고

우주 공간의 사랑과 하나가 되기 위해 끝내, 그렇게 살아야 한다.

종잇장이 아닌 운명 속에 여백을

남겨야 한다.
삶이라는 하나의 절(節)과 장(章)이
책의 여백으로 구분되듯이.

이름없음에 젖어들고
그 속에 발자국 또한 숨겨야 한다.
안개 속에 아무 것도 보이지 않을 때,
대지가 그 속에 은신하듯이.

타인들이 걷던 삶의 흔적을 따라
한 걸음씩 너의 길을 걷되,
너 자신 승리와 패배를
나누지 말아야 할 것이다.

하찮은 것이라도
외면하지 말라.
그러나 생명력 넘치는 삶은
끝내 그렇게 살아야 하느니.

　　　　　　　　　ㅡ보리스 빠스쩨르나크, 「유명해진다함은」
　　　　　　　(김학수 · 이종진 · 장실 옮김, 『소련현대시인선집』, 중앙일보사, 1990.)

추천 도서

정현종 · 김주연 · 유평근 엮음, 『시의 이해』, 민음사, 1983.
전광식, 『고향』, 문학과지성사, 1999.
박형준 · 이장욱 엮음, 『걸었던 자리마다 별이 빛나다』, 창비, 2009.

명망을 바라지 않고 종이에 글을 쓰는 건 싱거울지 모른다.

그리고 실연과 고통을 다시 떠올려보는 건 민망한 일인지도 모른다.

하지만 종이에 글을 쓰는 건 상처를 남기는 것이 아니라

상처를 치유하는 행위이다.

시인의 스승은 누구인가

권 덕 하 *

시인의 가장 훌륭한 스승은 누구인가. 그것은 자연이다. 시인은 자연에서 태어나고 자라며 자연의 도리를 몸에 익히는 사람이다. 자연을 섬기고 그 기운을 제멋 따라 펼치고 그 길을 참따랗게 살아가는 것이 시 공부다. 자연에서 공부하며 살아가는 시인이 갈 길은 자유요 자율이요 자치의 길이다. 그런 길에서 얻어 짓는 것이 바로 시다. 자연의 일터야말로 시인의 집이요 학교요 운동장이요 실험실이다. 난간도 없고 문도 없고 "동쪽 벽이 무너져 서쪽 벽을 치는"(寒山) 곳, 고마운 굴이 있고 굴에서 움튼 물이 솟고 골이 생기고 그 사이를 잇는 길에서 시인은 나래 짓다. 물을 긷고 곧게 솟은 솟대를 세우고 굿에 간 어머니 기다리는 기둥이 되어 깃든다. 소도에서 굿하며 울음을 다스리는 시인은 생명을 사랑하고 겉이나 거죽이나 거짓은 가라고 자꾸 빌어 별이 뜬다고 하고 달이 찬다고 고마워하는 귀꽃 같은 사람이다. 시인은 자연에서 초록 위에 초록을 덧대지 않은 "정말"로 굿하고 이바지한다. 자연에 살면서 진실을 배우고 익히는 사람만이 마음을 움직일 수 있는 노래를 할 수 있다. "단 한 줄의 문장, 수평선의 붉은 떨림"에서 "혈

---

* 시인, 문학박사. 2002년 『작가마당』으로 문단 활동 시작. 대전작가회의 지회장 역임. 시집 『생강 발가락』, 비평서 『소설의 대화 이론: 콘라드와 바흐찐』 등이 있음.

서는 언제나 마침표부터 찍는다는 것을"(이정록) 깨닫는다. 시인은 그래서 "국가가 아니라 강과 계곡으로부터 사랑받는"(아룬다티 로이) 존재다.

시적 진실은 자연의 삶에서 나온다. 그것은 하늘에서 뚝 떨어지거나 책에서 불쑥 고개를 드는 것이 아니다. 자기 색깔을 갖고 자기만의 모습으로 사람답게 살아가려 할 때, 진실이 느껴지는 것이다. 진실이 없는 문학은 감동도 없다. 진실의 맥락이며 출처인 자연이 제 모습 제 색깔을 지니라고 침묵으로 말하고 있다. 자연에서 멀어지면 진실에서 멀어진다. 겉이나 거죽만 붙들고 살면 거짓만 배우게 된다. 온몸으로 느끼고 체험하는 일을 멀리하고 겉만 꾸미고 하나의 답만 기계처럼 외우며 오직 남을 이겨 보려고 애쓰는 일은 자연스럽지 못하다. 자연과 멀어지고 제 안의 자연을 억압하는 배움은 제 갈 길을 막는 벽을 쌓는 일이다. 생명의 흐름을 막고 무덤을 만드는 일이다. 이제라도 늦지 않았으니 껍데기는 가라고 외쳐야 삶에서 알맹이를 얻고 진실을 느낄 수 있다. 자연은 진정이 통하고 정말이 움트고 시가 싹트는 곳이다. 철학교수를 그만두고 자연의 일터로 돌아간 분이 이런 참말을 했다. "농사꾼으로 살아온 지난 한 해 동안 내가 배운 것이, 교수로서 15년 동안 책상 앞에 앉아 책에서 얻은 것보다 훨씬 더 많다."(윤구병)

시인은 손대중 눈대중하는 사람이다. 땅의 넓이도 눈대중 손대중으로 하루갈이 이틀갈이라고 부르는 사람은 쟁기질하는 시인이다. 국물이나 밥물을 잡을 때도 찬을 만들거나 간을 맞출 때도 손대중 눈대중으로 해도 더 푸짐하고 감칠맛이 난다. 어머니가 만든 우리 고유의 음식을 수치로 표현한 요리법이 따로 없다. 손대중 눈대중으로 사는 사람은 먹을 것은 잘 만들수 있어도 핵무기 따위는 만들 수 없다(권정생). 저녁을 뜻하는 말도 해넘이, 해거름, 어스름, 저물녘, 해질녘 등과 같이 감각으로 대중하여 표현한다. 시계 없이도, 일어날 때 먹을 때 일할 때 쉴 때 밥 때 말할 때 누울 때를 아는 사람이 시인이다. 오줌 대중으로 한밤중에 일어나 제삿밥을 짓는 며느리가 시인이다. 시인은 콩 심을 때 팥 심을 때를 알아야 산다. 자연은 올콩은 감꽃 필 때 심고, 메주콩은 감꽃이 질 때 심는다고 가르쳐 준다. 뻐꾸기가 울면 참깨를 심는다고 한다. 자연에서 배우고 익혀 몸에 철이 든 사람이 시인이다.

　이런 시인들이 있으니 꾸미는 재능만으로 쓴 시가 어찌 감동을 일으킬 수 있을까. 때와 철을 어기지 않고 모든 감각을 동원하여 온몸으로 사는 사람들이 하는 말은 어지간한 시보다 더 실감나고 감동을 준다. 가지 꽃과 부모 말은 허사가 없다는 말이 있다. 망종 무렵, 보리 베기와 모내기로 한창 바쁠 때는 불 때던 부지깽이도 나와 일을 거들고 고양이 손도 빌린다는 말이 있다. 이런 부모 말에는 두루 통하는 진정이 느껴진다. 그것은 삶에 뿌리를 내리고 있기 때문이다. 뻐꾸기 소리를 들으며 뻐꾹채 꽃이 피고 참깨밭에 싹이 트고 고구마 순이 벋는 것을 느끼며, 게으른 눈아 부지런한 손 여기 있다며 재 너머 사래 긴 밭을 매던 사람들이 허리를 펴며 하시던 말씀이 바로 시다. 그들은 "까치둥지를 보더라도 눈여겨보며 하늘로 문을 내면 가물어 흉년이 들고 남으로 내면 태풍이 없을 거라."고 한다. "쥐가 볏짚을 쏠 때 볏모개 왜기 바로 밑을 쏠면 물이 흔하고 가물 때는 볏짚 그루터기를 쏜다."고 한다. "늦가을의 보리 싹"을 보고 그것이 "난초보다 푸르다"고 한다. 생명이 깃든 '정말'이다. 우숫물 지나면 두엄 져내고 경칩 쇠면 두렁 치며 살아 온몸에 때와 철이 들었던 사람들이 자주 하던 이런 말들이 진실이며 시의 원천이다. 그냥 꽃피는 봄이 아니라, "핫저고리 허리춤에 스미는 가는 바람결, 그리고 우물가에 널려 있는 겨우살이 빨래 물색과, 덕석이 거추장스러워 말뚝에 멱미레를 비비는 송아지의 보풀 같은 털빛으로, 다시금 발 벗고 나서야 할 때가 이미 뜨락에 이르렀음을 자연히 느낄 따름"(이문구)

이라고 말하는 사람이 시인이다. 짐승이 들으면 서운해 한다고, 집이 들으면 서운해 한다고 집 안팎에서나 말조심했던 사람들이 남긴 말들은 그 조심만큼 감동을 불러일으킨다. 시인이 독창적으로 말을 짓는다는 것은 모르고 하는 말이다. 귀 밝은 시인을 기르는 것은 바로 삶을 사랑하는 사람들이 자연에서 배우고 섬긴 말들이다. 머리보다 손과 발과 온몸으로 사는 사람들의 '정말'을 주워듣고 받아 적은 것이 시다.

산과 들의 시인들은 사물을 뭉뚱그려 하나로 보는 눈길을 안타깝게 여긴다. 손과 발로 확인하고 가슴으로 믿은 진실이 그런 사람들의 눈 밖에 나 있기 때문이다. 성급하게 재고 나누고 빼고 보는 눈앞에서는 제 빛깔을 갖고 올곧게 살아가는 존재들의 됨됨이가 보이지 않는다. 같은 진달래도 돌무덤 근처에 피는 것이 더 붉은 것이 사람손이 덜 타서 그런 것이라는 것도 모르고, 무덤 위에 피어 그렇다고 헐뜯는다. 뭘 모르는 사람은 제가 심지 않은 것을 다 잡초라고 여긴다. 마늘밭에 움돋기 시작하는 것들을 죄다 뽑아 버렸는데 알고 보니 그것들이 맛있는 나물이자 약초인 별꽃나물이고 광대나물이었더라는 고백이 새삼스럽다.

잡초란 무엇인가. 인간이 인간을 잡인이라고 부르지 않으면 잡인이란 인간이 있을 수 없듯이 인간이 잡초라고 부르지 않으면 잡초란 명칭의 풀이 따로 있는 것이 아니다. 이름 모를 풀이란 어떤 것인가. 요즈음 인간이 이름을 모르면 곧 이름 모를 풀이다. 그전 사람들은 가령 동명이물이 여럿이면 배나무의 경우 참배 문배 돌배 산돌배 좀돌배 콩돌배 아그배 개아그배와, 예와 같이 풀도 나리처럼 참나리 개나리 미나리 산나리 중나리 솔나리 말나리 하고 성을 붙여주어서라도 각각 제 이름이 있게 해 주었던 것을 알 수 있다. 그러나 지금은 이름 모를 풀이 갈수록 늘어 가고 있다. 세상을 뜬 이와 남은 이 사이에, 늙은이와 젊은이 사이는 물론 어버이와 자식 사이에도 초목의 이름이 이어지지 않는 것이다. 이어받으려는 이가 없기도 하려니와, 전해 줄 만한 이가 있어도 묻는 이가 없고 보니 알고 있는 이름조차 하나씩 둘씩 기억에서 떠나고 있는 것이다.

잡초는 무슨 색깔인가. 모든 풀은 자기 색깔이 따로 있다. 또 타고난 색깔을 스스로 갈거나, 다른 색을 섞거나, 남의 색을 담거나 하지 않는다. 야생동물이나 풀벌레나 물고기 등속과 같이 환경이나 위험물에서 자기를 은폐하기 위해 보호색을 준비하고 사는 풀은 아직껏 본 적이 없다. 몸을 가리거나 숨기지 않더라도 능히 살아남을 자신이 있다는 뜻인지도 모를 일이다. 논에 사는 피는 벼와 같지 않고, 보리밭의 쇠보리는 겉보리와 같지 않고, 밀밭의 개밀이 참밀과 같지 않고, 오이밭의 오이풀이 오이 덩굴과 같지 않고, 참깨밭의 깨풀은 참깨 줄기와 같지 않다. 당당한 자세와 떳떳한 태도라고 볼 수밖에 없다. 빵대쑥은 줄기에 보랏빛을 더하여 사철쑥과 다름을 주장하고, 참비름의 줄기는 연두색이요, 개비름의 줄기는 자주색이며, 쇠비름의 줄기는 황토색이고, 털비름의 줄기는 진초록으로 각자가 자존심을 지키고 있으니, 이 풀들이 덮어놓고 통틀어서 일컫는 초록색이나, 푸른색이나, 풀색이란 명칭에 모개흥정으로 휩쓸리어 개성을 몰수당하고, 자존심이 희석되기를 원치 않을 것은 동화적인 상상만으로도 어느 정도 알 수 있지 않겠는가. 풀밭의 풀색은 천지의 천지색과 경위가 다른 것이다.

─ 이문구, 「잡초를 위하여」 중에서

자연인인 시인에게 문학은 고정된 명사가 아니다. 그것은 실천한다는 말이 생략된 동사다. 문학은 글재주를 자랑하고 남들에게 인정을 받는 차원을 벗어난다. 그것은 살면서 인간을 제대로 인식하고 자신이 몸담고 있는 사회를 나름대로 깊이 느끼고 삶의 질서와 말의 질서가 다른 것이 아니라는 사실을 이해한 결과다. 이때 이해할 수 있는 힘은 사랑에서 나온다.

인간과 사회를 시인이 사랑함으로써 이해할 때 언어로 표현하고 싶은 마음도 생긴다. 나름대로 느끼고 이해한 것을 남들과 나누고 공감하려는 것은 모든 물리적 정신적 세계의 보편적 현상이기 때문이다. 사랑의 힘으로 세계는 나로부터 동심원처럼 퍼져나가며 감응하고 공명하고 소통한다. 여기서 이해하고 소통하는 것은 머리로 하는 일이 아니다. 그것은 머리와 가슴으로, 손과 발로, 사랑으로 하는 일이다. 인식에 그치는 것이 아니라 온몸으로 이해하고 소통하는 것이 자연인의 문학이다. 이성과 감성이 모두 동원되는 총체적인 이해를 통해서만이 인식의 지평이 확대되고 체험이 뜻을 취하며 문학의 실천 영역이 분명해진다.

자연과 단절되고 자신의 처지에만 틀어박힌 생각은 오해만 낳을 수 있다. 권력이 장악한 신문이나 텔레비전 등의 매체를 통해 사건을 이해하는 것도 오해가 될 수 있다. 어떤 일을 스스로 실천하며 이해한다는 것은 무척 어려운 일이지만, 이해하는 일에 공이 든 만큼 오해가 줄어들 수 있다. 어려운 이해의 과정을 남이 대신해 줄 때도 쉽게 오해할 수 있다. 우리는 복잡한 것을 간단하게 정리하여 인식하려고 한다. 사물을 볼 때도 보는 사람의 처지에 따라 다양할 수 있다는 것을 잊기 쉽다. 속도의 경쟁에 시달리는 요즈음 이해의 과정에서 정작 필요한 소통은 생략해 버리고 고민과 의심 없이 독단으로 결론지어 버리는 경향이 늘고 있다. 특히 조금이라도 권력이 있는 사람은 이해의 과정을 무시해 버린다. 바쁜 일정을 핑계로 공부하지 않고 사색하지 않고 자신의 확신만으로 무리한 일을 추진한다.

그러나 문학의 과정은 느끼고 생각하고 의심하고 고민하고 사물과 세계를 바라보는 다양한 방식과 맞부딪치는 일이다. 글이 비 맞고 투덜거리는 혼잣소리에 불과하다면 아무도 귀 기울이지 않을 것이다. 문학은 반응적인 것이 아니라 다양하고 특이하게 반응하는 삶의 방식에 주목한다. 문학은 그래서 일방적인 보도에 그치는 언론의 일도 반응하는 한 가지 방식으로 여길 뿐이다.

문학은 자본가에게 고용되지 않는다. 문학의 고용주가 있다면 그것은 자연일 것이다. 그런데 자연은 어머니 품과 같다. 자연은 대가 없이 생명을 품어 주고 무한한 사랑을 준다. 자연의 사랑으로 길러진 품성만이 감동을 주는 문학을 할 수 있다. 문학은 자연이 그러하듯 자유를 사는 것이다. 자유는 자연의 사랑이 주는 최상의 선물이다. 산과 강과 바다에 사는 수많은 동식물이 그러하듯 인간이 본연의 모습으로 살아가는 살림살이에서 자연스럽게 우러나오는 것이 글이고 문학이다.

사람들은 부자연스러운 것을 자연스럽게 여기고 오히려 자연스러운 것을 불편해하고 있다. 눈을 뜨고 있지만 보지 못하고, 볼 수 있어도 보려고 하지 않는 성향이 팽배한 도시에서, "삶 가운데서 예술을 배우고, 예술작품 안에서 삶을 배우라. 어느 한 쪽을 옳게 알면, 다른 한쪽도 옳게 알게 되리라."(프리드리히 횔덜린)고 한 시인의 말이 무색해진다. 삶이나 예술이나 제대로 알면 삶과 예술의 통일된 실재를 깨닫게 될 터인데, 문제는 삶과 예술을 분단시킨 사람들의 태도다. 권력에 취해 막힌 동굴의 벽면만을 바라보고 앉아있는 자들, 빛이 들어오는 입구를 등지고 벽에 비친 그림자로 세상을 가늠하는 자들, 그림자들의 세계에 앉아서 권력과 이익에 혈안이 된 자들. 어느 날 빛을 향해 걸어 나간 사람이 동굴밖에 또 다른 세계가 있다는 사실을 알렸을 때, 오히려 그런 선지자를 죽음으로 몰아가는 것도 바로 빛을 등지고 그림자놀이에 익숙한 자들의 행위다. 그들은 개발과 이익의 관점에서만 세계를 보고 세상을 파괴한다. 이들에게 예술은 그림자놀이에 불과하고 소유와 수집과 세금을 내지 않는 상속의 대상일 뿐이다. 문학이라고 자칭하면서 상품화되고 있는 많은 것들이 주로 서구의 신화를 저급한 차원에서 모방하거나 시공간만 바뀐 로망스 수준에 머물고 있다. 이런 문학이 재현하는 세계는 선과 악같이 둘로 나뉘어 이야기가 전개되기 때문에 둘로 나뉠 수 없는 실재의 진실과 모순에 눈멀게 만든다. 사람들이 세상을 일정한 이야기로 이해한다고 할 때 그런 단순하고 추상적인 이야기는 세부 형식의 기발한 첨단 기술적 성과에도 불구하고 우리에게 현실을 직관할 수 있는 성찰의 기회를 제공하지 못한다. 자연스러움을 철저히 왜곡하는 것이 낯설고 새로운 것이라면 우리는 그런 예술을 통해 발견의 눈을 뜨기는커녕 끝없는 현실에 뿌리 내리지 않는 가상현실의 변화에 재미만 느끼게 될 것이다. 거대한 자본 공세를 펼치는 미국 영화들이 지닌 이야기 구조를 보라. 돌이킬 수 없는 일이 돌이켜지고 대신할 수 없는 일을 다른 사람이 대신하며 진실을 왜곡하는 이야기들. 이십 세기 후반 50년 내내 그리고 새 세기에 와서도 계속 전쟁을 일으켜 온 미국이 힘을 앞세워 저질러 온 악행을 은폐하려고 교묘한 알리바이를 수없이 만들어내는 예술들, 폭력의 논리를 선과 정의로 포장하는 이런 일은 머릿속에서만 활발할 수 있는 공상에 불과하지만 어느덧 사람들의 몸과 정서를 지배해왔다. 미국의 역사를 알고 비판할 수 있는 식견이 생겼지만 그러는 사이 사람들의 몸과 정서는 지극히 친미적인 상태가 되었다. 가정법을 따라 무한 증식되는 환상 효과는 현실의 올바른 인식을 방해하고 지혜로운 실천을 무력화시킨다. 삶의 맥락과 관계없이 돌출하는 파편화된 내용이 자극하는 것은 공상이다. 머릿속에서만 활발한 공상의 양탄자 위에서 현실은 발걸음 소리조차 내지 못하고 물리적 힘을 상실하고 만다.

아이들의 장래 희망이 정규직이라고 하는 사회에 시인이 살고 있다. 생계를 위협하는 공포가 동심까지 지배하고 있는 사회, 생계의 불안은 공포가 되어 퍼져나가고 낱개로 흩어진 신세가 된 사람들을 주눅 들게 하는 사회에 시인이 살고 있는 것이다. 목소리 큰 공상이 환금성이 있어 시장에서 활개를 치고 활보하는 사이 사람들은 제 살던 곳에서 뿌리가 뽑혀지고 공동체 문화를 상실하고 있다. 가난한 사람들의 처지를 이용하여 가진 자들의 배를 불리는 일에 국가권력까지 앞장서고 있다. 도시를 재개발한다고 하고서 이주 대책이나 별다른 보상도 없이 생계를 꾸리던 곳에서 세입자들을 철거시키고 있다. 신도시를 개발한다고 그곳에서 소작하던 농민들을 내몰고, 강변에 관광위락시설과 자전거도로를 만든다며 거기서 농사를 짓던 농민들을 쫓아내고 있다. 삶의 터전에서 뿌리 뽑혀 난민 신세가 된 사람들은, 오랜 세월 동안 도시변두리 골목이나 작은 마을 공동체에서 서로 정을 나누던 토착문화와 서로 돕고 의지하던 근거를 모두 상실하고 뿔뿔이 낯선 도시의 변두리로 흩어진 채 도시가 만들어내는 쓰레기를 처리하며 살아간다. 더 이상 갈 데 없는 처지로 전락하여 이산가족이 되는 사이, 이웃과 가슴으로 나누던 따뜻한 정과 걸쭉한 입담에 실린 오지랖 넓은 이야기들은 더 이상 들어 줄 이목과 정처를 잃고 있다. 신명 있는 가객과 이야기꾼들은 들어주고 같이 울고 웃으며 맞장구를 쳐 줄 이웃을 잃고 남들이 버린 쓰레기나 치우며 생계를 유지해야 하는 처지로 전락하고 만다. 목청껏 단가 하나 부를 수 없는 세상에서 지독한 냄새에 입과 코를 틀어막고 살아야 할뿐더러 막상 신세한탄을 하려고 해도 들어 줄 이웃이 없어 외롭기 그지없다. 고통을 나눌 이웃마저 빼앗긴 사람들은 그야말로 '자기 땅에서 유배당한 사람들'이다. 시인은 이런 사람들과 살고 있는 것이다.

이 땅에서 쫓아내야 할 사람들이 따로 있어 그들에게 "가다오 나가다오"라고 외친 김수영 시인은 민주주의 혁명이란 다른 것이 아니라 삶의 터전인 "강변밭"에 쉬지 않고 씨를 뿌리는 일과 같다고 노래했다. 그러나 이제 우리는 그런 "강변밭"도 빼앗겨 거기에 마음대로 씨를 뿌릴 수조차 없다.

개발과 투기의 대상이 되어 버린 땅에서 우리는 뿌리 채 뽑혀 버린 것이다. 신동엽 시인과 함께 우리는 여전히 "향그러운 흙 가슴만 남고/ 그 모든 쇠붙이는 가라"고 외치고 있지만 쇠귀를 가진 권력은 귀와 마음의 문을 닫고 "동학년 곰나루의 그 아우성"을 보에 가두고 껍데기와 쇠붙이로 덮으려고 한다. 수만 년 동안 흐르며 인간을 포함한 뭇 생명들에게 터전을 마련해 주고 이야깃거리를 베풀던 강을 참혹하게 파괴하고 있다. 역사보다 오래 흘러왔고, 국가보다 오래 흘러온, 우리의 과거이자 미래인 강에 쇠말뚝을 박고 거기에 깃들어 사는 모든 생명을 제 살던 자리에서 내쫓고 해치고 있는 것이다.

국가권력이 다수의 국민이 반대하는 일을 이렇게 무리하게 강행하는 것은 모든 문제를 힘의 논리로 해결하려는 권력의 속성 때문이고 사익을 추구하지 않고서는 일을 하지 않는 생래적 병폐 때문이다. 겉으로 국익을 앞세우지만 속으로는 사익을 도모하는 무력에 대해 민중은 저항하거나 무관심하다. 특히 무관심한 것은 인식이 부족해서가 아니다. 고향과 자연을 한 번 둘러볼 여유조차 없이 피폐해진 삶 때문이다. 인간과 자연보다 물질적 가치를 앞세우고 살다가 권력자들 좋은 일만 하고 건강을 잃어서 몸과 마음이 제대로 움직일 수 없기 때문이다. 그러나 우리는 자연을 떠나 살 수는 없다. 그곳에서 우리는 생명의 소중함을 알고 사랑하는 법을 배웠기 때문이다. 버림받고 억압당하고 상처받은 사람들이 궁극적으로 치료받을 수 있는 곳은 병원이 아니라 그런 자연이다. 그런데 권력자들은 이 자연마저 소유하려고 한다. 이 소유의 역사에서 많은 생명들이 죽고 쫓겨나고 상처를 입었다. 자연은 우리를 기다리고 있다. 자연에서 시름을 덜고 위로를 받던 우리가 이제는 자연을 지키고 위로해야 할 지경에 이르렀다. 역사적 상처가 너무 깊지만 그 아픔과 분노와 상처를 안으로 다스리며 역사를 바꾼 이야기들이 자연에서 시인을 기다리고 있다. 자연의 이법을 따르는 시인은 생명을 못살게 하는 권력에 반대하고 그런 이야기에 담긴 사람들의 힘과 역사를 증언하는 사람이기도 하기 때문이다.

자본과 권력이 인간 사회와 자연을 불통시키려고 해도 찬란한 신록을 온몸으로 느껴 보면 삶과 시의 통일된 진면목을 실감할 수 있을 것이다. 자연은 어리석은 인간의 삶을 아름답게 질타하고 있다. 아니다. 자연은 우리를 질책하거나 비난하거나 우리와 다투지 않는다. 스스로 빛이 되어 우리의 어둔 삶을 더욱 어둡게 하거나 부끄럽게 만든다. 말로 비판하는 것이 아니라 빛을 받아들여 스스로 빛나면서 인간의 삶이 보여주는 어둡고 부정적인 면을 드러내고 있는 것이다. 자연은 인간의 삶이 만들어 내는 온갖 나쁜 오염 물질을 먹이로 삼고 정화하고 그 대신 우리에게 맑은 공기를 주고 시원한 그늘을 드리우고 있다. 이것이 시와 삶이 통일된 실재의 역설적 살림 방식이다. 나와 남을 나누는 것이 아니라 나와 남이 혼연일체가 되어 살아가는 방식, 서로 살리는 방식으로 살아가는 일과 시는 크게 다르지 않다. 그래서 시인은 "저 들에 가입되어 있다고, 저 바다물결에 밀리고 있으며, 저 꽃잎 앞에서 날마다 흔들리고, 이 푸르른 나무에 물들어 있으며, 저 바람에 선동당하고" 있으며 "수많은 파문을 자신 안에 새기고도, 말없는 저 강물에게 지도받고 있다고"(송경동) 자연스럽게 말할 수 있는 것이다.

시적 진실은 자연의 삶에서 나온다.

그것은 하늘에서 뚝 떨어지거나

책에서 불쑥 고개를 드는 것이 아니다.

자기 색깔을 갖고 자기만의 모습으로 사람답게 살아가려 할 때,

진실이 느껴지는 것이다.

시인의 작품 세계는 어떻게 형성되는가?
- 박팔양(朴八陽)의 경우를 중심으로

채 수 영 *

1. 들어가면서

결과론이지만 시인(詩人)은 시를 쓰기 위해 살아간다. 삶과 시와의 관계는 '시인으로서 시를 쓰지만 삶이라는 현실의 시공간을 벗어나서는 시인으로서 존재할 수 없다.'는 것으로 요약할 수 있다. 또한 시인은 살기 위하여 시를 쓴다. 이 명제에서도 삶이라는 시공간과 시와는 상관적이면서 피할 수 없는 숙명적 관계라는 점이 드러난다. 시인은 결국 현실의 삶 속에서만 시를 창조할 수 있다는 말이다.

일제 치하의 우리나라 시인들은 일찍이 우리 민족이 경험하지 못한 시련의 시공간에 놓여 있었고, 이러한 시대 상황은 여러 가지 비극적인 양상을 노출시키는 원인이 된다. 어떤 사람들은 권력자에 빌붙어 민족을 팔아 먹기도 했고, 어떤 사람들은 민족의 자존을 지키기 위해 부귀 등의 모든 것을 버리는 아픔을 감내하였다. 전자에게는 부귀가 따라 왔다면 후자에게는 양심의 승리 외에 돌아온 것은 불행의 그림자였다. 해방 이후에도 특수상

---

* 시인. 문학비평가. 전 신흥대 문창과 교수.

황—남북 분단과 좌우 대립—은 지속되어, 시인들에게는 감내하기 어려운 질곡과 불행의 그림자가 드리워지고 있었다.

논란의 여지는 많지만 1988년의 해금은, 월북·좌익 문인에 대한 그때까지의 금단이 민족사적인 불행에 대한 자해적이고 바보스런 짓 이상의 아무것도 아니라는 당연한 사실을 인정한 데 따른 조치였다. 우리 문학사에서 그러한 금단이 없었다면 오늘의 문학사의 질과 양이 지금의 현실과는 판연히 달랐으리라는 예상은 전혀 터무니없는 것은 아니다. 이 때문에 이름 석 자가 파묻혀 버렸던 많은 시인들의 삶과 작품을 오늘의 문학 풍토에 되살리는 작업은 소중한 것이다. 역사는 과거와 비슷한 궤도로 그리면서 흘러간다. 이른바 오늘의 능동적 소수[民衆] 문학과 수동적 다수[純粹]가 대결하는 양상은 카프 활동이 활발하던 1920년대의 경우와 맥락이 비슷하고, 북한의 1970년 이후 집체문학과 오늘의 한국 문학에서 집체문학을 부르짖는 목소리들도 맥락을 공유하고 있다. 역사는 이처럼 순환하는 것이다. 하지만, 어제의 표정과 비슷한 궤도를 그려 가는데 반성이 없다면 오늘의 한국 문학은 심대한 문제에 처해 있다는 진단을 내리지 않을 수 없다. 이때 과거는 현실을 보완하는 기능을 할 수 있다.

2. 시대와 시인의 목소리

1905년 8월 2일 수원에서 태어난 박팔양*은 민족사의 비극의 시기에

---

* 1932년 1월 朴龍喆 발행의 『文藝月刊』 1월호에 부록으로 소개한 <文藝家名錄> 총 60명 중 朴八陽에 설명은 다음과 같다; "號는(金)麗水. 1905년 9월. 京畿道 水原에서 출생. 培材. 法傳卒業. 京專法學士(창피해서 使用해본일이 없다고 云). 동아, 조선, 中外 등 기자 생활 8년. 현 중앙일보 사회부장, 詩作에 主力할 뿐, 住所는 京城八

존재를 드러내고 호흡했던 이 땅의 시인이다. 그러나 그의 문학에 대한 연구는 여전히 영성(零星)하고 아득하다. 해금 이후 20년을 훌쩍 넘기고도 여전히 북의 작품을 완전하게 접할 수 없는 한계는 한국문학사의 아픔이고 불행이다. 아무튼 박팔양은 11살에 서울 제동공립학교를 졸업했고, 1920년 배재고보를 졸업했다. 이 무렵 박영희(朴英熙), 김기진(金基鎭) 등과도 사귀게 되었고 이런 인연으로 KAPF의 초기 맹원이 되었다. 이 무렵 박팔용은 정지용과 박제찬 등과 함께 동인지『요람(搖籃)』을 만들면서 문학에 대한 시야가 넓어진다. 이때가 15세 무렵이다.

1919년 3·1운동의 실패는 젊은 사람들의 감수성에 지대한 영향을 주었을 것이다. 이 시기는 평생을 관통하는 시인으로서의 정신적 질감이 형성되는 시기이다. 청소년기에 어떤 환경과 영향 속에 살았느냐 하는 것은 그의 인격 형성에서 매우 중요한 인자(因子)가 되기 때문이다. 정지용(鄭芝溶)과는 두 살 남짓 차이라는 점과 동인지를 함께 만들었다는 점 때문에 생긴 라이벌 관계는 그의 작품의 진로에 중대한 방향성을 제공한다. 주지하다시피 1920년대 한국 시는 허무와 서정성 그리고 낭만과 상징의 소용돌이가 어울린 청소년기의 정서 상태에 놓여, 필연적으로 나이브하거나 조악할 수밖에 없었다. 또한 정지용의 시 세계와 유사성을 유지하려는 우정 관

判洞 七三." 1940년 1월호『文章』에는 "주소 만주국 新京 梅枝町 四丁目 14號. 號를 麗水. 1905년 8월 2일생. 수원에서 출생. 詩人. 1924년부터 금일까지 동아, 조선, 중외, 중앙, 만선 등 각사 기자 역임. 처녀작은 19세 때『동아일보』현상 당선시「神의 酒」,『麗水詩集』간행 준비 중"이라 소개되어 있다. 또한 1934년 황석우가 주제한『朝鮮詩壇』8號에 <詩壇의 투사들>이라는 소식 난에는 "朴八陽氏는 小說을 쓰시는데 詩人 독자들의 불평이 자자"라는 기사가 실려 있는 걸로 보면 소설 집필의 의도가 있었던 것 같다. 1928년 9月號『朝鮮之光』엔「午後 여섯時」라는 콩트가 실렸다.

계는 평생의 키 재기와 같은 경쟁 심리가 작용하게 된다. 이런 출발점의 특징은 몇 고비를 넘어서도 그 모양을 본질적으로 크게 바꾸지 못하는 것이 보편적 창작 심리이다.

1920년대는 3 · 1운동으로 문화 정책의 신기류가 언론 출판의 허용과 더불어 <동아일보> <조선일보> 창간을 필두로 종합지 『개벽』, 『폐허』의 창간, 시지(詩誌) 『장미촌』, 『백조』, 『조선문단』의 창간이 잇달았다. 또한 1925년에는 조선프롤레타리아 예술가동맹(KAPF)의 발족되었고, 정치적으로는 1920년 대한독립군 조직, 1921년 간도의 대한국민단조직, 1925년 조선공산당 조직의 소용돌이가 이어진다. 주요한, 김억을 필두로 출발한 자유시의 정착은 한국시의 내용과 형식상에 큰 변모를 가져왔다. 또한 퇴폐와 낭만의 색조가 주류를 이루는 가운데서도 전통의 정감 등이 혼재한 한국 현대 문학의 영역이 확충되는 전기를 맞이하는 때이기도 했다. 이런 외중에 박팔양은 문학의 길에 본격 투신한다.*

박팔양에 관한 선행 연구는 이청원의 「휴머니즘의 역사적 전개」와 윤재웅 「박팔양론(朴八陽論)」 등인데, 가계 추적과 초보적인 연구에 머물렀을 뿐 작품 본질 연구에서는 상당히 멀리 떨어진 느낌을 준다. 본고에서는 『여수시초(麗水詩抄)』에 나타난 47편의 작품을 중심으로 박팔양 시의 특질이 어떻게 드러나는가를 점검하고자 한다.

---

* 박팔양은 1923년 <동아일보> 신춘문예에 「神의 酒」가 당선되면서 문단에 등단했다고 모두 기록하고 있다. 그러나 <동아일보>가 신춘문예를 시작한 것은 1925년이다. 1925년에 신시(新詩) 당선은 없고 김창술(金昌述)이 「봄」이라는 작품으로 3등 당선이 되고, 1927년에야 네 사람이 당선(당선자와 당선작은 해강 「새날의 기도」, 정태연 「우리는 일꾼이여」 朴芽枝 「어머니시여」 金時容 「우리는 아이」)된다. 이로 볼 때 박팔양이 1923년 등단했다는 기록은 신춘문예 '당선'이 아니라 '작품 발표'를 잘못 기록한 것이 아닐까 생각된다.

시인의 생각은 작품으로 나타난다. 다시 말해 작품이라는 창을 통해서 시인의 본질적 표정이 나타난다. 이를 간과하면 쉽게 오류에 빠진다. 문덕수 편 『세계문예대사전(世界文藝大辭典)』에 보면 박팔양의 시적 특징이 간결하게 요약되어 있다. 즉 "프롤레타리아적인 시와 다다이즘 혹은 도시 서정"이라는 것이다. 그 이후 박팔양의 시를 검토하는 연구들이 이런 평가를 크게 벗어나지 못하고 있다. 이 같은 현상은 시에 대한 직접적인 검토가 충분히 선행되지 않고 있음을 보여준다.

『여수시초』에 실린 47편의 시는 시기별로 20년대 15편, 30년대 28편, 시기불명 4편으로 구성되어 있다. 그가 최초로 발표한 「나는 不幸한 사람이로다」는 시인의 정서와 시적 출발의 최초의 표정을 알아차릴 수 있는 단초로써 의미가 있다.

나는 不幸한 사람이로다.
靑春을 볼 때에
사람들이 자랑하는 靑春을 볼 때에
나는 그들의 붉은 얼굴 뒤에
앙상한 骸骨을 보았노라.

사랑하는 男女의
타는 듯한 붉은 입술과 입술이
서로 마주치어 불길이 일 때
앙상한 骸骨의 이빨과 이빨이
달각거리며 서로 마주침을 나는 보았노라.

아! 運命의 神은

나에게 웨 이리 薄情한고 작난군인고,

나의 눈앞에 少年을 놓고서

少年의 턱에 白髮을 나에게 보이도다.

아아! 나는 작난군에게 놀림받는

不幸한 사람이로다.

祝婚 行進曲을 들을 때

追悼曲도 들리는 것 같으며

어린아이의 搖籃을 볼 때에

풀 우거진 墳墓가 눈에 보이도다.

오오! 나는 不幸한 靑春이로다.

나의 마음은 이리도 차고

나의 가슴은 이리도 고요하다

오오! 나는 不幸한 靑春이로다.

-박팔양, 「나는 不幸한 사람이로다」

　　시 말미에 대정(大正)12년이라 부기되어 있다. 이해(1923)는 간도 용정에
서 조선인 자치 운동이 일어나고 김상옥(金相玉) 의사의 투탄(投彈)사건이
일어났으며, 블라디보스토크에서 고려공산당 중앙총국이 조직되고, 공산
당 일크스크파에서 조선공화국을 조직하였다. 일본에서는 관동대지진이
일어났으며 10월엔 터키 공화국이 독립하면서 캐말 파샤 대통령이 취임
(1924.2.11에 「캐말 파샤 讚歌」를 東亞日報에 발표)하는 등 격동적인 사회 분위기

였다. 이런 상황을 살고 있던 19살 청년의 심정은 우울할 수밖에 없었고, 그 넋두리에 건강한 조짐이 들어 있을 리 없었다. 주요한, 김억, 박종화 등을 위시한 그 무렵 시인들의 작품 역시 불안한 정조에서 오는 넋두리의 감정이 질펀했다.

1923년은 박팔양이 조선일보에 입사하는 해다. 따라서 학문적 영역을 벗어나 사회의 불합리와 모순을 직면하는 데서 오는 정신적 갈등이 심화된다. 스스로를 '나는 불행한 사람'이라고 규정하는 자학적인 심정 위에 '청춘'과 '해골'이라는 상극적 대립을 성정하여 갈등의 농도를 엿보게 한다. 5연 내내 이런 대립으로 일관하는데, 1연에서 청춘의 즐거움보다는 해골이라는 죽음의 상관물을 먼저 보는 심정을 드러낸다. 2연에서는 사랑의 접촉에서도 해골의 죽음을 연상한다. 3연에서는 소년에게서 희망과 미래를 발견하기보다는 무기력하고 절망적인 백발을 발견하는 시선을 드러낸다. 특히 여기서는 '작난군'이라는 주변 상황을 암시하는 것이, 암울한 시대에 놓인 시인의 자의식을 엿보게 한다. 4연의 결혼행진곡에서 추도곡, 요람의 탄생에서 분묘(墳墓)를 보아야 하는 정서적 특성이 드러나고, 마지막 연에서는 지금까지의 원인 때문에 불행한 청춘과 마음이 차고, 가슴이 고요하면서 불행한 자포자기에 떨어진다. 특히 불행에 대하여 '나에게 웨 이리 박정(薄情)한고, 작난군인고' '아아! 나는 작난군에게 놀림 받는'다고 토로함으로써 외적인 상황에 그 본질적인 원인을 돌리고 있다.

여기서 '작난군'의 정체는 무엇인가? 장난꾼의 장난 때문에 내 아픔이 생겨나고 내 마음에 파문이 일어나는 것은 분명하다. 3·1운동의 실패와 절망의 대열 속에서 민족의 희망과 미래를 예언할 수 있는 이성을 추스르는 경륜은 10대 청소년에게 기대할 수 없는 바, 의분과 절망, 희망과 절망의 교차가 주조를 이루는 것은 당연한 일로 여겨진다. 이런 풍조가 20년대

초엽의 현상이었으니 박팔양으로서도 벗어날 수 없는 스스로의 한계를 토로하는 것이다. 「工場」, 「放浪者」, 「夢中의 세 분」, 「明月化」, 「한가지 遺言」, 「씨를 뿌리라」, 「어즈러운 이 世代」 등 1923년에 발표한 작품들의 제목에서 느껴지는 기본 정조는 이처럼 절망과 불행 그리고 방황하는 젊음의 절망도(絶望圖)로 나타나고 있다. '괴로운 조선의 우름소리가 들린다/ 荒凉한 廢墟의 구석구석'(「괴로운 조선」 1924.7.7 동아일보)과 같이 울음과 폐허의 황량한 환경에 질식하고 있는 신음소리였을 뿐이다. 박팔양은 민족이 처한 불행을 아파하고 신음했다. 이런 신음과 불행은 산문보다 시라는 상징의 그릇에 담기가 훨씬 용이했다. 일제 치하의 어둠과 살벌한 시대를 '밤차'라고 상징하는 아래 시도 벗어나고 싶은 심정이 적나라하다.

> 流浪하는 백성의 고달픈 魂을 싣고
> 밤車는 헐레벌떡거리며 달아난다.
> …… 略 ……
> 疲勞한 백성의 몸우에
> 언제나 새이랴냐? 언제 걷히랴나?
> 아아 언제나 이 답답함에서 깨어 일으키려느냐?
>
> ― 박팔양, 「밤차」에서

몇 구절의 시어로도 밤차가 무엇을 뜻하는가는 명백하다. 유랑하는, 피로한 백성의 몸 위에 내려덮인 어둠은 1927년의 박팔양이 당면한 현실이면서 민족의 신음이 들어 있는 보편적 상황이었다. 기차를 타고 지리하고 추운 겨울의 밤을 벗어나야 한다는 숙명은 당시 민족이 직면한 좌절이었고 운명이었다. 더구나 국가 없는 민족에 개인의 지혜와 행복이란 공허한 것이었기에 '야음(夜暗)'을 뚫고 어딘가 봄이 있는 세계로 가야만 할 일이었다. 이 점에서 박팔양의 시는 어딘가로 가야 한다는 비유가 많다. 시냇물이나 기차로 상징되는 이미지들은 진달래꽃 피는 봄이 그 최종 목적지이다.

내가 홀로 방안에 누어
모든거슬 생각하고 눈물 흘리때
누가 나를 위로하여 주었느뇨?
오직 흐르는 시냇물이 있을 뿐이로다.

보아라 나는 一箇 赤手의 靑年
어떻게 내가 기운날 수 있겠는가?
하지만 시냇물이 흐르며 나에게 숙살대기를
〈일어나라, 일어나라, 지금이 어느 때이뇨?〉

아아 참으로 지금까지 어느 때이뇨?
새벽이뇨, 黃昏이뇨, 暗夜이뇨?
이 백성들은 아직도 피곤한 잠을 자는데
이 마을에는 오직 시냇물 소리가 있을 뿐이로다.
– 박팔양, 「시냇물 소리를 들으면서」에서

8연으로 된 긴 호흡의 시 중 2, 3, 4연을 옮겼다. 「나는 불행한 사람이로다」와 1년의 시차가 있지만 별로 달라진 표정이 아니다. 다만 전자가 '나'의 불행에 천착했다면, 「시냇물 소리를 들으면서」는 자연과 시인이 결합한 시선의 확대 현상이 두드러진다. 2연에서 나의 불행과 눈물에 대해 타자에게 위로받고 싶어 하는 마음이라면, 3연에서는 나의 의식이 청년으로 성장한다. 청소년에서 청년(1925)으로 성장한 면모가, 시냇물의 흐름을 자기를 깨우치는 소리로 이해할 줄 아는 이성이 작동하는 데서 드러난다.

이런 이성은 자기가 처한 위치를 자각하면서 인식의 확대에 이르게 된다. '이 백성들은 아직도 피곤한 잠을 자는 데'에서 시인은 깨어 있지만 백성들은 무지하게 여전히 잠들어 미몽을 헤매고 있다고 탄식한다. 부사 '아직도'에 담긴 뉘앙스가 시인과 백성의 정신 층위의 차이가 현격하다는 생각을 담고 있다. "천하의 근심은 앞장서고 천하의 즐거움을 나중에 누린다[先天下之憂而憂 後天下之樂而樂]"는 선지자적인 발상이 나타는 조짐이다. 이런 선각자적인 발상은 봄 의식으로 나타난다. '이 都城에 태어난 후/ 햇수로 二十年 달 수로 두 달'의 청년이 백성과 민족의 앞날을 생각하는 건강한 변모를 보이는 것이다. 이런 점에서 박팔양의 문학의 본격화하는 가장 극적인 조짐이 「시냇물 소리를 들으면서」부터 드러난다.

문학은 작가 정신의 표현이고 사상의 결정이기 때문에 시인은 필연적으로 작품으로 말하게 된다. 공자도 "나를 등용하는 사람이 있다면, 나는 그 나라를 동쪽의 주나라로 만들겠다[如有用我者 吾其爲東周乎]"라는 말로 정치적 신념의 간절함을 나타냈고, 두보도 백낙천도 한결같이 백성을 구제하는 휴머니즘 실현에 초점을 맞추었다.

그러나 문학에서의 결과는 중요한 것이 아니다. 문학은 지향의 과정에서 형상화되는 것이지 정치적 야망을 실현하는 것이 문학적인 목표는 아니다. 그러나 박팔양은 '우리는 밖으로 나아가야 할 사람이 아니뇨?'라는 자문과 함께 밖으로 눈길을 돌리게 된다. 이처럼 밖으로의 시선이 KAPF에 가담하는 이유가 되고, 1946년 3월 26일 이전에 월북하여 <북조선 예술가 총동맹>의 부위원장이 된다. 신념이 행동으로 나타날 때 문학과는 다르다.

여기서 시인의 신념과 현실이 문학과 연결되지 못하는 불행이 뒤따르기도 한다. 가령 이광수의 굴절은 그의 문학적 의도와는 판이한 것이고, 결과적으로 공소한 결말에 이르게 된다.

아무튼 일어나야 한다는 시냇물의 재촉을 들으면서 인간적 고뇌에 빠져 있는 모습이 「시냇물 소리를 들으면서」의 마지막 연이다. '일어나라, 일어나라, 누어만 있느냐?/ 지금도 문밖에서 시냇물이 재촉하는데/ 나는 아직도 방안에 드러누어/ 한숨 쉬이고 생각할 뿐이로다'라는 정지에 대한 고민이 나타난다. 물은 흐르고 있기 때문에 신선한 자정(自淨)을 이룩할 수 있다. 방안에 누워 있는 시인은 이내 KAPF의 흐름에 합류하는 시냇물-박팔양이 된다. 이렇게 박팔양의 20년대 문학은 불안, 그리고 절망의 자리에서 벗어나 백성을 생각하는 영토로 여행을 떠나게 된다. 이것이 당시 젊은 지식인이 가질 수 있는 당연하고 합당한 자기 경로였다.

3. 정신지리(精神地理)

1) 허무와 길손

가치가 사라질 때 허무가 다가온다. 허무의 전제는 불안이고 절망으로부터 싹을 내민다. 허무는 방기(放棄)가 아니라 자기강화(自己强化) 욕구의 좌절에서 오는 심리적 방황일 것이다. "허무하고 허무하니 허무하도다."의 성경 구절에 보이는 '허무가 인간 삶의 궁극적인 표정'이라는 발상이 옳은 것인지는 오래된 삶의 가치가 증명한다. 역사 앞에서의 허무와 현실 속에서의 허무와 개인 관계에서 오는 허무 양상이 교차하면서 나타나는 니힐(nihil, 허무)은 자기 파괴에까지 이르지 못하지만, 농도가 짙어지면 절망과 결합하면서 죽음으로 나아간다. 그러나 허무는 가치의 개념이 아니다. 가치란 빛의 개념에 가깝다면 니힐은 어둠으로, 혹은 어둠에서 빛으로 이동하는 양가적(兩價的, Ambilbalance) 개념이 들어 있는 공간이다. 박팔양의 시에서 허무는 시대가 만들어 놓은 무기력 현상에서 오는 표정이다. 그의 시 「善竹橋〉, 「길손」, 「가을밤」, 「소복 입은 손이 오다」, 「가을」은 허무와 고독이 교차하면서 시의 맥을 이끌어가고 있다. 박팔양의 허무 의식은 정지되어 있음이 아니라 이동태(移動態)로부터 오는 고독이요 허무이다. 이는 누워 있는 양상이 아니라 움직이고 깨어 있는 데서 만나는 생동 의식이다. 살아 있음의 표현이요, 또 어딘가 가려는 의지와 목적의식의 길손이면서 여기서 느껴져 오는 허무의 표정이다. 이에 관한 한 「길손」은 가장 합당한 사례로 인용할 수 있다.

> 길손- 그는 한 코스모포리탄.
> 아무도 그의 故國을 아는이 없다.
> 太空을 날르는 <새>의 自由로운 마음
> 그의 밤길을 아무데나 거칠것이 없다
>
> 길손- 그는 한 니힐리스트
> 그의 슬픈 옷자락이 바람에 나부낀다
> 쓰디쓴 過去여, 탐탁할 것 없는 現在여
> 그는 將來할 <꿈>마자 물우에 떠보낸다.
>
> 길손- 그는 한 樂天主義者
> 더 잃을것은 없고, 얻을것만이 있는 그다.
> 故鄕과 名譽와 安樂은

그가 버림으로서 다시 얻는 재산이리라.

길손- 그대는 쓰디쓴 입맛을 다신다.
길손- 그대는 슬픈 太空의 自由로운 <새>다.

-박팔양, 「길손」

　박팔양의 시는 형식미보다 내용에 치중한다. 30세 때 쓴 「길손」은 20대 때의 생각과는 판이하다. 가령 '길손'이 당시의 우리 민족을 상징한다면 이 시는 현실의 고난을 벗어나 차원 높은 세계로의 여행을 떠나야 할 당위성을 표현하고 있다. 소화 9년은 1934년이다. KAPF 해산과 여기에서 오는 갈등의 징후는 전혀 보이지 않는다. 물론 '시초(詩抄)'라고 한 것이 의도적이라고 생각할 때, KAPF 계열로서 「데모」 같은 작품을 제하고 이른바 잘되었다고 생각하는 작품만을 의도적으로 선택하는 것으로 문학이 무엇인가에 대한 담론을 전개하면서, 자기 검증으로 글을 쓰고 또 그 결과를 숙고했다고 볼 수 있다. 85편 가운데 47편을 엄선했고 20년대까지 작품이 47수 중 17수가, 30년대 작품 38수 중 30수가 『여수시초』에 실려 있다. 이는 자기 확인과 객관화에 철저하였다는 점을 암시한다. 만주 신경에서 100부 한정판의 시초로 편집한 사실에서도 자기 작품에 대한 가혹한 검증의 태도를 엿볼 수 있다.
　어떻든 박팔양의 경우 자기 시에 냉정한 잣대를 드리우고 작품을 깎고 다듬는 모습이 남다르다는 사실을 지적할 수 있다. 길손은 곧 당시의 민족이 처한 상황일 수도 있고, 시인 자신일 수도 있다. 코스모폴리탄이라는 개방성에서 만나는 자유의 이미지로 출발하여 니힐리스트로서 아무 꿈도 꿀 수 없는 마음까지 떨어졌다가 더 이상 잃을 것이 없다면 앞으로 나아질 일만 남았다고 생각하는 낙천주의자로 변신하여 내일의 '새'와 자유를 터득하면서 진행하는 나그네가 된다. 관념이나 상상의 파도에 좌초되지 않고 현실 속에서 울고 웃으면서 내일을 생각하는 시인의 사념은 자유를 향하지만, 그런 내일을 위해 오늘의 허무를 인정하지 않을 수 없는 모순된 표정으로 나타난다.

　박팔양의 시에 대하여 다다(dada)적인 성격을 운위한 것은 아마도 문덕수의『세계문예대사전』에서부터인 듯하다. 다다는 1차 세계대전을 배경으로 일어난다. 이 전쟁은 대량 학살과 파괴를 감행했다. 이성적 관념, 종교적 신념 같은 인간으로서의 모든 가치가 전쟁으로 말미암아 여지없이 허물어지고 만다. 이리하여 불의와 부도덕이 만연하고 또 이것들을 허용하는 것 같은 군국주의자들의 모호한 태도로 한몫을 했다. 다다이즘은 이런 배경 하에서 트리스탄 차라(Tristan Tzara, 1896-1960)나 마르셀 얀코(Marcel Janco), 휠젠버크(Richard Hülsenbeck, 1892-1974) 등을 중심으로 일어난 운동이다. 이것은 '없다 없다 없는 것이다.'라는 구호가 암시하듯, 무의미함의 의미를 추구한다. 그리하여 없음에서 인간이 희망과 새로움이 반대편에 있음을 알아차린다. 「失題」나 「선죽교」에서 있음과 없음의 허무를 다다이즘과 연결한 의도에는 다소 애매한 점도 있음을 부인할 수 없다. 자연에서 우울과 근심을 소화시키려는 배설 의식의 자연관의 일면도 있음을 부인할 수 없다. 박팔양 시의 허무는 자기 확인과 사회 환경의 연관 속에서 파생되는 정감이기 때문에 그 확인의 방도는 항상 말에서가 아니라 침묵이라는 정관적(靜觀的)인 방법을 선택한다.

　　나는 아무 말씀도 하고싶지 않습니다.
　　이리 꾸미고 저리 꾸미는 아름다운 말,

그 말의 뒤에 따를 거짓이 싫어서

차라리 나는 아무 말씀도 안하럽니다

······ 略 ······

낙엽이 헛되이 거리위로 궁그러 가더니,

전이나 다름없이 소복입은 손님, 겨울이

고독에 우는 나의 들창문을 흔듭니다.

나는 또 헛되이 이밤을 탄식하고 있습니다.

　　　　　　　　　－박팔양,「소복입은 손이 오다」에서

　　시는 애매함과 다의성이라는 열린 체계 속에서도 논리를 갖추어야 한다.
다만 시의 논리는 가변적이고 정서적으로 용해되어야 한다. 개성이 있으되
개성이 드러나지 않는 신비의 표정이어야 하고, 적나라한 직설이 아니라
함축된 개성의 시어라야 한다. 소복 입은 '손'은 겨울눈이겠지만 눈으로 생
각되지 않고 슬픈 여인을 연상시키기도 한다. 시는 결국 애매 속에 확고한
신념을 재생시키고 확산시키는 방법으로 작동한다. '나는'이라는 시적 화
자의 신념은 '아무 말씀도 하고 싶지 않습니다'의 멜랑콜리(Melancholy)이
면서 허무적인 침묵이 도사리고 있다. 꾸미고 분장하는 상황을 모면하기
위해서 침묵은 가장 확실한 자기 보호막이 되고 있다. 침묵엔 거부와 타협
이 번갈아 나타난다. 눈으로 덮인 겨울의 음산한 풍경에서 '나는 또 헛되이
이 밤을 탄식하고 있습니다'의 고독에 허우적이는 현실 공간이 제시되고,
소복 입은 길손과의 관계가 차가운 분위기에 이르면서 가늠할 수 없는 내
일이 남겨진다. 일제 치하의 우리 민족에겐 내일이 절망적이었고 오늘은
차갑게만 느껴졌기에 '밤'의 뉘앙스는 불안과 허무이면서 탄식만이 출렁이
게 된다. 박팔양의 시에 불안이 따라오는 허무의 표정은 1924(大正13년)

「나그네」에 오면 상당히 세련된 시적 기교로 형상화된 다. '黃土 묻은 짚세기 보따리/ 갓모, 비껴쓰고 하룻길/ 숙여쓰고 하룻길'이라는 낭만적 나그네의 모습에서 '나그네의 가는길/외로운 마음'의 고독에서 출발한다. 20세 젊은 무렵의 시로선 매우 성숙하고 섬세한 감정을 담고 있으면서, 유연한 리듬 속에 슬프지만 질퍽거리지 않고, 또 애수의 담담한 모습이 유장하면서 민족 현실의 절박한 숨결을 담아내고 있다. 그 표정은 결코 밝고 명랑하지 않고 담담하면서 은근하다는 데서 호들갑스럽지 않고 안도감을 준다.

1928년 11월 황석우가 편집 겸 발행인으로 발간한 『조선시단』 창간호의 축사 「朝鮮詩壇에 대한 期待」라는 글을 보면 23세의 박팔양이 진단한 한국 시단의 분위기를 가늠할 수 있다.

> 그것은 그동안 우리들의 現實은 우리들의 취할 方向을 결정하여 주었고 따라서 우리들은 黃錫禹氏가 韓國詩壇 開拓의 붓을 들고 잇슬 때의 우리들이 아니라는 것이다. 참으로 우리들은 그때보다는 우리들의 현실을 보담 바르게 보고 잇는 줄 아는 우리며 그때보다는 몇 배되는 서름과 답답함을 가지고 잇는 우리다 달콤한 사랑을 노래하기 보다는 쓸쓸한 現實苦를 노래하기를 배웠고 풀밭에 춤추는 매적직은한 마음대신에 돌벼개 배이고누은 사람의 차디찬 마음을 가진 우리가 되었다. 날더러 率直하게 거릿김업시 말하라면 나는 氏의 雅號 象牙塔이 마음에 들지않는다. 왜그러냐하면 거기에서는 어떤지 너무 個人主義的이오 高踏的이오 非民衆的인 내음새가 나는 까닭이다.
>
> –『조선시단』 창간호, 3–4쪽.

『동아일보』 이익상(李益相)과 엄흥섭에 이어 세 번째로 쓴 창간 축사로 『조선일보』 기자로 있을 때 쓴 글이다. 여기엔 두 가지 논지, 즉 답답한 현실 속에 쓸쓸한 생활고에 신음하고 있는 현실 문제에 대한 진단, 사회 전체의 이익-공동선을 추구하는 현실적이고 민중적 가치 위에서 문학의 본질적 임무가 있어야 한다는 논지가 드러난다. 이런 진단은 KAPF가 1차 방향 전환을 시도할 무렵의 문단적 맥락과 닿고 있을 뿐만 아니라 저널리스트로서의 문학관을 짐작할 수 있게 한다. 그러나 이런 그의 생각과는 달리 카프의 맹장이었던 사람들의 시가 감정을 앞세워 이성의 깃발을 내린 것과는 달리 박팔양의 시는 냉철한 눈빛으로 대상과 시인의 거리가 조절되었음을 쉽게 느낄 수 있다. 이 점이 박팔양 시가 갖는 무게이면서 다른 곳에 놓여야할 이유가 되고 있다.

2) 자연과 사색

『여수시초』의 구성은 ① 근작(近作), ② 자연생명, ③도 회(都會), ④ 사색, ⑤ 애상(哀想), ⑥ 청춘 사랑, ⑦ 구작(舊作) 등 7부로 나뉘어 있지만 자세히 검토하면 시의 성격상 분류의 적합성이 의문스러운 점도 있다. 우선 자연으로부터 검토한다. 박팔양의 시에서 자연생명은 살아 있음을 포착하려는 의도를 갖는다. 인간은 자연 속에서 자연 밖으로 향하지만 밖으로의 형이상학적인 생각에서조차 결국 자연이 정복의 대상이다. 그러나 이것은 서양 사람들의 입장이고, 동양 사상에는 자연과 인간이 동화하려는 경향이 강하다. 이런 의미에서의 자연의 개념은 동양 사상의 근간을 형성한다. 인간을 자연 속에서 떼어내려는 생각을 갖지 않을 때 시적(詩的)이다. 시는 궁극적으로 자연이기 때문이다. 시인이 자연과 인간을 어떻게 육화시킬 수 있느냐는 그의 재능에 달린 문제이다. 박팔양의 시는 자연적인 전원 풍경보다도 도시적인 풍경을 주 배경으로 한다. 자연과 도시에 대한 명상과 사색은 주로 1930년대 초에 국한된다. 프로 시의 격랑과 흔들림에서 자연의 의미는 더욱 심대한 뜻을 갖는다. 인간의 격정을 받아들이고 순화시켜 주는 기능은 자연과 전원의 침묵 속에서만이 위로를 받을 수 있기 때문이다. '나무 숲 사이로 달이 보입니다'로 시작하는 산문시 「달밤」은 '나의 가슴 속은 지금, 띠끌 하나 없이 깨끗하고, 오직 가벼운 즐거움이, 홀로 서 있는 나의 마음속을 왕래하고 있습니다'로 자연 속에서 깨끗해지는 자정(自淨)의 경험을 토로하고 있다. 달밤에 자연 풍광과 자기를 대비는 것으로부터 솟구치는 즐거움을 깨닫는 과정까지의 자연은 시인의 정신을 곧추세울 수 있는 어떤 힘에 의해서 가능해진다.

> 친구께서는 길을 가시다가
> 길가의 한포기 조그마한 풀을
> 보신 일이 있으실 것이외다.
> 짓밟히며, 짓밟히면서도
> 푸른하늘로 적은 손을 내어저으며
> 기어이 기어이 살아보겠다는
> 길가의 한포기 조그마한 풀을
>
> − 박팔양, 「목숨」에서

풀은 생명력을 상징하는 비유로 쓰인다. 설정식의 「잡풀」에서도 그렇고 김수영의 「풀」에서도 짓밟힌 인간애의 고귀함을 나타낸다. 목숨과 풀은 끈질긴 인내와 인종이라는 점으로 유비될 수 있다는 박팔양의 생각은 스스로 살아야 한다는 명제로 진전된다. 설정식과 김수영의 풀 이미지가 타의에 의한 짓밟힘을 거부하는 것이라면 박팔양은 '짓밟히며, 짓밟히면서도' 푸른 하늘이라는 자연과 이상을 향해 '기어이 살아보겠다'는 의지가 중심을 이룬다. 또한 '목숨은 하늘이 주신 것이외다'의 두 번째 연에서 숙명적인 존재관이 드러난다. '누가 감히 이를 어쩌리이까? / 푸른 하늘에는 새떼가 날르고/ 고요한 바다에 고기떼 뛰놀 때/ 그대와 나는 목숨을 위하야/ 따우에 뒹글고 또 뒹글 것이외다'의 결미에서 '목숨'은 시인 자신과 민족이 처한 1933년의 현실에 다가간다. '누가 감히'에서 어떤 힘, 어떤 대상도 풀의 목숨을 짓밟지 못한다는 자존(自尊)과 자생(自生)의 확고한 신념이 드러난다. 「내가 흙을」에서도 우주의 생명력을 감지하고 흙에서 생명이 자라나는 탄생의 신비 속에서 느끼는 우주관이다.

내가 흙을 사랑함은,

그가 모든 조화의 어머니인 까닭이외다.

그대는 보셨으리다. 여름 저녁에

곱게 곱게 피는 어여쁜 분꽃을!

진실로 奇蹟이외다.

그 검은 흙속에서

어떻게 그것은 고은 빛깔들이 나오는가

그것은 아무도 모르는 우주의 秘密이외다.

　　　　　　　　　　　　－박팔양, 「내가 흙을」에서

하늘과 땅은 우주의 한계이면서 자연의 본질이다. 결국 하늘과 땅 사이에 꽃피고 새가 울고, 별이 뜨고, 달이 지는 변화가 이루어진다. 땅은 받아들이는 특성을 갖고, 모든 것을 수용하여 새로움으로 변형하는 데포르마시옹(déformation)의 용해가 이룩되는 곳이다. 모든 생명은 땅으로부터 비롯된다. 이울러 시작과 끝이 함께 발을 뻗고 있는 장소가 땅이다. 시를 말할 때, 특히 시인의 생각이 어떻게 시가 되는가를 말할 때 중요한 개념이 '변형'이다. 땅은 시에서 변형의 장소와 같은 개념이다. 「내가 흙을」은 이런 변형의 본질을 말하는 상징이 된다. 26세 때의 작품 수준으로 보면 사색의 변경(邊境)이 고답적이고 또 보편적인 성취를 획득한 것으로 보인다.

박팔양은 자연을 자기의 의식으로 끌어들여 인간의 이상적인 세계를 말하는 본질로 길을 인도한다. 다시 말해서 사색적이고 명상적인 깊이에 이를 수 있다는 말이다. 자연은 살아 있다. 인간 또한 살아 있다. 즉, 자연과 인간은 살아 있기 때문에 감정이 있고 변화가 있게 마련이다. 박팔양의 시속에 자연은 시냇물·바다 등으로 살아 움직이면서 어딘가 새로운 곳으로 향하는 자연이 배경을 이룬다. '여름저녁 거리 우으로/ 사람의 물결이 쉬임없이 흐른다/ 街路樹 잎사귀 너울너울 슬프게/ 여름밤 都會의 風景을 그린다'(「여름저녁 거리 우으로」)처럼 유동하면서 바라보는 도시 풍경이 시인의 마음으로 다가올 때, 너울너울 '슬프게'라는 감정 쪽으로 유도된다. 왜 '슬픈 노래가 듣고 싶다'라는 감정으로 정리되어야 할까? 이는 시인이 처한 환경에서 형성된 감정의 흐름으로 인식된다.

그 누가 저 시냇가에서

저렇게 쓸쓸한 휫파람을 붑니까?

그도 아마 나와 같이 근심이 많아

밤 하늘 우러러보며 슬프게 부나봅니다.

…… 略 ……

인생은 진실로 영원한 슬픔의 나그네

포도빛 어둠이 고요히 고요히 밀려 와서

별들이 총총, 하늘 우에 반짝일 때면

외로운 사람들의 슬픈 노래 여기저기서 들립니다.

- 박팔양, 「그 누가 저 시냇가에서」 중에서

'그 누가'와 '나'와의 사이에 남는 '쓸쓸한 휫파람'의 청각적 느낌은 근심이 많다는 점에서 나와 너의 공동 광장에 슬픔이 흐르고 있다. 시냇물의 유동과 휘파람의 청각이 먼 곳을 가려는 생각을 드러내면서, 암담하다고 느끼기에 슬픔이 남는다는 것이다. 슬픔은 슬픔으로만 나타나는 것이 아니라 자기정화의 기능도 간직한다. 20대 청년의 우울은 암담한 미래와 현실에서 번져오는 불안의 표현이기도 하지만, 자연 속에 자기의 휘파람을 용해시키려는 생각에서 자연과 시인이 분리된 것이 아님을 말하고 있다.

「여름밤 하늘우에」는 자연물에서 사색의 길을 확대하는 시의 세계가 열린다. 人生의 수수께끼가 자연 속에 있다는 생각이다.

검푸른 여름밤 하늘우에
총총히 빛나는 별들을 보고
나는 自然과 人生에 대하여
깊이깊이 생각하여 본 일이 있었노라.
그러나 그것은 진실로 나에게 있어
한개의 <永遠한 수수꺼끼>이었노라.

- 박팔양, 「여름밤 하늘우에」 중에서

1931년의 작품이다. 인간과 자연의 관계는 풀어낼 길 없는, 해답 없는 숙제이다. 다만 자연 속에서 인생이 있고 또 인생에서 자연이 상존함을 느끼면서 살아가는 것이 인간의 삶이다. 자연과 인생 사이에 어떤 사람은 생각하고 고뇌하기도 하고, 즐기며 희망을 노래하기도 할 것이다. 작은 벌레 한 마리와 풀잎 하나와 작은 돌멩이와 씨앗 하나 속에 자연의 신비는 깃들어 있고, 인생의 신비는 그 모습을 감추고 있다. 이런 신비감을 터득한 시인은 '언덕을 노래하였노라/ 시내를 노래하였노라'며 비, 바람, 새, 꽃, 바다, 나무, 숲들을 노래한다. 그 노래는 자연 속에 담겨진 삶의 노래요 삶 속에 깃들어 있는 자연의 호흡이다. 자연에 깃들어 살아가는 인간은 수수께끼가 아니라 정답이면서 물음이다.

박팔양의 눈은 날카로우면서도 명상적이다. 그의 사색 속에는 우주의 본질과 인간의 본질이 질서를 유지하면서 진행한다. 그의 시에 자연은 삶의 본질이고 신비일 뿐 아니라, 그 속에서 위안과 희망, 불안과 절망을 용해하는 의지처로서의 공간이 된다. 어쩌면 그의 존재를 떠받치는 바탕이면서 시맥(詩脈)의 핵심으로 생각되는 유일의 도피처에서 희망의 분기점이 마련된다.

3) 도회의 고독

모더니즘 시에서 도시는 이중적인 장소로 인식된다. 다시 말해서 도시는 편리의 상징이면서, 인간에게 꿈보다는 삭막한 삶을 제공하는 곳으로도 인식된다. 인간과 도시 문화를 획일적으로 처리하려는 생각 때문에 도시는 인간에게 꿈을 앗아간 장소요 괴물이 우글거리는 곳으로 치부되면서 상상력을 위축시켰다. 물론 산업화 이후 도시는 인간에게 편리를 제공하는 한편으로, 자연 상태를 인공 상태로 전환하는 인위성 때문에 신음을 앓고 있다. 그러나 자연미와 인공미는 어느 한쪽을 필연적으로 선택해야 하는 문제가 아니다. 원시 자연은 인간에게 꿈의 공간일지 모르지만 그 본래 상태에서는 인간이 꿈과 안락을 누릴 수 없어 손을 댄다. 이로부터 비롯되는 문명적 이기(利器)는 그러나 필연적으로 반작용을 수반한다. 인간은 도시 문명에 서서 원시를 바라보기 때문에 원시 자연을 동경하는 것이지, 원시 상태에서 도시 문명을 바라본다면 생각이 달라질 수밖에 없을 것이다.

『여수시초』에서는 도시 서정이 '도회'라는 항목으로 설정되어 있다. 「하루의 過程」, 「默景」, 「近詠數題」, 「都會情調」, 「새로운 都市」 등에는 도시의 꿈과 서정성이 스며 있다. 「하루의 過程」은 도시의 오후 풍경이 내일에의 희망을 꾸미는 장소로서 스케치 식으로 전개되고 있다. 1연에서는 힘찬 하루를 위해 하늘을 보며 준비하는 데서부터 시작하여 러시아워의 젊은 남녀들의 발자국에서 행복을 예감한다. 3연에는 정오의 풍경에 샐러리맨들의 권태가 나타나고, 4연에는 야경에 보금자리를 찾아가는 일꾼들의 모습, 5연에는 네온사인이 켜진 슬픈 풍경에 룸펜과 향락의 밤이 펼쳐진다. 6연에는 가난한 참상 속에서 희망의 내일을 기약하는 내용이다. 아침부터 잠들기까지의 하루의 도시 풍경을 제3자 관점에서 묘사하고 있다. 「하루의 過程」엔 시인의 감정이 자제되어 있다. 그만큼 이성적으로 바라보는 객관적 시각이 명료하게 자리 잡고 있다.

> 쉬일 사이 없이 흐르는 都會의 奔流 속으로
> 내가 여름밤의 조그마한 날벌레와 같이
> 뛰어들제. 헤염칠제. 躍進할제.
> 아름다운 幻想은 나의 앞에서
> 끊임없이 明滅하고 있다.
> — 박팔양, 「默景」에서

도시의 특성은 편리에 있고, 형식미에서 자연미와는 다르다. 도시는 한

가함이 아니고 분주하고 빠르고 세분되는 특징이 있어, 기계가 인간을 앞지르는 스피드 앞에 인간은 소외된다. 뛰어들고, 헤엄치고, 약진하는 도시의 풍경 속에 인간은 필연적으로 작아진다. 1933년 서울의 늦가을 풍경을 스케치한 시인은 '나의 疲勞한 마음 우에', '외로운 마음'을 느끼는 심정에 잠긴다. 도시는 색채와 선과 음향으로 특징이 압축된다.

「都會情調」는 도시의 특징을 모두 포괄하는 긴 호흡의 시다.

都會는 强烈한 音響과 色彩의 世界
나는 그것을 얼마나 사랑하는지 모른다.
不規則한 直線의 羅列, 曲線의 徘徊,
아아 表現派의 그림 같은 都會의 氣分이여!
…… 略 ……
그러나 비오는 저녁의 고요한 거리에는
비스듬한 長明燈이 높은 電信柱 밑에서 조을고
歡樂을 求하는 친구들이 모다 房안에 들었을 때
거리에는 애스팔트 人道우에 가느다란 비가 내린다
외로워서 외로워서 우는것 같이
그것은 히스테리 患者, 눈물 흘리는것 같아서
짜긋하고 가슴빠근한 엷은 悲哀를 느끼게 한다.
그것도 亦是 사랑할 都會의 一瞬間이 아니?

　　　　　　　　　　－박팔양, 「都會情調」에서

10연으로 된 「都會情調」 중 1연과 10연이다. 선과 색채, 음향 속에는 인간의 삶의 모든 것이 들어 있다. 군악대 소리, 북소리, 음악 소리, 인간의 소리가 곧 삶의 소리의 조화라면, 전차가 궤도를 달리는 선의 고민이 생활의 중심 부분이 되고, 온갖 도시 문명이 혼재하여 정리할 수 없는 혼몽한 장소가 도시 공간이다. 이곳에서 삶을 이어가는 시인은 고독한 사람을 바라보고, 비애의 풍경에 눈길을 주게 된다.

그러나 「새로운 都市」에서 도시는 행복과 미소가 넘치며, 인간과 인간이 어울리는 화합과 융화의 장소로 합창되는 곳이다. '친구는 저 거리에서 들려오는/ 기꺼운 노래 소리를 들으시나이까/ 새로운 도시의 새로운 아침 맑고 향기로운 空氣를 통하여/ 淸朗하게 들려오는 저 백성들의 소리 높은 습唱을'이라며 즐거움에 삶의 약동을 실감한다. 도시에서 우울과 모순을 건너뛰어 신선하고 명랑한 즐거움을 발견한 시인은 시민들의 합창을 듣고 있다. 이런 즐거운 풍경은 시인의 내면에 솟구치는 자발심에서 비롯된다. 세상은 희(喜)와 비(悲)가 혼재하고 있다. 어떤 눈으로 바라보느냐에 따라 세상은 다른 표정을 만들게 된다. 박팔양은 도시에서 모순과 비리를 눈여겨보기보다는 생명의 약동과 더불어 시민들의 힘찬 약동을 눈여겨보고 있다. 이는 도시에의 서정이 아니라 도시에서 삶의 도약을 느끼는 시들이다. 다만 도시와 시인이 서로 어울려 육화되지 못하고 별개의 관계처럼 서먹한 지점도 없지 않은 만큼, 도시의 핵심 노래가 아니라 피상적인 스케치에 머물고 있다. 어떻든 김광균의 도시가 아니고 활기가 넘치는 생명력을 느끼게 한다는 점에서 박팔양의 도시의 특징이 있다. 생명의 터전으로서의 도시, 인간을 위한 도시라는 점이다.

4) 봄, 선구자의 기다림

봄은 활력과 젊음, 그리고 새로움을 의미하는 요소로 충만해 있다. 겨울을 일깨우는 숨소리에서 내일을 믿는 신화의 문이 열린다. 상징의 숲에 들어 있는 시의 영역은 봄에 따스함과 생명의 잉태가 드러나는 암시 때문에 겨울을 이기는 장소다. 그러나 박팔양 시에서 봄은 좀 더 별다른 의미 쪽에 상징의 입지가 마련된다. 「나를 부르는 소리 있어」에는 봄에서 자기구원의 사랑을 찾으려 한다. 물론 이 시에는 봄, 여름, 가을, 겨울의 순환이 드러나지만 봄의 사랑으로 '나를 부르는 소리'의 방향을 찾아나서는 인상을 준다. 부르는 소리의 주인공은 봄이라는 공간에 있음을 암시하고, 시인은 겨울이라는 공간에 있음을 암시한다. 이런 가설을 현실 쪽으로 맞춰놓고 보면 시대 상황과 맞아떨어진다.

「봄」(1938), 「勝利의 봄」(1936), 「너무도 슬픈 사실」(1930), 「선구자」(1936) 등의 창작연도로 볼 때 1930년대 후반의 작품은 선구자를 기다리는 봄의 노래가 주류가 된다. 이 시기는 짜르(czar) 문제를 중심으로, 나찌의 기세와 파시스트 무솔리니의 광분(狂奔), 군국 일본의 침략성이 비등하면서 바야흐로 세계는 전운(戰雲)의 위기 속에 젖어들고 있었다.

일제의 강권 정치는 민족적이고 반일적인 사상이나 이념은 조금도 허용치 않게 되어 이 땅에 문화와 문학이 정상적인 발전을 꾀할 수 없는 지경에 이른다. 더구나 카프 해산(1934) 이후 한국 문학은 분명히 혹독한 겨울 속에 봄을 기다리는 형상이었다. 이런 상황을 반영하여 현실 도피적인 전원 문학이나 풍자 문학 양상이 지나가고, 초현실주의의 이상(李箱)이나 생명파의 출현, 청록파의 시인들이 인간과 자연 속으로 문학의 숨소리를 은신하는 양상으로 전개되었다. 『정지용시집』, 『김영랑 시집』, 『사슴』(백석), 『石榴』(李學洙), 『待望』(李燦) 등 30년대를 일구어가는 시대적 흔적이 미묘한 상징의 틈새로 스며들어 시인들이 직면한 시대의 고민을 담고 있다. 1930년대 후반에 많은 시집이 나온 것은, 다시 말해 냉혹한 시대의 냉한(冷寒)을 뚫고 아름다운 시집이 간행된 것은 문학의 역설적인 면을 보여준다. 아무튼 이 시기에 박팔양도 냉엄한 겨울을 참고 인내하면서 어둠 속에 간직된 씨앗을 봄으로 내보내기 위한 지혜를 꿈꾸었다.

> 그렇다! 봄은 이제 어지신 어머니와 같이
> 많은 목숨들 우에 은혜로운 나래를 펼게다
> 나는 그것을 조금도 의심하지 않는다.
> 비록 지금은 찬바람이 살을 어이드라도
>   － 박팔양, 「봄」에서

시인이 존재하는 공간은 겨울이다. '비록 지금은 찬바람이 살을 어이드라도'와 같이 찬바람이 살을 에는 겨울에의 곤혹과 절망이 춤추고 있다. 이는 시대를 상징한 것이다. 봄이 어지신 어머니와 같이 자애를 간직했기 때문에 겨울을 이길 것이라는 신념이 내장되어 있다. 이런 생각은 「勝利의 봄」에 오면 더욱 구체적인 암시로 나타난다.

> 친구여! 그대는 아직도 記憶하리라.
> 〈겨울의 暴威〉가 왼 세상을 完全히 征服하였을때
> 모든 生靈이 숨을 죽이고 그 暴威밑에 戰慄할때
> 그대는 絶望의 深淵에서 소리쳐 通哭하였다.
> 하늘을 우러러 絶滅되려는 목숨들은 부뜰고 한없이 通哭하였다.
> …… 略 ……
> 그러나 自然의 힘은 마침내 어느틈엔지
> 千萬年이나 持續한것같던 겨울의 暴威를 쫓고
> 우리도 모를 사이에 山과 언덕과 드을에

生命의 蘇生을 재촉하는 多情한 봄바람을 보내여

<일어나라 일어나라! 봄이 왔다!> 깨어일으킨다.

…… 略 ……

봄은 마침내 우리를 찾아오고야 말았다.

봄은 마침내 우리에게 돌아 오고야 말았다.

自然은 마침내 우리들의 勝利를 宣言하고야 말았다.

오오 봄. 봄, 蘇生의 봄. 更生의 봄

山과 언덕과 드을에 꽃피고 새소리 들리니

봄은 이제 完全히 勝利者의 봄이다.

－박팔양, 「勝利의 봄」에서

5연 중 1, 3, 5연을 옮긴 것이다. '겨울의 暴威'는 부연할 필요 없이 일본을 지칭할 것이고, 숨을 죽이고 있는 모든 생령(生靈)은 일제 치하의 우리 민족일 것이다. 하늘을 우러러 통곡하는 슬픔과 절망의 처지에서 시인의 신념은 산과 들에 생명의 소생을 재촉하는 봄바람을 맞으려 한다. 반복해서 '일어나라'고 하는 것은 결국 민족에게 부르짖는 시인의 호소이다. 일어나는 봄은 겨울을 이긴다는 신념, 여기에 깃들인 시인의 생각은 승리라는 단순한 승부욕에 있지 않고, 소생과 갱생의 바탕 위에서 '完全히 勝利'의 가능성을 믿는 마음이다.

산문으로는 쓸 수 없는 마음을 표현하는 시인의 자유, 시인의 득의로운 위안이다. 검열의 촉수를 시에서는 쉽사리 벗어날 수 있다는 것이 시인이 누리는 행복이다. 이로 보면 박팔양의 정신 구조는 민족을 깨워 일으키려는 마음으로 봄을 불러오는 주술사의 태도를 견지한다. 겨울(日帝治下)을 벗어나야 한다는 당위성과 일어나기를 열망하는 간절함을 표현하는 시인의 노래는 필연적으로 선구자의 이미지가 덧입혀진다. 「선구자」와 「너무도 슬픈 사실」은 봄이 선구자의 고독과 이어짐을 노래하는 시들이다. 봄을 가장 먼저 알리는 진달래꽃은 차가운 겨울을 이겨내기엔 가냘프고 여리지만 봄을 불러오는 선구자이다.

> 진달래꽃은 봄의 先驅者외다.
> 그는 봄의 消息을 먼저 傳하는 豫言者이며
> 봄의 모양을 먼저 그리는 先驅者외다.
> 비바람에 속절없이 지는 그 엷은 꽃잎은
> 先驅者의 不幸한 受難이외다.
>
> 어찌하야 이 가난한 詩人이 이같이도 그꽃을 부뜰고 우는지 아십니까?
> 그것은 우리의 先驅者들 受難이 모양이
> 너무도 많이 나의 머리속에 있는 까닭이외다.
>
> — 박팔양, 「너무도 슬픈 사실」에서

「너무도 슬픈 사실」에는 '봄의 선구자 진달래를 노래함'이라는 부제가 붙어 있다. 달리 특별한 사족을 붙이지 않는다 해도 의미가 전달된다. 진달래가 예언자, 선구자이지만, 비바람에 시달리는 수난과 의미가 담겨 있어 교훈적이다. 선구자와 예언자는 현실이 어둡고 춥고 미래가 불확실할 때 빛을 예언하는 사람이다. 일제 치하의 겨울에 민족의 앞날을 예언하는 시인은 '어찌하여 이 가난한 시인이 이같이도 꽃을 부뜰고 우는지 아십니까?'라는 탄식 속에 민족의 봄을 꿰뚫어보려는 안타까운 마음이 더욱 큰 것을 느낄 수 있다. 박팔양이 민족이 처한 불행을 견뎌야 한다는 비유로 노래한 진달래꽃은 시인 자신의 깨끗하고 붉은 마음을 상징하기도 한다. 민족의 밝은 미래를 예견하는 선구자의 마음은 '오직 앞으로 앞으로 또 앞으로/ 가시덤불 길을 뚫고' 나아가는 용기와 신념의 노래를 부르기 위해 진달래를 끌어들인 셈이다. 어떻든 예언의 확실성은 없지만 승리의 봄을 믿었고, 구원의 목소리가 들려올 것을 알아차린 박팔양은 그 자신이 예언자로 선구자의 사명 의식을 가진 시인이었다. 시인은 어려운 시대 앞에 예언의 촉수를 갖는다는 베르하렌(Verhaeren, Émile, 1855-1916)의 예언처럼….

5) 사랑

시인은 자기가 살고 있는 시대에 신음하는 사람이다. 시는 소외되고 있다.* 시와 시인은 어느 시대에서나 신음 속에서 개성을 창조한다. 그러나 시인은 자신의 소명(召命)을 깨닫고 거기에 응답함으로써 시는 신선한 영역을 일구어 나갈 수 있다. 시인에게 다가오는 불행을 접어서 미감(美感)의 노래를 만들어낼 때 시가 인간을 구제할 수 있는 힘을 발휘하게 된다. 그 힘의 핵심은 인간에 대한 사랑이면서 따스함을 간직한 마음이다. 사랑과 따스함이란 햇살과 같이 부드러움이다. 인간은 냉혹한 겨울 상황보다는 부드럽고 따스한 햇살 아래 아늑한 꿈을 꾸기를 소망한다. 사랑이란 말도 부드러움에 대한 응답이다. 박팔양은 사랑할 수 있는 젊음을 가졌다. 그러면서 미지의 사랑에 가슴 졸이는 모습이다. 비단 「靑春, 사랑」 편에뿐만 아니라 시집 전반에 걸쳐 사랑은 상당한 비중을 차지하고 있다. 박팔양은 '사랑은 사람을 바보로 만드나보다'(失題)와 같이 사랑에 병든 표현을 서슴지 않았다. 사랑하는 대상에 대한 연모(戀慕)의 마음이 높으면 높을수록 시인의 정

---

* Poetty is alienated.

서는 부드러워진다. 그것이 민족이든 아니면 한 사람의 여인이든, 그 사랑에서는 숭고한 힘이 나타난다.

한용운의 님에 대한 사랑은 결국 한용운의 시세계를 넓고 부드럽게 채색한 지향의 종착지였다. 한용운 전체 시에서 주제와 같은 기능을 다했고, 모든 초점이 사랑이라는 대상 속으로 용해되었던 것이다. 박팔양의 사랑은 간절하다. 그만큼 그의 인생을 휘어잡고 있는 중요 인자로 보인다. 그러나 실제의 사랑이라는 간절함보다는 은유 속에 깃든 사랑이다.

> 나는 그대를 사랑합니다.
> 거기에는 아모런 이유가 없고
> 오직 그대가 붉은 얼굴, 청춘인 까닭에
> 나는 그대를 한없이 사랑합니다.
> ─ 박팔양, 「靑春, 사랑」에서

청춘이기 때문에 사랑이 있다면 사랑은 액세서리요 소모품 같은 의미에 머문다. 사랑은 진실을 다한 헌신이 전제되어야 하기 때문이다. 아무 이유가 없기 때문에 사랑으로 헌신할 수 있다. 「또다시 님을 그리움」에서도 사랑 때문에 병이 깊어진다. 그만큼 짙은 사랑에 헤매는 마음이다. 사랑은 거리(distance)의 안타까움이고 떨어진 거리를 하나로 만들려는 데서 오는 초조감이다. 박팔양의 시에 사랑은 천리에의 거리 때문에 간절하다. 어긋난 추측일지 모르지만 그의 아호에 나타난 전라남도 여수쯤 되는 거리로 나타난다.

> 그러나 맺고서 못푸는 인연의 실머리

千里로 헤여진 그대와 나의 마음과 마음은

그대만이 아시고 나만이 알고

그리고는 하늘만이 알고계신 일이외다.

— 박팔양, 「그대」에서

「그대」의 부제를 '남쪽 海邊에 계신 그를 생각함'이라고 하여 천리의 방향이 잡혀 있다. 이러한 예는 「님을 그리움」에서 '陸路도 千里, 水路도 千里, 千里길이 막혀서/ 그리운 그대를 그리기만 하올 때'라는 천리의 함의가 이별임을 강조하는 데서도 볼 수 있다. 이뿐만 아니라 「또다시 님을 그리움」에서 천리의 거리감은 좀더 구체적인 순정으로 나타낸다. '한번 주고 받은 그 사랑의 마음과 마음/ 아아 千里를 隔하여 이제 또 해를 넘기되/ 그를 닛을길 바이없사외다'로 간절한 연모가 드러난다. 이별의 직접적 계기는 가난으로 집약된다.

가난보다 더 큰 웬수가 없사외다.

가난한 탓에, 얼키고 못푸는 인연의 실마리

— 박팔양, 「님을 그리움」

님께서 진실로 不幸하시외다.

가난사리 十年에 또 가난한 사나이 만나셨으니

가난이 없는 세상이 없사오리까?

죄없는 사람 울리는 웬수의 가난이외다.

— 박팔양, 「또다시 님을 그리움」

「님을 그리움」이 1928년 작품이고 「또다시 님을 그리움」은 1935년 작품으로 23세와 30세의 간격, 즉 7년여의 사이가 있다. 그러나 「님을 그리움」에서도 가난 때문에 얽히고설켜서 끝내 풀어 낼 수 없음을 안타까워하면서도 어쩔 수 없는 애가(哀歌)로 끝났지만, 「또다시 님을 그리움」에서는 자기이외에 또 다른 가난한 사람을 만나 고생하는 련인에 바치는 연모의 정이 더욱 애절하다. 박팔양의 시에서 나타나는 여인의 이름은 복순(福順)이다. 시는 어쩔 수 없이 고백의 한계를 벗어나지 못하기에 정신의 흔적(trauma)으로 나타난다. 그렇다면 복순이는 박팔양의 사랑의 대상이라는 막연한 추측이 가능하다.

> 福順이 - 그는 海邊의 딸이외다.
> 그는 海邊에서 자란 가난한 계집아이
> 사람이 그리울 때 모래 沙場에 나가
> 바다 보고 오는 아이외다.
> — 박팔양, 「海邊에서」 중에서

대정 15년으로 부기된 작품으로, 1926년이니 「님을 그리움」과 2년여의 간격이 있는 셈이다. 이 무렵은 대학 시절의 로맨스로 추정할 수 있을 뿐만 아니라 천리의 구체적 거리 가늠이 이로부터 가능해진다. 박팔양의 시에 보이는 나그네 의식과 시냇물 혹은 바다 심상은 복순이라는 여인으로부터 촉발된 것으로 볼 수 있다. 「길손」, 「시냇물」, 「그 누가 저 시냇가에서」, 「시냇물 소리를 들으면서」, 「해변에서」, 「나그네」 등의 유동(流動) 이미지의 방향은 복순과의 사랑을 찾아가는 행로의 탐색이다. 「忘却」, 「나는 불행한 사람이외다〉 등 초기 시에 나타난 사랑의 번민과 고뇌는 가난과 곤혹한 시대 상황이 결합하여 끝내 맺지 못할 사랑으로 멀어진 천리에의 그리움이 30대까지 시인의 뇌리에 각인된 것으로 보인다.

4. 나가면서

박팔양은 시가 무언인가를 생각한 결과로 『麗水詩抄』*를 자선(自選)하여 펴냈다. 고답한 상상력도 아니고, 그가 참여했던 이념의 깃발도 아니라는 점에서 특이한 성취를 해냈다. 시대가 주는 어쩔 수 없는 허무, 자연으로부터 명상의 숲을 헤쳐 가는 사색, 모더니스트의 물기 없는 시와는 다른 의미의 도시에의 고독과 서정, 선구자 의식으로 표상되는 봄과 진달래꽃의 상징성, 인간적 면모를 드러낸 사랑의 추억 등이 그의 시에 용해된 부유물들이다. 이런 이미지들은 결국 박팔양의 정신 속에 간직된 총체적 중심이면서 별개의 의미군(意味群)으로 분열되기도 했다.

박팔양의 시는 내용과 형식이 불균형을 이루는 언어감각의 문제가 있다. '보았노라', '이로다', '하외다', '가로대' 등의 종결어미가 고투를 벗어나지 못하고 있어 신선감이 반감된다던가, 지나치게 형식에 집착한 전개 양상 등은 한시적(漢詩的)인 정형 패턴의 영향인 것 같다. 어떻든 불행한 시대에 태어나 불행을 먹고 자란 그의 정신 속에 민족과 사상, 시에 대한 고운 꿈을 간직하고 있다는 점에서 인간적 불행을 보상하는 또 다른 의미를 찾을 수 있는 것만은 틀림없다.

---

* 1947년 10월 월북 이후 『박팔양시선집』(조선작가동맹출판사, 1959), 『눈보라 만리』(조선작가동맹출판사, 1961, 서사시) 등을 발간했음. 1966년 종파분자로 숙청됨.

나는 작가다

손 병 현 *

작가가 되겠다고 맘먹은 순간부터 나는 작가다.

1. 문학에 대한 경외심을 가져라

아주 어린 시절부터 작가 되는 게 꿈이었다는 작가들을 종종 만나곤 한다. 아무것도 모를 것 같은 꼬맹이가 어떻게 작가가 되고 싶다는 꿈을 품을 수 있을까. 기특하기도 하고 의심이 들기도 한다. 그냥 글씨 쓰는 게 좋아서 작가가 되고 싶었을지, 책 속에 숨고 싶어서 작가가 되고 싶었을지, 죽은 강아지와 얘기하고 싶어서 작가가 되고 싶었을지, 저마다 아련한 꿈의 원천이 있을 것이다.

"이 아이는 평생 하얀 종이를 만지고 살 팔자지요."

어린 시절 어머니가 자신의 사주를 점쟁이에게 넣었더니 그런 점괘를 풀어내더라는 어느 여류소설가의 말을 들은 적 있다. 작가가 된다는 것은 어쩌면 태어나면서부터 정해진 운명이라는 얘기도 일면 타당성 있어 보인

* 1972년 경기 가평 출생. 1999년 광주일보 신춘문예 소설 당선. 소설집 『해뜨는 풍경』.

다. '한 송이 국화꽃을 피우기 위해 밤부터 소쩍새는 그렇게 울었다'는 서정주의 못 믿을 소리는 참말이지 싶다.

아름다운 나비도 한때는 고치였다.

한껏 매력을 발산하는 교정의 새내기 문사들을 만날 때면 마치 봄꽃을 대하는 것 같다. 깨끗하고 아름답고 화사한, 그러면서도 아슬아슬한 위태로움이 공존한다. 온통 가능성으로 가득한 그들의 웃음소리 때문에 가끔은 졸고 있던 심장이 놀라 헛발질을 하기도 한다. 터질 만큼 부풀어 오른 가슴을 찢고 나오는 한 줄 시는 세상도 바꿀 수 있다. 차돌처럼 단단한 언어를 던져 뻔뻔한 도심의 얼굴을 묵사발로 만들어줄 수도 있을 것이다.

가끔은 교만하거나 시들해 보일 때도 있다.

그러면 어떠하랴, 하늘아래 그렇지 아니했던 잘난 놈이 없거늘.

멋을 부릴 때도 있고, 억지스러울 때도 있고, 유치할 때도 있고, 그냥 형편없을 때도 있다. 그래도 괜찮다. 오늘만 쓰고 죽을 건 아니므로. 숱하게 욕을 얻어 처먹고 비웃음 당하고 찢어발겨져도 먼 산 쳐다보고 허허 냉수 마시듯 너털웃음 한 번 웃어 주면 그만이다.

가끔은 끝내 고치 밖으로 나오지 못하고 갇혀 죽기도 한다.

아무도 모르게 자결했을 수도 있다. 믿음이 없으므로 가벼운 하늘조차도 이고 있을 수 없다.

고되게 몸부림쳐도 족적 하나 남기기 만만찮다. 아직 남겨진 날이 새털 같으므로 바늘 끝처럼 와 닿는 아픔들이 또한 그와 같을 것이다.

운명처럼 작가가 된 이들도 있고, 꿈을 키워 작가가 된 이들도 있고, 발을 헛디뎌 작가가 된 이들도 있고, 억지로 작가가 된 이들도 있다. 세상에는 수많은 작가들이 있고 수많은 책들이 지전처럼 떠돈다.

　살아서 작가였고, 죽어서도 작가로 불리는 이름들은 기묘한 생명력을 지니고 있다. 결코 죽지 않았을, 사라져 없어지지 않았을 불온한 시취를 풍긴다. '나는 작가다!' 떳떳하게 부르짖으며 죽을 수 있었을 그들의 주검은 당당해서 더욱 멋져 보인다.

　평생 '문학에 대한 경외심'을 생명처럼 지켜 실천했으므로 그들은 영예로울 수 있다. 사랑하고 존경하고 겸허하게 받들었을 문학으로 인해 그들의 이름은 죽어서도 거룩하다.

　문학보다 더 훌륭한 작가는 없을 테니 작가로서 문학 앞에 읍소하는 것은 당연하다. 작가에게 문학에 대한 경외심보다 더 좋은 신앙이 있을까. 믿음은 깨끗해야 하고 거룩해야 하나니, 그리고 맹목적이어야 하나니. 작가로서 문학을 찬송하고 기뻐 노래하는 것은 마땅한 과업일 것이다. 그러면 믿음의 거룩한 열매가 맺을 것이며 그의 이름이 높이 불릴 것이다.

2. 고전으로 기초를 세워라

　가끔은 처음부터 다시 시작하는 작가들도 있다.

　대개 그러한 작가들은 훌륭한 작가가 되고자 하는 욕망이 강하다. 훌륭한 작가란 곧 훌륭한 작품을 써내는 사람의 다른 표현이기도 하다. 그러한 욕망이 강하면 강할수록 수련 과정은 고되고 더디다. 스스로 터득하고 완성했을 설계도 같은 것들을 다 허물어 버리고 한순간 벌거벗은 채로 벌판에 선다. 수치스럽지만 대충 써내는 것은 그보다 더 수치스러운 일이다.

　"처음 장편소설을 내고 정말이지 내가 감당할 수 없을 정도의 많은 청탁을 받았어요. 그런데 나는 그 청탁을 하나도 써내지 못했어요. 너무 겁이 났거든요. 그래서 숨어 버렸어요. 그리고 2년 동안 나는 문학전집부터 다시 읽기 시작했어`요. 그냥 그대로 사라져 버리고 싶지는 않았거든요. 그리고 나는 다시 컴백했어요. 그 2년이 없었다면 나라는 사람은 지금 이 자리에 없었겠죠."

정확하지는 않지만 진실에서 크게 벗어나지 않은 내용이다. 함께 농활을 갔던 소설가가 술을 사겠다며 데리고 간 영등포 어디쯤에서 한 얘기다. 그 후로 그 작가는 줄곧 좋은 작품들을 써냈고 지금은 교수가 되어 학생들을 가르치고 있다.

수많은 작가들이 반짝 등장했다 사라지는 것이 문학판이기도 하다. 그런 면에서 연예인 세계와 흡사한 면이 없지 않다. 어떤 작가는 작가 자체가 연예인 기질을 가진 사람들이라고 말하기도 한다. 다분히 독자를 의식한 말일 것이다.

어느 추운 봄날이었고, 만해문학관 집필실에 기거하던 작가들이 아침식사를 하던 중이었다.

"저 오늘 퇴소합니다."

아직 앳된 동화작가가 다른 작가들에게 작별을 고했다.

"아니 기간도 아직 많이 남았는데 왜 벌써 나가시려구요?"

불혹의 소설가가 아쉬움을 표현했다.

"아, 어디 취직이 돼서……."

"취직요? 작가보다 더 좋은 직업이 어딨다구 다른 직업을 찾아요?"

"……아, 제가 재주가 없어서……."

한동안 테이블은 쓸쓸함이 감돌았다. 다들 헐거운 주머니를 걱정으로 채우고 사는 사람들이기에 동화작가의 취직은 한편 반가운 소식이기도 했다. 하지만 무거운 짐을 나누어지던 누군가 또 한 사람 빠져나간다는 허수한 기분을 씻을 수 없었다. 어깨가 조금 더 무거워졌다.

대부분 배가 고파서 작가를 포기한다지만 그 속사정은 "재주가 없어서"다. 동화작가는 자신을 객관적으로 진단할 수 있는 정직한 사람이었다. 일찍 포기하는 것도 또 다른 선택일 수 있다. 타고난 재주보다 만들어진 재주가 더 크다.

글쓰기가 겁나거나 두려울 때 작가는 다른 곳으로 눈을 돌린다.

당장 좋은 글을 써내지 못해도 언젠가 써낼 수 있다는 자신감이 있다면 작가는 다른 곳으로 눈을 돌리지 않는다. 그게 바로 자신감이다.

그 자신감은 어디에서 나오는가. 바로 '독서의 힘'에서 비롯된다.

'세상에 새로운 이야기는 없다'는 흔한 말이 있다. 모든 문학은 이야기다. 짧은 시 한 편도, 두꺼운 장편소설 한 권도 이야기다. 똑같은 이야기를 새롭게 각색해 내는 작업만 있을 뿐이다. 30년 전 뉴스와 현재의 뉴스는 똑같다. 대상이 다르고 환경이 다르고 좀 더 교묘해졌을 뿐이다. 불타고, 죽이고, 무너지고, 몇 점 차이로 이기고, 바람나고……. 다 똑같은 얘기다.

붓을 들어 몇 점 찍다 말 허술한 작가가 되지 않으려면 먼저 고전부터 읽어라.

다양한 고전을 탐독하면 마음속에 큰 호수가 생긴다. 아무리 퍼내도 마르지 않을 이야기의 호수다. 다들 이야기에 허덕인다. 어떤 이야기를 어떻게 써낼까. 머리를 싸매고 고민한다. 고전을 우려서 재탕 삼탕한 싸구려 이야기는 절대로 마음에 큰 호수를 만들지 못한다. 현재의 모든 이야기는 고전에서 비롯된 것이며 절대로 그 범위를 벗어날 수 없다. 다만 기교를 부려서 새롭게 포장해 낼 뿐이다.

고전의 정의는 이러하다. "오랫동안 많은 사람들에게 널리 읽히고 모범이 될 만한 문학이나 예술 작품."

작가로 살겠다고 마음먹었다면 지금 당장 고전을 읽어라. 서두르지 말고 천천히 미래를 준비하라. 영원히 살아남을 명작은 절대로 급하게 만들어지지 않는다.

3. 작가는 쓰기 싫어도 써야 한다

작가는 '폼'의 상징이다.

유리창에 비스듬히 기대서서 담배 한 가치를 물고 뭔가 사색하는 모습. 그것이 고정화된 작가의 이미지다. 그 어느 곳에도 치열함은 느껴지지 않는다. 그저 사색하면서 시간을 보낼 뿐이다.

'작가처럼 게으른 인간들이 없다'는 말을 종종 듣는다.

책·담배·술·커피·라면, 너저분하게 흐트러진 남성 작가들의 방. 흐트러진 일상의 단면을 잘 대변하는 풍경이라고 할 수 있다. 여성 작가들의 방은 좀처럼 구경할 일이 없어서 그렇다고 단정 지을 수는 없다.

'나는 작가다'라는 자부심은 좋지만 '나는 작가다'라는 면죄부는 곤란하다. '나는 작가다'라는 면죄부는 효과적이지만 오래가지 못한다. 대개 먼 사람부터 그리고 가장 가까운 가족에 이르기까지 차근차근 나를 멀리하게 된다. 어느 순간 불편한 존재로 낙인찍힌 나는 '작가'라는 위상까지도 욕되게 만드는 죄인으로 전락한다.

초장부터 게으름이 몸에 배면 평생 좋은 작품 써내기는 어렵다. 다 그 '폼' 때문이다. 폼이 대신 원고를 써주지 않는다. 작가가 연예인이었던 시절은 옛말이 된 지 오래다. 천 부 팔기도 어려운 현실에 연예인 운운하는 것은 시절 좋을 때 얘기일 뿐이다. 치열하게 써내지 않으면 작가란 명패만

달고 있는 유령이 될 수도 있다.

　근로기준법에 준하여 노동자는 하루 8시간 근무하는 것이 원칙이다. 하루 8시간 술 마시고 다음 날까지 간을 휴식하는 작가들이 종종 있다. 근로기준법상 그들은 해고다. 그러나 그들은 여전히 작가다. 신문에 날 일이다.

　한겨레신문사 최재봉 기자의 '그 작가 그 공간'에서 평론가 김윤식은 말한다.

　"……바로 에토 준, 저 사람은 평생 글만 쓰다가 죽었드만 글 못쓰게 되니까 자살해버리고. 허수경, 그 여자를 내가 어떤 여자인 줄 모르지만 글 쓴다는 거 여기에 전부를 다 걸고 있는 것 같애. 안 그러면 그렇게 쓸 수 없을 거 같애……."

　김윤식, 그가 정의하는 작가는 '혼신을 다해 쓰는 사람' 바로 그것이다. 더 이상 군더더기가 없는 그의 정의는 간단하지만 서슬 퍼렇다. 글을 잘 쓴다 못 쓴다, 그런 잡다한 얘기는 구차스러울 뿐이다.

　자기관리에 철저한 작가일수록 오랫동안 많은 작품을 써낸다. 많은 작품을 만들어 내다 보면 좋은 작품을 쓸 수 있는 내공이 쌓인다. 매일 작업을 하고 매일 일정한 양의 원고를 생산해 내는 것이 중요하다. 철저히 스스로를 직업작가로 각인시켜 그에 걸맞은 하루하루의 성취를 해내야 한다.

　'문단에는 선후배가 없다'는 막말이 있다.

　작품이 곧 선배고 인격이라는 말일 수 있다. 아니꼬운 말이기는 하지만 새겨들을 대목이다.

4. 큰마음으로 큰 작품을 구상하라

　작가가 되겠다고 맘먹은 순간부터 나는 작가다.

‘나는 작가다’라는 확신이 들었다면 가만히 눈을 감아라. 몇 십 년 후, 나는 어떤 모습의 작가가 되어 있을지 상상해 보라.

……

세상에는 수많은 작가들이 있다. 그 수많은 작가들이 전부 작품을 쓰는 것은 아니다. 작가라는 이름을 걸고 부수적인 일로 생계를 이어가는 사람들도 많다. 처음에는 모든 사람들이 자신의 작품을 쓰는 작가로 살아가기를 희망한다. 하지만 그 욕망의 크기와 강도에 의해 시간이 지나면서 수많은 부류로 나누어진다.

내가 어떤 작가의 상으로 어떤 작품을 써나갈지 미리부터 계획해야 한다. 그냥 쓰다 보면 등단도 하고 책도 내고 그걸로 먹고 살 수도 있겠지…… 막연하게 지내다 보면 그야말로 신기루처럼 막연한 이미지만 남을 뿐이다.

나에게 맞는 장르를 선택하고, 작품의 방향성을 설정하고, 종국에는 나를 대표할 큰 작품까지를 구상해야 한다. 조금은 엉성할 수 있고 시간이 지나면서 처음 계획했던 것들이 수정·변경될 수도 있다. 어쩌면 당연한 과정일 것이다.

처음 품었던 작가로서의 계획을 더 크게 발전시킬지언정 협소하게 만들지는 말아야 한다. 조금씩조금씩 뒷걸음치고 깎아내고 그러다 보면 언젠가는 볼품없는 작가로 서 있는 나를 발견하게 될 것이다. 작가가 그렇듯 세상에는 수많은 작품들이 상표처럼 떠돈다.

읽는 이를 감동시키는 훌륭한 작품이 있고, 읽으나마나 한 작품이 있고, 읽지 않느니만 못한 작품이 있다. 어떤 작품을 써낼 것인지는 작가의 마음 자세에서부터 결정된다. 세상에 알려지자마자 흔적도 없이 사라져 버릴 작품 몇 편을 써서 그 흔한 작가소리를 듣는 것으로 위안을 삼고 싶다면 아무렇게나 써도 상관없다. 하지만 내가 죽어서까지 영원히 살아남을 위대한 작품을 남기고 싶다면 칼날을 밟고 선 것처럼 정신을 바로 세워야 한다.

나의 작품세계를 위해 세상과 경계를 허물고 마음의 문을 열어라.

큰 작가들에게 보이는 공통된 특징은 세상 모든 것들과 소통할 수 있는 문을 열어놓고 있다는 점이다. 자꾸 경계 짓고 구분 짓고 문을 닫아걸면 협소한 세계밖에는 그려낼 수가 없다. 광활한 마음속에서 광대한 작품이 탄생한다.

큰 작품을 꿈꾼다면 마음속에 큰 우주를 품어라. 호메로스『오디세이아』와 나관중『삼국지』같은 대서사시는 재주만 가지고는 불가능하다. 수많은 인간 군상들을 이해할 수 있는 큰마음이 없다면 결코 쓸 수 없는 작품이다. 손으로 잡고 툴툴 털어내면 먼지처럼 우수수 날아가 버리는 수다 같은 책들이 세상에는 소음처럼 쌓여 있다. 그런 헐거운 책들 속에는 편협한 인간들만 등장할 뿐 세상을 대변할 그 어떤 인간도 찾아볼 수 없다.

결국 문학은 인간을 앞세워 세상을 대변한다. 공장에서 틀에 넣고 찍어낸 마네킹 같은 인간들을 등장시켜서는 결코 세상을 형상화할 수 없다. 생명력이 꿈틀거리는 입체적 인간들을 통해 세상의 진실을 그려낼 수 있어야 한다. 작가가 수많은 인간과 세상에 열린 마음이어야 하는 이유가 그 때문이기도 하다. 작가는 인간을 비롯한 세상의 모든 것을 포용할 수 있어야 한다. 인간 자체로는 위대할 수 없지만 작가로서 위대할 수 있는 또 다른 이유이기도 하다.

동서고금을 막론하고 작가란 존경받는 대상이었다. 권력을 손에 쥐었기 때문에 어쩔 수 없이 존경했던 것이 아니고 통렬함으로 현세를 비판할 수 있었기 때문에 존경받았다. 작가는 고개 숙이지 않고 무릎 꿇지 않고 어느 누구와도 동등한 자격으로 상대할 수 있었다. 눈에 보이지 않는 무한한 세계까지 자신만의 시선으로 그려낼 수 있었던 작가는 존경받아 마땅하다.

스스로 작가임을 자랑스러워하는, 그래서 훌륭한 작품으로 그 이름을 빛낼 수 있는 거룩한 작가, 그가 바로 나일 수 있다.

추천 도서

이대흠, 『눈물 속에는 고래가 산다』
조지오웰, 『동물농장』
하시다 스가고, 『오싱』

소설가를 꿈꾸는 후배에게 보내는 편지

유금호*

1. 첫 번째 편지

'소설 쓰기에 관한 안내 책'들부터 다 불쏘시개로 태워 버리세요

소설가가 되고 싶다는 편지는 잘 받았습니다.

편지 내용으로 보아『소설 창작 이론』이나,『소설 쓰기 안내』같은 책을 훑어본 적 있으리라는 전제로 쓰는 내 글에 오해가 없도록 바랍니다.

충무로 쪽을 잠깐만 걸어보세요. '애완동물 응급병원'에서 시작, '애완견 호텔', '애견 미용실', '애완견체형관리', '애견 성대수술전문', '애견족보관 리'……. 머잖아 '애완견미용실'도 분화, '애견 발톱 관리사'나 '고양이수염 관리사' 자격증이 나오지 않는다고 장담할 수 있겠습니까?

---

* 소설가. 목포대 명예교수. 1942년 전남 고흥 출생. 경희대 대학원(문학박사). 1964 년 서울신문 신춘문예에 소설 「하늘을 색칠하라」 당선으로 데뷔. 장편소설 「내 사 랑, 풍장」, 「만적」1, 2부, 소설집『새를 위하여』,『허공중에 배꽃 이파리 하나』등. 한국소설문학상, PEN문학상, 만우 박영준 문학상 등 수상.

그런 세상에 원시적 노동 형태인 소설가의 길을 꿈꾸고 있는 당신 모습이 주변 사람들에게 얼마나 한심하게 보이겠습니까?

솔직하게 이야기합시다. 지금 이 나라에서 소설만 써서 먹고사는 사람들이 몇 사람이나 된다고 생각하세요? 자기 좋아하는 일이 직업이 되는 일은 행복한 일입니다. 그러나 불행하게도 소설가라는 말을 자신 있게 직업으로 이야기할 수 있는 숫자는 아주 적습니다.

좋습니다. 그럼에도 불구하고 여전히 소설가가 되겠다고 한다면 나 역시 더 이상 말릴 수가 없군요.

그러나 거창하게 릴케의 그 유명한 충고—쓰지 않으면 죽을 수밖에 없는가?—까지의 자문은 아니라도 소설을 써야만 살아 있음의 확인이 될 만큼 절실하게 소설 쓰기가 본인 삶에 필연이라는 결론이라면 몇 가지 충고를 드리겠습니다

우선 『소설창작강의』니, 『안내』니 하는 책부터 찢어 없애거나, 불 피울 수 있는 환경이면 불쏘시개로 써 버리세요. 그것들을 읽는 건 다 시간 낭비입니다. 친절하게 설명된 착상, 구성, 주제, 시점. 화자, 결말처리 등등의 그 안내들이 당신 소설 쓰기를 방해할 수도 있습니다.

소설은 어차피 '인생'에 대한 개성적 접근과 구체적 표현입니다. 그 안내서들은 당신에게 '옷 입는 법', '화장하는 법', '손톱 청소하는 법' 등 지엽적인 안내를 하느라 여러분이 세계를 개성적·총체적으로 바라보는 시각을 차단해 버릴 수도 있습니다.

그 책에 붙잡혀 있기보다 책장을 한 장 한 장 모닥불에 던지면서, 그 연기 냄새를 맡는 게 좋을지 모릅니다. 그 연기 사이로 보이는 하늘의 색깔, 그 불꽃이 내는 화력의 온도를 확인해보는 게 좋을지 모릅니다.

소설이란 문학 양식이 생겨난 이래 엄청나게 많은 소설가들이 끊임없이 엄청난 양의 소설을 써 왔습니다.

인생을 축약, 그 공통분모를 찾아보면 '생노병사(生老病死)'이거나, 포스터(E.M. Forster, 1879-1970)식으로는 '출생, 음식, 수면, 사랑, 죽음'입니다. 결국 소설의 내용이 이 안에서 맴돈다는 이야기겠지요. 똑같은 대상을 향해 끝도 소설이 쓰여 왔고, 지금 또 당신 역시 쓰려고 합니다.

그렇다면 당신은 당신의 프리즘으로 인생을 바라보는 시각을 만들어야 합니다. 친절한 소설 쓰기 안내서는 맨 나중 참고자료일 뿐입니다.

마네킹에게 최신 유행 옷을 입히고, 액세서리 치장을 시켜도 마네킹은 마네킹, 생명의 피가 돌지 않듯 삶에 대한 개성적 인식 없이 쓰는 소설이 생명을 가질 수 없습니다. 일찍 박용철 선생이 간파했던 대로 마술사 손에서 풀풀 날리는 것은 생명 없는 가화(假花) 조각이기 때문입니다.

불교의 수행 중 '선(禪)'을 생각해 보세요. 수십 권 불경에 매달려 진리에 가까이 가는 대신 면벽, 진리에 도달하는 그 '선'의 자세가 인생을 대상으로 하는 '소설 쓰기'의 첫 번째 일이라고 나는 생각합니다.

그렇다고 거창한 철학이나 종교적 이론의 습득이나 자세를 말하는 것이 아닙니다. 그것 역시 또 다른 소모적 늪.

삶은 거창한 철학적 명제 없이도 영위되며, 진리는 늘 상대적입니다. 자신의 내부, 주변의 삶, 날마다 벌어지는 사건과 그 사건들 뒤에 숨은 음험한 욕망과 음모에서 당신 자신에게 실제 충격이나 감동으로 와 닿는 문제에 맞부딪쳐 생각해 보세요.

작가 본인이 감동 느끼지 않는 이야기는 어떻게 꾸며내도 독자에게 역시 감동을 주지 않는다는 사실을 우선 기억하세요. "보바리 부인은 바로 나 자신이다."라고 이야기했던 플로베르(Gustave Flaubert, 1821-1880)의 말처럼 소설은 결국 작가 자신의 발언입니다.

대단한 소재가 있다고 해도 작가에게 부딪쳐 충격으로 흡수, 용해 재창조되지 않는다면 소설과 상관없이 흘러가는 세상사일 뿐, 문제는 보통 사람보다 예민한 감각의 안테나를 세우고 있을 때, 본인의 정서적 안테나에 걸려든 삶의 조각들이 창조의 주춧돌이 되는 것이지요.

더러 신인소설 작품 심사 때 느끼는 일입니다. 문장도 매끄럽고, 짜임새도 괜찮은 소설들을 보면서, 왜 이렇게 읽은 듯한 내용인가, 이미 이야기된 내용의 비슷한 이야기하기인가 하는 느낌을 갖게 될 때가 많습니다. 우연한 기회, TV드라마 공모 작품 수백 편을 한꺼번에 읽으면서 이 신인들이 장면 하나, 하나를 기가 막히게 짜깁기하고 있구나, 그런 생각을 한 적도 있습니다.

소설이나 드라마가 마찬가지로 사람 살아가는 삶을 대상으로 한다면 그 삶에 대한 작가의 개성적 접근이 우선 필요합니다. 살아 있는 구체적 삶이 체온을 느끼게 창조 제시되어야 합니다.

2. 두 번째 편지

작가는 어차피 자기가 아는 것밖에 쓸 수가 없습니다

이미 타계했지만, 10대 때 오유권 씨에게 육성으로 직접 들었던 이야기를 하겠습니다.

군 복무를 마치고 귀향하던 오씨가 김동리 선생을 찾았다고 합니다. 소설가의 길을 물은 모양이에요. 대학 문과 쪽 공부를 했느냐는 질문에 대학을 안 다녔다고 하자, 그럼 고등학교 때 문예반이나 그런 쪽에서 문학에 관심을 두었느냐고 다시 물었고, 오씨, 고등학교도 안 다녔다고 대답. 그러자 김동리 선생이, 학교와 소설 쓰는 것은 상관이 없다고, 다만 소설을 우리말로 써야 하니까 '우리 말'에 대한 공부를 많이 하라는 충고를 하더라고 했습니다.

오씨는 그날, 밤기차가 고향 마을, 영산포역에 멈추자 서점으로 달려가, 우리말이 제일 많이 실린 책을 한 권 달라고 했답니다. 큰 사전은 아니었겠지만 작은 국어사전 한 권을 산 것으로 짐작이 됩니다.

그날부터 낮에는 농사일을, 밤에는 그 우리말 많이 실린 책을 노트에 옮겨 쓰기를 일곱 번했다고 합니다. 그런 다음, 이제 농사와 농촌은 안다, 전라도 고향 사투리도 안다, 그리고 우리말을 이제 웬만큼은 안다, 쓸 수 있는 것만 쓰자, 그렇게 해서 우리 소설사에 독특한 농촌소설 영역 하나를 오씨는 개척하게 됩니다.

그 미련해 보이던 작가의 그 자기 영역 확인에 대해 지금은 존경하는 마음을 갖습니다.

소설은 허구(fiction)입니다. 상상력 속에 창조되는 소설의 세계는 작가가 무엇을 쓰건 작가의 권한에 속한 영역입니다. 그러나 상상력이라는 것 자체가 현실적 기반 없이 불가능하다는 인식을 어느 때인가 자각하게 되지요. 소설가는 무엇이나 쓸 수 있지만 결국 자기가 아는 것밖에 쓸 수 없다는 한계인식. 바슐라르(Gaston Bachelard, 1884-1962)는 그래서 상상력이 물, 불, 공기, 흙의 물질적 4원소 위에 구축되는 것이라고 말하였습니다.

소설이 거짓말의 세계이기 때문에 이 거짓말이 독자에게 진실로 가 닿기 위해서는 그 허구를 이루는 구체적인 요소들의 reality를 절대 조건으로 합니다.

소설가가 인생의 모든 국면을 다 알 수는 없습니다. 그러나 다른 사람이 쉽게 접근하지 못하는 세계에 대해 전문적 지식이나 관심, 취미가 다양하면 소설 쓰기에 도움이 될 것이고, 그것이 그 작가의 개성으로 발현될 수 있을 것입니다.

헤밍웨이가 그토록 열광했던 스페인의 투우와 아프리카의 사파리, 쿠바 '고히' 마을 분위기와 그곳의 낚시 체험이 그의 작품에 끼친 영향을 생각해봅시다.

그렇게 거창하지 않아도 좋습니다. 윤후명 씨가 알고 있는 산야의 야생초들에 대한 관심과 지식이 그의 소설을 얼마나 감칠맛 나게 하고 있는지, 남쪽 바닷가 갯벌에서 자란 한승원이 그려내는 한과 죽음과 무속적 바다 이미지, 원양어선 선장으로 한때를 보낸 천금성 씨의 소설 속의 바다, 김성동 씨나 황충상 씨 소설의 불교적 체취, 포로수용소와 강용준 씨의 소설들….

어차피 소설이 삶의 가장 구체성을 드러내 보여주는 문학 양식이라면 직접이든 간접이든 자기만의 체험이나 관심의 영역은 소설가에 대단히 중요하다고 나는 생각합니다.

관심의 영역을 가질 일입니다. 그것이 어느새 당신 소설의 한 특색을 만들면서 소설의 리얼리티 확보에 기여를 할 것입니다. 소설가가 속한 시대와 환경, 혹은 극히 개인적인 고통과 참담한 기억의 잔해까지도 소설가에게는 재산입니다.

몇 해 전, 목포 지역 문인들을 상대로 강연 기회가 있어서 그런 이야기를 했습니다. 태풍이 섬 지역과 해안을 강타하고 난 뒤였습니다. 해안 태풍이 지난 뒤 바다의 가두리 양식장 그물들이 소나무 가지에 빨래처럼 널려 있는 모습을, 같은 날 밤, 열 몇 집이 한꺼번에 가장의 제사를 지내는 바다와 죽음의 의미를 육지 소설가가 감히 쓸 엄두를 내겠느냐고….

우리는 많건 적건 살아가면서 겉으로 드러내지 못한 아픔과 상처의 앙금을 누구나 지니고 있습니다. 다른 사람에게 무의미하더라도 내게는 중요한 기억의 편린들, 마치 강물이 흘러가도 모래 속에 가라앉는 사금(砂金) 부스러기같이 빛나는 사랑과 이별과 절망의 조각들이 있습니다. 소설가에게만은 그것들이 재산이 된다는 것은 얼마나 다행한 일인가요?

거대한 역사적 체험은 개인의 의지만으로는 불가능합니다. 그러나 다른 사람과 구별되는 자기 취향은 있을 수 있습니다. 전쟁놀이이건 도박이건, 특정 식물이나 동물, 인류학, 역사, 종교, 스포츠, 영화, 포르노, 범죄, 해부학, 바이러스, 우주 공학…. 뭐든지 좋습니다.

세계와 대상을 바라보는 시각을 강조했습니다만, 영역을 좁혀 관심 가질 수 있는 부분을 심화 확대시켜 놓으면 그것들이 소설가에게는 은행 잔고 같이 필요할 때 꺼내 쓸 수 있는 자산이 됩니다.

여기에 소설가는 때로 냉혹한 사디즘적, 혹은 마조히즘적인 시각을 가져 볼 필요가 있습니다. 그것은 세계를 단순화시키고, 굴절시킬 수 있기 때문입니다. 하루 평균 6시간, 7시간, 혹은 8시간을 우리가 수면에 쓴다고 하면 생의 4분의 1 혹은 3분의 1을 잠자는 데 소비합니다. 그러나 삶을 담은 소설이라고 해서, 지면의 3분의 1, 혹은 4분의 1을 잠자는 내용으로 채울 바보 같은 소설가는 없습니다. 삶이 소설세계로 평행 이동하지 않는다는, 그럴 수도 없다는 하나의 사례입니다.

실제적 삶의 다양한 현상들은 소설가에게는 단지 소설적 재료에 불과합니다. 필요한 인생의 파편들에 대한 선택권은 어디까지나 소설가의 몫. 잡다한 현실적 삶이 7, 80매 분량의 단편이라는 제한된 양식, 혹은 1,000여 매의 장편 양식 속에 들어가는 과정에서 실제적 삶은 축약 혹은 생략되고, 때로 과장·강조되고, 굴절됩니다. 이 과정에서 소설가는 실눈으로 세상을 바라볼 필요가 있을 때도, 부연 달빛이나 안개를 통해서, 혹은 자기 식의 독특한 컬러 필터를 통해서 삶을 바라보아야 합니다.

삶은 소설가에게 재료일 뿐이라는 확고한 인식을 위해 사디즘, 혹은 마조히즘적 시각까지를 지금 이야기하고 있는 것입니다.

3. 세 번째 편지

훈육 주임 표정 같은 얼굴부터 당장 그만 두세요

지난번 내 편지가 별로 불쾌하지 않았다면 다행입니다.

여전히 소설 쓰기에 대한 관심을 버릴 수 없다면 좋습니다. 그럼 오늘은 우선 한 가지만 자문해 봅시다. 본인이 소설 한 편을 읽으려고 집어 들면서 가졌던 기대를 한번 회상해 보세요.

잠시 현실 일탈의 몽환적 세계로의 침잠에 대한 기대나 이색적 삶의 간접 체험 또는 불가능한 순결한 사랑에 대한 환상, 정치·경제·사회적 신분 상승에 대한 대리 만족…. 더 단순했을 수도 있지요. 그냥 시간 죽이기로 이국적 모험, 먼 과거로의 여행, 타임머신, 전쟁, 살인, 강간, 복수, 잔혹한 사디즘, 동성애, 근친상간, 섹스 탐닉(眈溺)의 환상, 시공 초월의 모험…. 혹은 조금 진지하게 소설 속의 철학이나 종교에 대한 흥미, 조금 고급스럽게 소설 언어의 독특한 표현들에 대한 관심…. 독자에 따라 독서 행위의 동인(動因)은 얼마든 확장되겠지요.

좋습니다. 우리가 생각해야 할 것은 바로 당신이 쓰는 소설을 펼쳐 든 독자 역시 비슷한 기대를 할 거라는 점입니다.

그런데 당신은 책상 앞에 앉으며 윤리 선생이 되고 있다는 생각이 안 드세요? 일종 도덕적 엄숙주의를 말하는 것입니다. 작가들은 자주 독자들 보다 자기가 도덕적 윤리적 우위에 있어야 한다는 착각에 빠집니다. 이 착각은 춘원으로 족합니다.

예술이 추구하는 것은 미(美)이지, 선(善)이 아닙니다. 그런데도 미(美)와 선(善)의 동일시 개념 속에 도덕적 우월성으로 독자들을 선도한다는 편견에 아직 사로 잡혀 있다면 소설 쓰기를 포기하는 게 좋을지 모릅니다.

이미 19세기 말 보들레르의 저 유명한 명제 — 세계를 지배하는 것은 성경이 아니다. 그 절반은 악마가 지배한다. 나는 그 악마의 충실한 사도가 되겠노라 — 던 주장에 무조건 동의가 아니라, 문학의 자유스러움과 다양성에 대해 생각해 보아야 한다는 이야기입니다.

19세기 러시아 형식주의 등장과 함께 문학은 작품 속의 사상이나 철학이 문제가 아니라, 언어 구조물이라는 주장이 제기되면서 소설 역시 기존의 인생에 대한 해석이나 안내라는 고전적 역할이 약화되어 버린 것이 현실입니다.

소설의 이론을 다루는 연구서 목차들을 더러 보셨을 것입니다. '주제'라는 항목이 맨 뒤로 밀리거나, 아예 사라진 현상이 발견될 것입니다. 주제만이 아니라 '인물' 역시 슬그머니 그 순위를 양보해 가는 것으로 보입니다. 우리가 19세기 소설들에서 강렬한 인상을 받았던 인물들 — 사랑과 연민, 증오의 인물들이 『잃어버린 시간을 찾아서』의 '마르셀'이나, 『변신』의 '그레고어 감자', 『성』의 'K' 같이 유령 같은 캐릭터로 대치되는데, 선남선녀에 대한 집착을 우리는 아직도 가지고 있지 않나 싶습니다.

전통적 소설에서 인물의 행위와 사고는 소설의 핵심이었는데 롤랑 바르트(Roland Barthes, 1915-1980)의 말대로 현대소설에서 퇴화해 없어진 것이 인물이라면 그 인물들을 통해 드러내 보이던 인생에 대한 작가의 해석 역시 미로 속으로 표류하고 있는 셈이지요. 강렬한 등장인물과 그들 체취로 충분히 매력 있는 소설을 곁에 두고 있었던 시절이 독자에게나 작가에게 행복한 시기였는지 모르겠습니다.

러보크(Percy Lubbock, 1879-1965)가 그의 『소설작법』에서 '소설에서 최초로 존재하는 것이 주제'라고 주장했을 때만 해도 작가가 인생을 제시, 해석, 그 메시지가 독자에게 효과적으로 전달되기를 기대했던 문학의 효용성이 강조되던 시대였습니다.

독자가 현대에 어느 소설에 감동을 보인다 해도 그것은 소설 전체를 통한 정서적 반응이 독자 개개인의 체험과 서로 맞물려서 얻어진 결과입니다. 더구나 오늘의 소설들은 결말 역시 독자에게 양도함으로 해서 작가들도 자유로워지고 싶어 하는 경향을 보이는 것으로 생각됩니다. 수용미학이나 독자 반응 비평의 용어들이 이를 잘 반증하고 있습니다.

'소설이 인생을 보여주고 가르쳐 주는' 일은 현대소설에서 더 이상 의미가 없어 보입니다. 작가의 목표 역시 건전한 주제의 형상화라기보다 심미적 구조의 표출, 언어예술품으로의 완성일지 모릅니다.

　예술 각 분야의 대담한 실험들과 정착 과정들 속에서 변화 속도가 느린 소설 역시 변혁을 시도하는 현상들은 이미 많이 나타나고 있습니다. 의도적으로 스토리를 배제한 채 분위기만 있는 소설, 끝없는 의식의 미궁 속에 연상 작용으로만 이어지는 소설, 아예 인물이 배제된 소설, 서서히 전통적 장르 개념을 무너뜨려 다른 장르를 넘나드는 소설, 시작과 끝이 따로 없이 고의적으로 언어의 뉘앙스만으로 독자를 붙들고 있는 소설들을 생각해 보는 것이 오늘의 현실입니다.

　하나의 혁명적 반역으로 보이던 예술상의 여러 시도들이 해프닝으로 끝나고 만 것들도 있지만 시간이 지나면서 뿌리를 내려가는 것을 우리는 주변에서 자주 보아옵니다. 인물에 대한 완벽한 캐릭터의 부여도, 오 헨리(O. Henry, 1862-1910)식 구성도, 작가의 인격이 스며 나오는 교훈적 주제의 소설도 전설이 되어 가는 시대에 우리는 살고 있습니다.

　문학작품을 독립된 언어의 덩어리로 인식한 형식주의 이후 구조주의, 기호학들을 거치면서 윤리적·효용적인 인식은 사라진 것으로 보입니다. 소설 집필을 계획한 작가가 인생의 해석을 은닉·용해하고, 그것도 가능하면 보다 도덕적이어야 한다는 의무감에서 이제 자유로울 필요가 있습니다.

　물론 그대가 보들레르(Baudelaire, Charles Pierre, 1821-1867), 오스카 와일드(Wilde, Oscar, 1854-1900), 장 주네(Genêt, Jean, 1910-1986)의 추종자가 되라는 충고는 아닙니다. 이것 역시 작가의 취향의 문제. 전통적 방법이 체질화되어 있다면 그 자기 개성을 아끼고 지켜 나가세요.

　모든 것은 상대적 관계입니다. 그러나 오늘날 작가가 인생의 체험, 철학, 윤리성들에서 독자보다 우위에 있다는 착각은 버려야 합니다. 만약 작품을 통한 작가와 독자의 감정적 유대가 있었다 해도 그것은 독자 개개인의 취향과 감성 속에서 창조된 가치이지, 작가의 충고나 조언의 직접적 결과가 아니라는 사실입니다. 소설 속에 유동적으로 떠돌던 요소들이 인연 있는 독자의 감성에 부딪쳐 각각 독립적으로 새롭게 살아날 뿐이지요.

제발 학생주임같이 굳어진 얼굴을 펴세요.

작가는 윤리 선생이 아닙니다.

4. 네 번째 편지

차라리 음치가 매력인 시대에 우리는 살고 있습니다

전국의 노래방 덕에 '전국민의 가수화'가 이루어진 최근, 어지간한 노래 솜씨로는 좌중의 기억에 남을 수가 없겠다는 생각을 더러 해 보셨지요? 때로는 차라리 완벽한 음치가 그래도 일행 중 누구 한 사람에게라도 기억되지 않을까요?

소설도 마찬가지입니다. 문단에서 신인 소설가에 대한 기대 역시 활동하고 있는 선배 소설가와 비슷한 색깔의 작가를 원하지는 않을 것이라는 것은 짐작되시지요? 독특한 자기색깔과 체취의 신인, 그 신선함을 기다린다는 사실을 기억해 주세요. 생각이 아니라면 외모나 헤어스타일이라도, 아니면 치장이나 화장하는 방법이라도 달라야 한다는 것입니다.

상사화(想思花)라고 들어 보셨는가, 모르겠소. 귀한 꽃은 아니어라. 흔히 보기는 해도 그러는 갑다, 무심히 지나치기도 하고 그러지라. 여그 전라도 땅에는 절 들어가는 냇물 가상자리, 축축한 그늘에 많이 있는 흔한 꽃이제라…. 아이고, 손님도 아시는고만요. 맞소. 늦여름에 잎사구는 하나도 없이 꽃대만 멀쭉하게 올라와서 나리꽃 비슷하게 검붉게 무슨 거미발같이 하늘을 보고 악을 쓰듯이 떼지어 피지라…. 그렇다니께요. 고놈의 잎사구하고, 꽃하고는 한 뿌리에서 분명히 나오는디도 한번도 저희들끼리 대면을 못한다니께요. 그래서 상사화라는디, 고 놈의 꽃이 늦여름이면…. 처음에 나도 그랬지라…. 무슨 잎사구도 없는 꽃이 다 있다…무심하게 둘러 봤는 디, 다음 해 삼동이든가, 각시 죽어 뿐 다음에 거그 절에 올라갔다가 내려오면서 그 골짜구를 또 지나 갔구만이라…. 늦여름에 각시하고 무슨 놈의 잎사구도 없는 구신같은 꽃이 참말로 많기도 하다, 했던 생각에 거그를 둘러보다가 잘못했으면 주저 앉아불뻔 했어라. 분명 불이 난 거 맨키로 벌겋던 그 냇물 양쪽 바로 그 자리가 아직도 봄이 올라면 상기 한참 있어야 할 그 늦 삼동에, 이건 꼭 보리밭 맨키로 퍼런 잎사구들이 꼭 퍼런 보료를 깔아 논거 걸이, 내 눈 끝난 데까지 다 덮어 부렀드란 말이요…. 그때사 그 늦은 여름날, 우리 각시 이마빡에 삐질삐질 땀이 너무 흘러 거그 단풍나무 그늘 한 쪽에다 앉히고, 베 수건으로 각시 이마빡을 톡톡 두들기다가 불길 같이 눈앞을 어질거렸던 그 꽃들 생각을 하게 되었구면요….

…보고 싶어도 절대로 못 볼 사이라면 그것이 하잖은 풀이라도 어찌 한이 안 서리겠오? 꽃이 필 때 보면 저것이 잎사구가 있었는가, 잎사구하고 아무 상관도 없는 거 맨키로 벌겋게 꽃만 피지라. 잎사구는 잎사구대로 꽃하고는 구정물 한 방울 튀어간 사돈네 팔촌만큼도 상관없는 거 같이 시퍼런 얼굴로 그리 무성해 있지라….

지문과 대사 구분 없는, 그것도 둘의 대사 중 한쪽 대사만으로 80매 전문을 써 내려간 내 졸작 「상사화 꽃 다 지고」의 일부를 예시했습니다.

소설이 어떻든 서사라는 믿음을 가지고 있는 나 같은 사람도 '이야기'의 문제가 아니라, 어떻게 '이야기하기'를 해야 하는가를 번민하며 시도해 본 형식입니다.

최인호의 짧은 소설에 「아내 이야기」가 있습니다. 가난한 소시민 신혼부부가 일요일, 그들 전세방을 도배하는 내용이 이 소설의 골격을 이루고 있는데, 문제는 도배를 끝내고 피곤에 지쳐 잠이 들었다가 깨어 보니 아내가 없어졌습니다.

며칠 후 신문광고까지 내고 돌아와 텅 빈 방에 시름없이 담배만 피워대고 있는 그의 귀에 "여보, 여보." 하고 부르는 아내의 목소리가 들려옵니다. 그러나 아내의 모습은 보이지를 않습니다. 이 소설의 결말 부분을 인용해 보겠습니다.

"여보, 여보."
다시 틀림없는 아내의 목소리가 들려왔다. 나는 조용히 소리나는 곳을 쳐다보았다. 그곳은 천장과 벽이 잇대인 직각의 앵글 속에서 들려오는 목소리였다.
"살려 주세요. 여보 날 구해 주세요."
오냐, 오냐. 구해주고 말고. 나는 요술 마술사에 걸려 천년 잠을 자는 공주를 구하기 위한 기사의 창과 같은 식칼을 거머쥐고 그 직각의 앵글 속으로 뛰어들었다.

최인호의 이 소설에서 단편의 '산뜻한 사건의 정연한 결합'이나, 기하학적인 면밀함과 암시와 복선을 기대한다거나, 실제보다 압축된 삶의 모습을 기대했다면 독자들은 우선 황당할 것입니다.

이 소설에서는 19세기 식 리얼리티도, 소설 말미에 작가가 은닉해 둔 의도도 찾을 수가 없습니다.

곤비한 삶 속, 젊은 부부의 심리상태에 대한 알레고리를 작가는 보여주고 싶었는지 모릅니다. 그러나 이 짧은 소설은 그냥 황당한 채로 존재해 있는 것이지 구태여 해석 자체를 필요로 하고 있지 않습니다.

프랑스 누보 로망(Nouveau roman)의 작가 미셸 뷔토르(1926-)가 서울을 방문한 적이 있었습니다. 1950년대부터 선보인 누보 로망 계열의 소설은 우리가 이미 아는 대로 기존의 소설 양식을 완전히 파괴해 버렸습니다. 스토리도, 주인공도, 주제도 이들의 소설 문법 속에는 더 이상 존재하지 않습니다. 사물에 대한 미시적(微視的) 관찰과 출렁이는 언어의 물결, 언어 자체가 내뿜는 점액질의 끈끈한 환영만이 시작도 끝도 없는 그들 소설의 축을 이루고 있습니다.

신기한 것은 그러나 그러한 작업을 하는 그들 누구도 책이 안 팔려 다른 직업으로 전업했다는 소식도 없고, 얼마 전부터는 그들 소설이 프랑스에서는 중학교 교과서에 실리고 있고, 그쪽 계열의 작가 클로드 시몽(Claude-Eugène-Henri Simon, 1913-2006)에게 노벨상(1985)이 주어졌다는 사실입니다.

과거의 소설 예컨대 「흥부전」, 「심청전」의 '형제간 우애'나 '절대적 효성', 「로미오와 줄리엣」에서 죽음을 넘어서는 사랑, 이광수의 「흙」, 심훈의 「상록수」의 작가 의도, 북한의 「피바다」의 선명한 작품의도를 독자는 쉽게 확인할 수 있었습니다.

그러나 이상의 「날개」만 해도 그렇게 간단하지 않은 걸 우리는 알고 있습니다. 「날개」만이 아니라, 김동인의 「광화사」나 「광염 소나타」 혹은 김동리의 「무녀도」, 김승옥의 「무진기행」에서도 획일화된 독자의 반응은 힘들어집니다. 우선 「날개」만 해도 「흙」이나 「상록수」와는 전혀 이질적 문법 위에 구축되어 있기 때문입니다.

문학작품을 구조로 받아들인다고 했을 때도 그 구조가 독서 행위를 기준으로 동적구조(dynamic structuer)의 가변성을 가지기 때문에 현대소설은 쉽게 그 실체를 드러내지 않습니다. 또 소설가들이 문제를 제시하고도 결과에 대해서는 작가가 의도적 침묵으로 소설 완성의 임무를 독자에게 양도하는 것도 오늘의 소설이 가진 한 모습입니다. 독자층의 체험과 취향에 의해 그것들은 어차피 각각의 독립된 구조물로 다시 태어날 수밖에 없다는 작가의 인식 때문입니다.

그렇다면 오늘날 누보 로망, 혹은 포스트 모더니즘을 지나면서 구시대적인 잔해로의 의미밖에 소설은 갖지 못하는가 하는 회의도 오지만 쉽게 소설을 장례 지낼 수는 없다는 데 나 자신이나 이 글을 읽고 있는 여러 분의 고민이 있습니다.

다른 이야기지만 '해리 포터'를 잠깐 생각해 봅시다. 몇 해 전, 빅토리아 폭포가 있는 아프리카의 가난한 나라, 짐바브웨에 갔다가 시골 구멍가게에 그 책의 하드본, 소프트 본이 가득 쌓여 있는 것을 보고 충격을 받았습니다. 세계 독서계를 평정한 꼬마 마술사에 대한 그 허황한 이야기가 한국에서도 한 시인이 경영하던 작은 출판사를 몇 해 사이 출판 재벌로 올려놓은 사실을 우리는 알고 있습니다.

물론 이런 현상들은 정통문학에서 보았을 때, 논외의 것일 수도 있습니다. 그러나 현재 우리들 '소설 쓰기' 작업을 되돌아보면서, 예술 장르 중 일반적으로 문학 쪽이 보수적인데, 그중에서도 '소설'이 가장 수구적인 입장을 지켜 온 게 아닌가 하는 생각을 다시 해 봅니다.

삶에 대한 구체적 형상화, 서사구조로의 틀, 상식선의 윤리적 책무…. 이런 것들이 전제되면서 일반적으로 소설은 그 보수성이 고착되었을 것입니다. 그런데 현재는 소설조차도 이러한 전통적 보수성이 공격을 받고 있습니다.

최근 한 여학생이 인터넷 사이트에 올렸던 10대의 가벼운 이야기가 오프라인에서 25만 부가 쉽게 팔렸고, 또 다른 고교생 작품도 쉽게 10만 부. 검증되지 않은 10대 작가들을 붙잡아 출판사들이 10대의 코드 속에 국어의 파괴와 변질, 비속어와 은어로 얼룩진 이런 책 70여 종을 곧 낼 것이라는 예고도 들립니다.

사이버 공간의 소설 유통은 미국의 유명작가 스티븐 킹이 시발점이었습니다. 2000년 3월 14일 단 하루, 그는 인터넷 웹사이트를 통해 '총알차 타기(The Bullet)'라는 신작 단편소설을 2달러씩 받고 40만 건 판매하여 세계를 놀라게 했습니다.

전통적이고 진지한 작업 자체가 외면된 현실에 우리는 던져져 있습니다. 급격한 사이버 시대의 도래는 종이도, 책도 필요 없다는 말이 나올 정도입니다. 호머의 예언적 문학 시대를 거쳐 구비문학 시대로, 손으로 기술하던 문자 시대에서 기계적 문자 시대로 옮겨가는 변화의 시대에 우리는 어떻게 대응해야 할지 과제가 크다고 하겠습니다.

혁명적 반역으로 보이던 예술상의 여러 시도들이 더러 해프닝으로 끝나고 만 것들도 있지만 시간이 지나면서 뿌리를 내려가는 것을 우리는 주변에서 자주 보아옵니다.

이제 노래방 기기 앞에서 가수들 노래를 멋지게 흉내 내는 것만으로 좌중의 시선을 끌 수 있는 시대는 지났습니다. 차라리 음치로 앉아 있는 것이 돋보일지도 모르는 이 개성 찾기의 어려움 속에 여러분도 나도 놓여 있는 셈입니다.

그래도 써야 한다면 쓰십시오.
그러나 자기 음성을 찾으면서.

현대시와 다성성

1. 대화적 이해와 독백주의

다성성(多聲性, polyphony)을 구현하고 있는 문학작품이 드문 것은 현실을 대화적으로 이해하기가 어렵기 때문이다. 현실을 대화적으로 이해한 내용을 작품으로 구현하는 문학인이 드문 것은 우리가 독백적인 문화 풍토에서 오래 살아오면서 대화적 사유와 실천이 부족했다는 것을 입증한다. 우리는 해방 후 분단 시대를 살면서 독재정치와 친미 반공 이데올로기의 전횡을 통해 독백주의를 내면화했고 다양한 의견을 자유롭게 표현할 수 있는 분위기를 창출할 수 없었다. 대화에 인색했던 남과 북은 서로의 체제를 경쟁적으로 유지하면서 표현의 자유를 억압했다. 통일 대 반통일, 민주 대 독재, 자본주의 대 사회주의, 민족 대 계급 등의 양단(兩斷: either-or)적 선택 논리 체계가 전횡을 부리면서 이념과 사상에 대해 다양한 목소리로 자유롭게 논의하며 진리를 구성하고 말에 활기를 불어 넣는 일은 드물었고 진리에 대한 대화적 감각은 생소해졌다. 우리가 수용한 서구의 근대 문화 역시 독백주의에 사로잡혀 있었으며 그런 풍토에서 생성된 서구문학을 세계문학이라고 가르치면서 일정한 정답만을 요구하는 제도권의 문학 교육에서도 결국 현실에 대한 일방적 해석만을 재생산해 왔던 것이다.

183

그동안 정치적 민주화가 진전했다고 하지만 그 수준과 무관할 리 없는 경제적 민주화는 요원해지는 것만 같다. 빈부의 격차는 더욱 커지고 일상에 대한 경제적인 구속이 강해지면서 문화적 독백주의가 횡행하고 있다. 자본주의 세계체제에서 신자유주의가 내세우는 물신적 가치들을 거리낌 없이 받아들이면서, 독백적 원리가 문화산업 전반에 스며들었다. 자본의 논리에 충실한 언론과 출판 유통 마케팅 산업을 통한 문화 소비 체계는 예술의 창조성마저 상품적 가치 판단에 귀속시켰다. 예술의 반자본주의적인 힘을 드러내는 담론은 비현실적인 관념으로 매도되고, 예술이 상품이라는 것을 전제로 하는 담론들이 새로운 의장을 걸치고 앞 다투면서 '일신우일신(日新又日新)'이라는 새로움의 신이 강박하는 문화산업에서 문학은 문화 담론을 주도하던 위치에서 밀려나거나 언론이 주도하는 문화산업의 귀퉁이에서 안주하고 있다. 창조성은 자본의 척도에 따라 계량적으로 평가 받고 있고 작품은 상품 경쟁력의 여부로 선별되고 있다. 시인마저 어느덧 자신의 이름이 상표가 되는 것에 자부심을 느끼기 시작했으니, 시 세 편을 쓰고 나서 재벌 부럽지 않다던 시인의 기개를 찾기가 더욱 어려워졌다.

이러한 상황일수록 문학인이 앞서 다성적인 작품을 생산함으로써 진리와 현실에 대한 대화적 감각을 살리는 일이 필요하다. 무엇보다 문학을 통하여 자본의 논리에 따르는 가치에 대한 대화적 이해가 절실하다. 작품에서 다양한 관점들, 의식들, 목소리들이 가치를 두고 논쟁하면서 진리와 현실을 이해할 수 있는 장을 열어갈 때 독백주의 체제를 극복할 수 있는 진정한 다성성이 구현될 것이며, 권력이나 이권의 문제로 축소되는 독백적인 논쟁을 극복하고 다양한 가치를 통일시킬 수 있는 진정한 대화의 길이 열릴 것이다. 특히 나날의 삶에서 부딪치는 문제에 대해 대화적 감각을 발휘한 결과가 실천으로 맺어지도록 노력해야 할 것이다. 이것은 나날의 삶이 바로 사회적 변화와 개인의 창조성의 원천인 동시에 독백주의가 우리를 구속할 수도 있는 엄연한 현실이기 때문이다.

2. 다성성이란 무엇인가

미하일 바흐찐(Mikhail Bakhtin, 1895-1975)은 다성성을 명확하게 종결짓지 않았다. 창작의 과정에서 출현하고 있는 다성성은 개념이 아니라 오히려 개념에 대해 대화적으로 이해하기를 요구하는 존재들의 집합과 같다. 그것은 분석과 해석의 도구로 쓰이거나 개념화하는 것을 거부한다. 하나로 합쳐지지 않는 다양한 의식들과 목소리들이 공존하고 서로 작용하며 다성성을 구현한다고 하지만 그것은 화이부동(和而不同)의 상태처럼 음악적으로 비유될 때도 독립적인 악기들의 소리가 어울리는 관현악과 같은 협화음일 뿐 아니라 음악적이지 않은 불협화음을 포함할 수 있다. 흔히 비유하는 그리스도와 인간의 관계처럼 저자가 인물에게 말을 건네고 대화하는 관계를 맺고 있다고 할 때, 다성성은 그러한 관계를 통해 드러나는 저자의 지위뿐 아니라, 저자와 주인공이 진리·현실·언어와 맺고 있는 관계, 그리고 인물들과 그들의 이념을 드러내는 저자의 방식이면서 체계적이며 비체계적인 플롯의 형성 과정에 대한 서술이고 이중의 목소리가 생성하는 의미의 장이기도 하다. 또한 하나의 언어에서 발화의 다양성을 묘사하는 이질 언어성과도 다성성은 다르다. 마치 혼돈을 묘사하고 있는 것 같은 다성성은 저자의 관점이 없거나 상대주의 혹은 심지어 저자의 죽음을 나타내는 무정부적인 개념과 혼동하기도 하지만 바흐찐은 다성성이 "더 높은 차원의 통일성"*을 구현한다고 강조하고 저자의 관점이 없는 것이 아니라 저자의 지위가 변한 것이라고 말한다. 다성성에 대한 오해는 근대적 사유가 품고 있는 이론주의와 독백주의의 사유 습관에서 비롯된다고 할 수 있다. 이런 의미에서 상대주의와 독단론은 뜻있는 대화의 가능성을 전제하는 다성성과 사뭇 다르다.

　오직 하나만의 진리가 가능하다는 독백주의가 지적인 문화 전반을 떠받치는 원리가 되고 있는 현실과 대면하여 분투하는 문학에서 다성성은 구현된다. 이것은 모든 이론주의와 기호학적 전체주의의 바탕이 되고 있는 체계적인 진리 이해의 구심력에 대해 대화적 진리 이해의 원심력을 확산하려는 노력이다. 단일 의식에 의해 파악될 수 있는 체계는 모든 차이를 동일하게 만들고 오로지 단일한 진리를 수용하거나 거절하는 양단으로 우리를 몰고 가지만 진리의 내용을 형성하는 일에 참여시키지 않는다. 과학, 역사, 민족정신, 자본과 같은 추상적 실재에서 비롯되는 단일한 체계는 잠재적 사건으로 충만한 다양한 의식들의 현실과의 접점을 도외시한다. 체계는 서로 다른 관점과 다른 세계관을 가지고도 의견을 통일할 수 있는 대화의 가능성을 차단한다. 이런 독백적 진리 이해 체계를 비판하는 다성성은 모든 실존의 순간을 잠재력으로 충만하도록 해 주는 비체계적이며 대화적인 진리 이해다.

　현실과 진리에 대한 대화적 감각을 구현한 것이 다성성이다. 진리는 하나의 의식이 아니라 "다양한 의식들의 접점"(*PDP*, 83)에서 생산되는 것이기에 의식의 복수성이 필요하다. "독립적이고 융합하지 않는 다수의 목소리들과 의식들"(*PDP*, 6)은 다양한 실존의 순간이 잠재력으로 충만한 계기

---

* Mikhail Bakhtin, Problems of Dostoevsky's Poetics, Minneapolis: U of Minnesota P, 1984, p. 298. 앞으로 이 책에서 본문을 인용할 때는 *PDP*로 명기하고 괄호 안에 쪽수만 표기함.

가 된다. 바흐찐은 이것을 잠재적 사건으로 충만한 상태라고 한다. 이념과 인격이 통일된 것으로서 세계를 보는 관점인 목소리들이 상호작용하며 대화를 구성할 때 "개성의 참된 생명"(*PDP*, 59)이 드러나고 새로운 통찰과 진리의 통일성이 느껴진다. 곧, 이것은 단일 명제의 통일이 아니라 대담(對談)이 통합된 느낌이다. 작가가 "사유를 통해 사유하지 않고 관점, 의식, 목소리를 통해 사유"(*PDP*, 93)함으로써 다성성을 구현할 수 있는 장르가 소설이다. 시는 화자가 직접적으로 대상을 지시하는 말을 사용하여 최종적인 의미상의 판단을 표현하지만, 소설은 이런 객체화된 말뿐만 아니라 타인의 말을 지향하는 이중의 목소리를 사용하여 비종결적이며 다성적인 세계를 창조한다. 물론 소설에서 다성성을 구현하는 작품이 흔치 않다. 다음과 같은 독특한 대화적 관점을 구현한 도스토예프스키의 소설 이외에 그 보기를 들기가 쉽지 않다.

도스토예프스키는 보통 사람들이 한 가지 사상만을 보았던 데서 두 가지 사상, 즉 분열을 발견하고 감촉할 줄 알았다. 도스토예프스키는 일반인이 하나의 질만을 보는 데서 그 질과 상반되는 또 다른 질의 존재를 밝혀내었다. 단순하게 보였던 모든 것이 그의 세계에서 복합적이고 복잡하게 되었다. 하나하나의 목소리 속에서 그는 논쟁하는 두 목소리를 들을 줄 알았으며, 하나하나의 표현 속에서 또 다른 상반된 표현으로 옮겨갈 수 있는 준비성과 균열을 찾아낼 줄 알았으며, 하나하나의 몸짓 속에서 확신과 불확신을 동시에 포착하였다. 그는 현상 하나하나의 심오한 양의성과 다의성을 지각해 냈기 때문이다. […] 그러나 이것들은 하나의 평면에서 사이좋게 혹은 대립되는 것들로, 서로 동의하지만 융합되지 않는 것들이거나 혹은 어쩔 수 없이 모순적인 것들로, 화합되지 않은 목소리들의 영원한 조화이거나 그 목소리들의 그칠 줄 모르는 끝없는 논쟁으로

전개되어 왔다.(*PDP*, 30)

바흐찐은 다성성을 구현할 수 있는 장르로 소설을 꼽고, 그 보기로 도스토예프스키의 소설들을 분석하면서 시가 독백성이 강한 장르라고 주장한다. 그러나 "20세기에 들어와 서정시의 날카로운 산문화"가 이루어진 보기로 하이네, 바르비에, 네끄라소프 등의 서정시를 언급함으로써 시의 변화를 예견하고 있다. 그것이 산문적 서정시의 가능성이다. 소설을 포함한 산문 예술은 다양한 유형의 말을 사용하지만, 시는 직접적으로 대상을 지시하는 하나의 목소리를 갖고 있어서 "산문적 서정시"가 되려면 시에서도 여러 가지 유형의 말을 사용해야 할 것이다. 곧, 시에서 화자의 최종적 판단을 담은 표현뿐 아니라, 인물을 묘사하는 객체화된 말과 타인의 말을 지향하는 이중적 목소리를 사용할 때 "산문적 서정시"(*PDP*, 200)의 창조적 가능성이 열린다는 것이다.

시와 다성성이 서로 화해하기 힘든 개념인 것은 다성성이라는 것이 산문에서 생성되는 것이기 때문이다. 예술을 삶에서 예외적인 것이며 영감(靈感)의 결과라고 전제할 때 나날의 삶을 살펴야 하고 매순간 결단해야 하는 산문 정신은 사라진다. 시의 원천을 영감에 두고 그것이 인간의 노력을 넘어선 무의식이나 정체불명의 초월적인 것으로부터 분출한다고 할 때 시인은 바깥으로부터 주어지는 영감에 의지할 수밖에 없는 수동적인 존재가 된다. 그러나 "시작(詩作)은 머리로 하는 것도 아니고, 심장으로 하는 것도 아니고, 몸으로 하는 것"이며 "온몸으로 동시에 밀고 나가는 것"*이라고

---

* 김수영, 『김수영 전집: 산문』, 민음사, 1984, 250쪽. 앞으로 이 책에서 본문을 인용할 때는 『산문』으로 명기하고 괄호 안에 쪽수만 표기함.

했을 때 이 말은 시가 초월적 영감에서 비롯되는 것이 아니라 내재성이 육화하여 발현하는 것이라는 뜻이다. 물론 온몸으로 물건을 만드는 것처럼 온몸으로 시를 쓰는 것이 당연한 것이라고 생각할 수도 있다. 구두를 수선하는 것과 의자를 만드는 것 등을 온몸으로 하듯이, 시를 쓰는 것도 온몸으로 하는 것인데 이것이 무슨 새로운 말일 수 있느냐고 할 수도 있다. 그러나 온몸으로 하는 시작(詩作) 활동에서 진리에 대한 대화적 감각이 출발한다. 시작을 인간의 감각적이고 심미적인 활동이라고 할 때 그 결과는, 구두굽을 가는 사람의 모습을 관조하고 객체화하여 인식하고 재현하는 수준을 벗어날 수 있다. 직접 시인이 구두를 수선할 때 구두 밑바닥이 암시하는 현실 접촉 방식의 다양함을 확인할 수 있고 굽을 갈 때의 느낌이 시인을 변하게 하고 구두를 변하게 하는 과정이며 이것이 바로 창작 과정이 될 수 있다. 구두코가 닳은 것을 보고 만져보고 그것을 염색하면서 우리가 큰 돌이나 바위에 걸려 넘어지는 것이 아니라 아주 사소한 돌부리에 걸려 넘어진다는 것을 확인하는 것도 창작 과정일 수 있다. 그러다 보면 구두를 벗고 잠시 맨발로 풀밭을 다니다가 발바닥이 오목한 이유를 깨닫는 일도 생긴다.

비범한 것을 비범하다고 느끼는 것은 평범하다. 그러나 언제나 우리 눈앞에서 단순하고 평범하고 익숙한 것이 숨기고 있는 현실이나 잠재력은 대상을 관조하고 대상화하는 일로 드러나지 않는다. 현실 혹은 실재가 대상이 아니라, 나날의 삶과 부딪치며 느끼는 것을 주체적인 감성적 행동을 통해 구성하는 것이라고 할 때 필연적으로 시에 산문성이 반영된다. 게다가 이런 감성적인 활동이 시인에게만 있는 비범한 능력이 아니라 다양한 인간의 공통적인 능력이라는 것을 받아들일 때 문학은 다성성을 구현할 수 있을 것이다.

3. 김수영 시의 다성성

김수영의 「滿洲의 여자」는 다양한 유형의 말을 사용하고 있는 산문성이 강한 시다.* 우선 이 시에서 저자로서 시인의 지위가 변모한 것을 주목할 필요가 있다. 이 시에는 "막걸리 탁상"을 사이에 두고 마주 앉은 '나', "만주의 여자", "건너편 친구" 그리고 "옆상에 앉은 술친구들"이 등장한다. '나'에 의해 수작(酬酌)이 진행되고 인물들은 동등한 평면에서 실존하면서 대화를 나누는데 그 대화가 '나'에 의해 주도되지 않는다. 시인은 시적 화자로 등장하여 다른 인물에게 말을 걸고 그 인물이 대답하는 과정에서 다양한 태도와 의식이 하나로 합쳐지지 않고 생생하게 살아난다. 이와 함께 인물들에게서 자율적 의식의 실존으로서의 잠재력도 드러난다. 그 어떤 인물도 시인이 관조하는 대상에 머물지 않고 대화를 통해 실재로 응답하는 존재로 살아 있다. "한잔 더 주게 한잔 더 주게/ 그런데 여자는 술을 따르지 않는다"라고 반복되는 시인 특유의 후렴 구절은 희극적이면서 대화적이다. 여자는 수작에 응하되 기계적으로 술을 따르지 않고 시시각각으로 변하는 건너편 친구의 일련의 태도를 포착하며 주체적으로 응답함으로써 일상화된 술 마시는 절차를 희화화하면서 대화적 긴장을 고조시킨다. 여자는 나의 "친구"의 태도에 따라 주체적으로 반응하며 상대적 자유를 누리고 있다. 이런 태도는 나의 일방적인 주도권에 응하지 않는 태도를 보임으로써 다른 목소리를 내고 있는 것이며 매 순간마다 요구되는 결단의 과정을 소홀히 하지 않음을 엿보게 한다. 그것은 내가 비록 그 여자의 삶을 "재전락"

---

* "나는 소설을 쓰는 마음으로 시를 쓰고 있다. 그만큼 많은 산문을 도입하고 있고 내용의 면에서 완전한 자유를 누리고 있다"(『산문』, 251).

한 것이라고 여길지라도 그 여자는 그러한 통념에 개의치 않고 자신만의 세계를 '온몸'으로 밀고 나가는 사람이기 때문이다.

　이 시는 시적 화자가 남에게 묻고 대답하고 자문하기도 하지만, 결코 본질적 잉여를 사용하여 인물을 확정하고 정체성을 확정하지 않는 점에서 저자의 지위가 의미론적 권위를 누리지 않는다. 저자는 "사랑의 뒤치다꺼리"를 할 뿐 사랑의 주체인 만주의 여자보다 우월하지 않다. '나'는 의미의 원천도 아니고 다만 삶과 사랑이 하나로 결합하고 있는 만주 여자의 사랑을 위해 대필도 해주고 충고도 했지만 별다른 영향력이 없었다("충고는 허사였어 그렇지 않아?"). 시인은 이렇게 대화가 어떤 결과를 낳을지 알지 못하고 무슨 일이 일어날지 미리 결정할 수 없다. 시적 화자가 결과를 예견하는 것이 아니라 인물들의 말과 행동이 변화의 계기가 되면서 대화를 구성하고 있기 때문이다. 이런 대화를 통해 인물의 잠재력은 현실화되며 생생한 인격이 전체로 드러날 수 있다.

　인물을 창조한 저자로서의 시인이 직접 모종의 진리를 표현할 능력을 발휘할 수 있다고 생각할 때 독백적 작품을 낳는다. 그와 같은 작품에서는 의미론적 권위를 누리며 작품을 지배하고 통일성을 창조하는 저자의 진리에 따라 다른 개별 인물들의 진리들이 측정되기 때문에 저자의 진리라는 동일성을 전제로 다른 진리들이 배치될 뿐이다. 저자의 의식과 다른 의식들은 같은 평면에 위치하지 않으며 인물과 독자를 중재할 수 있는 권리로 작품을 통어한다. 반면에 다성적 작품에서 저자의 지위는 현격하게 변한다. 저자의 진리는 다른 진리들과 동등하게 만나며 작품을 통제하는 권위를 누리지 않는다. 저자는 다른 의식과 목소리에 의미론적 권위를 인정하고 다른 사람의 의식이 되도록 허용한다. 두 사람 이상의 의식이 만나 이루어지는 대화적 진리의 육화는 서로를 종결짓지 않음으로써 하나의 진리로 환원되지 않는 실존의 진리들을 향해 열려 있다. 저자는 별개의 관점 중 하나의 관점을 제시할 뿐 다른 관점과 경쟁함으로써 대화에 참여한다. 다른 목소리를 대상으로 여기고 관조하는 것이 아니라 감성적이고 심미적인 인간 활동을 통해 다른 의식, 목소리, 관점과 관계를 맺는다. 다른 의식을 대상화하는 것은 필연적으로 남의 의식을 종결하고 마는데, 미학적 실천을 통해 남의 생생하고 자율적인 목소리와 만날 때는 저자가 남을 종결할 수 없다. 다성적인 작품에서 다른 인물은 저자의 관점이나 의식에 반발하고 놀라움을 줄 수 있고 어떻게 나올지 추측할 수 없다. 따라서 저자가 주도하는 단일한 체계로 환원되지 않는 개성적인 세계가 드러난다. 독백적 작품에서 저자는 인물을 인물의 심리를 분석하고, 행동의 과정을 설명하고 운명 지우기도 하는 등 인물의 본질적인 면을 알아서 인물의 정체성을 종결짓지만, 다성적 작품에서는 이런 저자의 본질적인 잉여를 누리지 않는다. 평상에서 서로 마주한 동등한 대화의 장에서 대화의 진행을 위해 "말을 거는 잉여"나 "시선의 잉여"로 얻을 수 있는 최소한의 정보만을 이용한다. 말을 걸고 인물의 말에 응답하는 저자의 생동적 참여는 대화를 육화한다. 이러한 대화는 두 목소리를 하나로 축약하여 종결짓는 감정이입이 아니다.

「滿洲의 여자」에서 여자의 파란만장한 전력이 '나'를 압도하기에 그 여자에게서 "경험과 역사를 배우고" "사랑을 復習"하고 아무리 마셔도 술이 취하지 않을 정도로 진지해진다. 그런 나의 모습을 보고 "옆상에 앉은 술친구들"이 오래 전의 연인을 만나 감회가 깊은 것이라고 여기고 "상제보다 복재기가 더 섧다"고 고함을 친다. 비록 술친구들이지만 그들은 시각의 잉여를 통해 자기 목소리를 내며 대화에 참여하고, '여자'의 삶에 '나'의 감정이 이입되는 것을 차단한다. '滿洲의 여자'가 '전락'한 것이라고 판단하는 데서 비롯되는 나의 감정의 흐름, 곧 상대를 동정하고 대상화하고 최종화하면서 생기는 감정의 흐름은 남의 삶에 대한 중복된 이해이기에 참된 대화를 가로막고 뜻밖의 오해를 낳기도 한다. 나는 독백적인 감정으로 흐르지만 여자는 오히려 의연하다. 남들은 시각의 잉여를 갖고 나의 수작에 담긴 독백적인 저의를 들추어낸다. 무슨 일에 당사자보다 제삼자가 더 염려한다는 술친구들의 말은 오래 전에 알았던 여자를 앞에 두고 아무리 마셔도 취하지 않는 나의 정황을 여실히 드러냄으로써 경각심을 주고 나와 만주 여자의 의식을 하나가 주관적으로 주도하는 의식이나 감정으로 대체하는 것을 막는다.

이런 술친구들의 말에 나는 이렇게 응답을 한다. "아냐 아냐 오해야 내가 이 여자의 연인이 아니라네/ 나는 이 사람이 만주 술집에서 고생할 때에/ 연애편지를 대필해 준 일이 있을 뿐이지/ 허고 더러 싱거운 충고도 한 일이 있는―/ 충고는 허사였어 그렇지 않어?" 다른 인물들과 대화를 하는 과정에서 불쑥 튀어나오는 이런 발화는 시인이 처음부터 구상한 계획에서 벗어난 것이다. 술친구들의 질타는 타자의 삶에 대해 독백적으로 이해하려고 했던 나의 사뭇 진지한 태도에서 비롯된다. 여기에서 사실 타자가 오해한 내용은 중요하지 않다. 대화를 통해 독백적인 이해가 곧 대화적 맥락에서 생산적으로 변모한다는 점을 주목할 필요가 있다. 저자는 인물들의 예상 외의 반응과 간섭에 대해 남과 자신에 대해 대화적으로 이해를 하기 시작하는 것이다. 이때가 바로 저자가 만난 인물들과의 대화를 통해 서로의 잠재력이 현실화되면서 인물들이 더 나은 뜻을 얻는 계기이고 인격적 전체에 도달하는 현실적 순간이다. 그래서 "인격은 객관화된 인지에 종속되지 않으며(즉 저항하며), 오로지 자유롭고 대화적인 것으로서(나를 위한 너로서)만 나타난다"(*PDP*, 298). 18년 후에 서울의 막걸리집에서 만난 만주의 여자와 나는 '나와 너'로 만나는 인격적이고 대화적 관계를 맺는다. 자율적인 의식의 실존으로 놀라게 하는 이런 타자와의 관계를 통해 "경험과 역사"와 함께 "무식한 사랑"을 배운다.

이렇게 '나'와 여자는 동일한 평면에 있지만 자율적이고 병합되지 않는 엄연한 두 목소리로 존재하며 서로의 본질적 사실에 "무식한" 채 수작을 부리고 있는 것이다. 이 여자는 "무식한" 사람이지만, 여기에서 무식하다는 말은 언어적 아이러니의 보기가 된다. 일상어의 맥락에서 상대를 종결짓는 낡은 비어(卑語)는 대화적 맥락에 배치되면서 상대뿐 아니라 자신을 종결짓지 않는 말로 변모한다. "무식한"이 수식하는 경험과 역사 그리고 사랑은 단일하고 대상화된 추상적 실재에서 개인의 실존과 인격적으로 결합된 임자 있는 말이 된다. 인격적으로 개별화된 경험과 역사와 사랑은 체계적이고 독백적인 맥락에 따라 판단된 오류가 아니다. 이 말은 사실 사랑이라는 것이 개인의 실존과 결합된 것이면서 개인의 의식을 넘어서 있다는 것, 자기를 넘어서 타자를 지향하고 있다는 것을 함축하고 있다. 이것을 시인은 "무식한 사랑"이라 하고 "潛入한 사랑"이라고도 한다. 매 순간 열린 현재에서 발원하는 사랑은 무식하므로 의식이 실존보다 상위에 있지 않다. 우리가 흔히 쓰는 "무식한"이란 말은 시의 대화적 관계를 구성하는 구성원의 맥락에서 "사랑"과 결합함으로써 한 여자의 실존을 생생하게 드러내고 있다. 경험과 역사도 "무식한" 것이라는 사실은 실존이 의식에 앞서 있다는 뜻을 함축한다. 그 말은 "환상의 장소"에 불과할 수도 있는 "의식에 대한 평가절하"를 뜻한다.

그것은 신체가, 우리가 그것에 갖는 인식을 뛰어넘는다는 것, 사유 또한 우리가 그것에 갖는 의식을 뛰어넘는 것들이 있는 것처럼, 정신에는 우리를 뛰어넘는 것들이 못지않게 존재한다. 따라서 주어져 있는 우리의 인식 조건들을 넘어 신체의 능력을 파악하고, 주어져 있는 우리의 의식 조건들을 넘어 정신의 능력을 파악할 수 있는 것은 하나의 동일한 운동을 통해서이다. 우리가 신체의 능력들에 대한 인식을 획득하고자 하는 것은, 그와 평행하게 의식을 벗어나는 정신의 능력들을 발견하여, 그 능력들을 비교할 수 있기 위해서이다. 요컨대 스피노자에 따르면 신체라는 모델은 연장과의 대비 속에서 사유를 평가절하 하는 것이 아니다. 이것은 무의식의 발견이며, 그리고 신체의 미지(未知)에 못지않게 근원적인 사유의 무의식의 발견이다.*

무식한 사랑을 통해 삶은 우리가 삶에 대해 갖는 인식과 의식을 뛰어넘는다는 것을 보여준다. 역사적 격동기에 남북의 국경을 넘나들고 근대의 부정적인 정점인 전쟁을 통과하여 여자의 삶이 여태껏 지속되고 있다는 것, 근대적인 교육을 통해 얻는 지식이 별무하여 근대적인 개념이나 이론에 구애받지 않는 '무식한' 사랑이 나의 의식과 존재에 잠입하여 진정한 사랑을 일깨우고 있는 것이다. 시인은 이렇게 시로 구체화된 창작 과정의 결과를 말하며 시를 쓰는 일이 의식하지 않는 사랑과 크게 다르지 않다고 한다. 곧, "시를 쓴다는 것이 무엇인지 알면 다음 시를 못 쓰게 된다"는 말, "다음 시를 쓰기 위해선 시에 대한 사변을 모조리 파산시켜야 한다"는 말은 시에 대한 의식이 시 쓰는 일에 걸림돌이 된다는 뜻이다. 그래서 시작(詩作)은 "<온몸>으로 동시에 밀고나가는 것"이고, "이러한 온몸에 의한 온몸의 이행이 사랑"이며 이것이 "시의 형식"(『산문』, 250)이라고 할 때, 시는 의식을 뛰어넘는 행동이며 의식하지 않는(무식한) 사랑의 동의어가 될 수 있다.

---

* 질 들뢰즈, 『스피노자의 철학』, 민음사, 2006, 32~33쪽.

시는 의식의 독백적인 성격을 극복하는 대화적 과정을 통해 신체와 사유의 미지(未知), 곧 삶의 미지를 발견한다. "寸秒의 배반자"이며 "그 자신을 배반하고, 그 자신을 배반한 그 자신을 배반"하는 "영원한 배반자"인 시인은 시를 통해 의식과 인식을 뛰어넘는 미지의 것을 발견한다. "시인이 되는 길"을 통해 "시인을 발견하는 일"(『산문』, 189)이 바로 시인의 책임이라고 할 때, 그것은 대화의 맥락에서 의식이 종결지을 수 없는 온몸과 사유의 무의식을 발견하는 일이다. 이런 의미에서 김수영은 "시인의 정신은 언제나 미지"(『산문』, 187)라고 하였다. "그런데 여기에서 중요한 것은 시의 예술성이 무의식적이라는 것이다. 시인은 자기가 시인이라는 것을 모른다.* [……] 시인이 자기의 시인성을 깨닫지 못하는 것은, 거울이 아닌 자기의 육안으로 사람이 자기의 전신을 볼 수 없는 거나 마찬가지이다."(『산문』, 251) 김수영은 산문의 의식성을 도입하되 시의 형식을 통해 그 의식을 넘어서는 것을 현대시로 인정하였고 그런 시에서 시인의 지위를 변화시킴으로써 하나의 목소리로 융합될 수 없는 다양한 목소리와 의식들이 공존할 수 있는 다성성을 구현하고 있다.

게다가 「滿洲의 여자」는 한 여자의 비극적인 운명을 요약하는 것으로 시작했지만, 대화를 통해 인물의 잠재력을 드러냄으로써 체계와 일반화로 해소될 수 없는 역사에 대한 대화적 감각에 접근하고 있다. 공시적인 단면이 이루는 계열에 불과하고 개별적인 삶의 참여를 거부하는 체계가 역사에 대문자 존칭을 부여하지만 반역사적인 시각을 뒷문으로 끌어들인다. 모든 것이 변한다는 것만을 말하는 역사는 개별적인 삶의 잠재력을 변화의 계기

---

* "나는 시작의 출발부터 시인을 포기했다. 나에게서 시인이 없어졌을 때 나는 시를 쓰기 시작했다."(『산문』, 188).

로 삼는 역사의 복합적이고 비체계적인 작동 방식을 무시하는 것이다. 시는 그러나 체계나 추상적인 실재로 환원할 수 없는 역사성에 대한 감각을 드러낸다. 김수영의 시에서 역사나 사랑은 임자가 없는 체계의 산물이나 인식(지식)의 대상이나 관조의 대상이 아니라 인간의 감성적인 활동이 주체적으로 발현할 때 창조되는 현실이다. "滿洲에서 解放을 겪고/ 평양에 있다가 仁川에 와서/ 六·二五 때에 남편을 잃고 큰아이는 죽고/ 남은 계집애 둘을 다리고/ 再轉落한 여자"라는 비극적인 역사에서 전형적일 수 있는 한 여인의 운명은, 주체적인 실존의 삶이 창조하고 있는 현실 때문에 시에서 끝내 하나의 목소리로 종결되지 않는다.

작품에서 다양한 관점들, 의식들, 목소리들이 가치를 두고

논쟁하면서 진리와 현실을 이해할 수 있는 장을 열어갈 때

독백주의 체제를 극복할 수 있는 진정한 다성성이 구현될 것이며,

권력이나 이권의 문제로 축소되는 독백적인 논쟁을 극복하고

다양한 가치를 통일시킬 수 있는 진정한 대화의 길이 열릴 것이다.

소설 창작에서 배경을 효과적으로 활용하기

채 길 순*

1. 소설에서 배경은 다양한 의미를 지닌다

배경은 다양한 의미를 지닌다. 소설에서는 이야기의 무대를 뜻하기도 하고, 사진이나 그림 등에서 주요 제재(題材) 뒤편에 펼쳐진 부분을 가리키기도 한다. 특히 소설에서는 시대나 역사적인 환경을 뜻하는 시간적 배경과, 사건이나 환경을 둘러싼 주위의 정경인 공간적 배경 등으로 구체화된다. 이를 분류하면 배경은 소설 사건의 공간적 배경, 사회적 배경, 역사적 배경, 심지어 정치·종교·민족·문화적 배경을 포괄한다. 물론 문학 작품에서 여러 가지 배경들은 서로 뚜렷한 경계를 가지지는 않는다. 다만 배경을 통해서 총체적인 의미를 지니게 할 뿐이다.

여기서는 소설 창작에서 주요하게 다뤄지는 시간과 공간 배경을 중심으

* 충청북도 영동군 백화산 자락 마을에서 태어났다. 1983년 충청일보 신춘문예에 소설이 당선되면서 글쓰기를 시작했고, 1995년 한국일보 광복50주년 기념 1억원 고료 장편소설 공모에 「흰옷 이야기」가 당선되었다. 대하소설 『동트는 산맥』 1-7(2001), 장편소설 『흰옷 이야기』1-3(1997), 『어둠의 세월』(1993) 상·하, 『조캡틴 정전』(2011)이 있다. 소설 창작 이론서 『소설창작의 길라잡이』(2010), 『소설창작 여행 떠나기』(2012)를 냈으며, 현재 명지전문대학 문예창작과에서 소설을 가르치고, 또 소설을 쓰고 있다.

로 살펴보고자 하며, 이를 소설 창작 실습에서 효과적으로 활용하는 방법을 제시하고자 한다. 이를 위해 먼저 배경의 개념을 정리하고, 배경의 유형을 알아본다. 그리고 소설 창작 실습에서 배경을 효과적으로 활용하는 방안을 제시하고자 한다.

2. 소설의 다양한 배경에 대한 이해

1) 배경의 유형
아래 예문을 통해서 몇 가지 중요한 배경의 유형을 구별해 보자.

> (1) 어둠이 내리자 거리는 더욱 화려해졌다. 새카맣게 스며오는 어둠 위로 점점이 늘어선 네온사인 간판이 폭죽처럼 빛의 파편들을 수놓았다.
> → 시간 배경, 공간 배경
> (2) 안방에서 물레 잣던 노파는 '조랭이 사려-' 외치고 다니는 조리장수의 목소리를 듣고 잠시 물레 잣기를 멈췄다.
> → 시간(시대) 배경, 공간 배경, 정서 배경
> (3) "자네 보다시피 노친께서는 기력이 여전허시고 따른 식구덜도 모다덜 잘 지내고 있네. 그러닌게 집안일일랑 아모 염려 말고 어서 어서 자네 가야헐 디로 가소."
> → 시간(시대) 배경, 공간 배경, 민간 신앙 배경, 정서적 배경

(1)은 어둠이 내리는 밤의 정경으로, 시간과 공간 배경을 묘사하고 있다. (2)는 안방에서 물레를 잣다가 밖에서 들려오는 소리를 듣는 장면을 통해 공간 배경은 물론 '물레 잣던 노파'와 '조랭이 사려'에서 시대(시간)적 배경

과 정서적 배경도 함께 보여준다.

(3)은 윤흥길의 「장마」의 한 구절인데, '사람이 죽어 원혼이 구렁이로 변했다고 믿는' 토속 신앙에 젖은 노인의 모습을 통해서 시간 공간은 물론 사회 역사(6·25 동란) 민족 문화적 배경 등을 포괄하여 보여주고 있다. 이렇게 배경은 시간·공간·사상·정서·사회·역사·문화적 배경 등이 종합적인 층위를 이루고 있다. 이는 배경을 서로 경계를 뚜렷이 그어 설명할 수 없다는 뜻이기도 하다.

2) 시대에 따라 배경 활용이 달랐다

소설에서 배경이 본격적인 의미를 지니게 된 것은 현대소설에서부터이다. 고대소설에서는 단순하고 추상적으로 제시되던 배경이 현대소설에 이르러서는 사실성을 갖추고 구체적으로 제시되는 것이 일반적이다. 그러나 초현실주의 소설에서는 도리어 현실적인 배경이 상징화되거나 추상화되기도 한다. 초현실의 세계는 부조리의 세계로, 현실적인 질서가 아예 무시되기도 한다.

소설의 시대 발달 과정에 따른 배경 변화를 정리해 보면 다음과 같다.

(1) 고대소설 : 신화적 배경으로, 추상적이거나 단순하다. 사실성보다는 사건 자체에서 흥미를 두거나 의미를 부여한다.

(2) 현대소설 : 자연주의나 사실주의 등장과 함께 나타난 경향으로, 구체적인 삶의 현장을 주된 관심으로 삼기 때문에 사실적인 배경이 강조된다.

(3) 반 소설 : 초현실 세계를 다루는 무의식적인 소설에서는 시간과 공간 배경의 질서가 뚜렷하지 않다. 다만 사실성이 뚜렷이 유지되면서 상징성을 지니게 된다. 혹은 추상적이거나 구체적인 두 배경 양상이 동시에 나

타나기도 한다.

3) 인물과 사건에 나타나는 배경의 효과

소설에서 배경은 다양한 방법으로 제시된다. 인물과 사건을 통해 간접적으로 제시되거나, 작가가 의도적으로 직접 무대를 제시하기도 한다. 물론 소설 창작 이론에서 어떻게 제시해야 바람직하다는 원칙은 없다. 그러나 소설이 인물과 인물이 서로 갈등을 빚고 사건을 전개시켜 가는 과정이라면, 인물과 사건을 통해 자연스럽게 배경이 제시되는 것이 바람직하다고 할 수 있다. 다음 예문을 보자.

다섯 채의 합숙소 왼편에 잇달아 지어진 서기실에는 사흘 동안 자물쇠가 채워져 있었다.

굳게 닫힌 창구 위에 작업조의 명단이 찢겨진 채 붙어 있고 인부들은 부엌 옆의 흙벽에 기대거나 문가 툇마루에 앉아서 저녁 식사를 기다리고 있었다. 젊은 축들이 최 십장의 아내에게 식사를 재촉하자 여자는 부엌문을 소리 나게 닫고 안에서 짜증을 부렸다.

"서기들이 오기 전엔 못 줘요."

인부들은 낮은 목소리로 얘기를 주고받았다.

"전표 남은 것 있나?"

"웬걸 나두 다 썼네, 빚이 2천원일세. 일이 시작되기 전엔 더 이상 식사를 안주겠다는데."

"배부른 새끼들이 헐 지랄이 없었지."

장 씨는 동료들에게서 등을 돌리고 언덕 아래 편의 사무실 쪽을 바라보며 앉았다. 현장 사무소의 커다란 바라크 건물 앞에 사람들이 모여 있는 게 보였다. 사람들은 오후 내내 거기 모여 있었는데 지금은 많이 줄어든 것 같았다. 장 씨는 밤색으로 물들인 야전잠바의 큼직한 포켓에서 비닐 주머니를 꺼냈다. 종이를 찢어 풍년초를 털어 담고 손끝으로 비비면서 말아갔다. 가죽같이 메마르고 딱딱한 손가락들이 떨려 자꾸만 흐트러졌다. 흔들리는 손가락들 사이로 종이와 담뱃가루가 흘러내렸다. 그는 떨어진 종이 조각을 집으려고 손을 뻗치다가 멈추고 만다. 그러고는 무뚝뚝한 표정으로 뒷전의 동료들 쪽을 두리번거렸다.

– 황석영, 「객지」 중에서

황석영의 「객지」 시작 부분인데, 배경이 인물과 함께 제시되고 있다. 작가가 배경을 의도적으로 제시하지 않는 셈이다. 그렇지만 인물과 주변의 묘사만으로도 인부들의 노동 현장이 인상 깊게 드러나고 있다. 이처럼 소설에서 배경은 인물과 사건과 함께 자연스럽게 나타나 소설적 정서를 효과적으로 제시하고 있다. 배경의 의미가 십분 발휘되고 있는 셈이다.

4) 배경과 소설의 통일성

일반적으로 소설은 다른 서사 장르에 비해 배경 설정이 자유로운 편이다. 그러나 소설의 배경은 소설의 이미지를 구체적으로 드러내는 장치이므로 가능한 단일해야 한다. 예컨대 김승옥의 「무진기행」은 안개 낀 작은 도시 무진(霧津)을 중심 배경으로 통일성을 갖췄다.

장편소설과 달리 주제나 문제가 집약된 단편소설에서는 특히 배경이 단순하게 제시되어야 효과적이다. 황석영의 「삼포가는 길」은 정씨, 영달이, 백화 세 사람이 함께 들판을 질러가는, 극히 단순한 배경 구조이다.

장편소설도 가능한 한 배경이 단순해야 통일성을 갖추게 된다. 그러나 장편소설은 구조적인 특성상 다양한 배경이 요구되거나 크게 제약을 받지 않는다. 박경리의 「토지」는 평사리에서 시작하여 서울로, 만주로 이동해 간다. 최인훈의 「광장」은 서울에서 북으로, 다시 남쪽 낙동강 전선을 거쳐 거제도 포로수용소에서 남지나해로 장소를 이동해 간다.

3. 소설 창작에서 효과적인 배경 활용하기

1) 시간 배경과 공간 배경은 상호 연관된다

일반적으로 소설의 배경을 시간 배경과 공간 배경을 나눌 때가 많다. 그러나 시간 배경과 공간 배경은 서로 호응하기 때문에 절대적인 경계를 지니고 있지 않다. 즉 소설에서 사건 진행과 함께 시간과 공간 배경이 동시에 변화한다는 뜻이다.

<학생작품 / 예문>

아침 늦게까지 잠을 잤다. 명랑하고 맑은 봄날이었다. 겨우 잠에서 깨어나 머리를 식히려고 공원을 거닐었으나 졸음은 여전히 짙은 안개처럼 머리에 남아 있었다. 공원 안에는 보라색 과꽃이 햇빛 아래 화사하게 웃고 있었다. 또 따뜻하고 부드러운 봄 햇살이 연초록의 작고 부드러운 나뭇잎 사이를 넘나들고 있었다. 그러나 나는 다만 그것을 보고 있을 뿐이고, 도통 어떤 실감도 나지 않았다. 나는 이 세상 무엇에도 관심이 없었다. 이때 갑자기 공원 벤치에서 그때 들었던 작은 노랫가락이 환청처럼 들려왔다. 어느새 내 곁에는 두 해 전 9월의 어느 날이 강하고 뚜렷한 걸음으로 다가와 있었다.

－김은주, 「무섭던 날」 중에서

위의 예문은 시간적 배경(봄날 아침)과 공간적 배경(공원)을 동시에 제시하고 있다. 그러다가 회상을 매개로 두 해 전으로 거슬러 올라가면서 시간과 공간 배경에 갑자기 변화가 온다.

2) 전체 배경과 부분 배경의 조화를 이루게 하라

전체와 부분이 뚜렷한 경계로 나뉘는 것은 아니지만 일반적으로 전체 배경과 부분 배경은 중심 사건의 배경과 부차적 사건의 배경으로 구분 지어 말할 수도 있다. 예를 들면 어느 도시의 가난한 판자촌, 그중에서 맞벌이 부부와 아이들이 함께 생활하는 단칸방은 전체(상위) 배경- 부분(하위) 배경을 동시에 보여준다. 공간 배경을 제시할 때는 각 층위 간 긴밀하고 유기적인 질서를 갖춰야 한다. 대개 전체에서 부분으로 이동해 가는 묘사나 서술 전략이 일반적이다.

〈학생작품 / 예문〉

봄밤을 눈 시리도록 하얗게 수놓았던 벚꽃이 온 힘을 다하여 마지막 향기를 뿜어 댈 때 나는 이사를 가게 되었다. 멀리는 빌딩의 숲들이 펼쳐 있고 가까이에는 작은 집들이 산 능선을 따라 퍼즐처럼 다닥다닥 붙어 있었다. 어지럽게 교차된 주황색 빨랫줄, 온 동네가 내려다보이는 옥상 난간, 아침마다 주인여자의 손이 닿던 옥탑 방문, 굽 높은 구두를 신었거나 술을 마신 날이면 정신을 바짝 차려야 했던 가파른 계단, 누렇게 변색된 벽지, 울퉁불퉁해진 장판, 눅눅해진 천장, 날벌레들의 시신이 잔뜩 안치되어 있는 전등……. 이 모든 것이 아쉬웠다.

−임지선, 「이웃」 중에서

위 소설은 이야기의 큰 흐름을 자연스럽게 좇고 있는데, 특히 배경에 대한 원근법에 충실하여 독자들을 효과적으로 끌어들이고 있다. 이는 소설

창작에서 전체 배경과 부분 배경을 효과적으로 활용한 결과로 볼 수 있다.

3) 중립적 배경과 기능적 배경을 효과적으로 활용하라

중립적 배경은 사건의 사실성을 위해 제시하는 단순 배경이다. 예를 들면 방황하는 인물에 대한 정보를 제공하기 위해 비 오는 날 미친 듯이 차들이 질주하는 도로를 따라 달리는 주인공의 모습을 보여준다면 비 오는 날의 도로는 단순히 사실성만을 표현해 주면 된다.

반면에 기능적 배경은 사실적이면서 작가의 의식세계나 소설의 중심 소재, 주제 등이 밀접하게 관련된다. 예를 들면 이상의 「날개」의 방이나 선우휘의 「불꽃」의 동굴은 사실적인 의미와 함께 소설의 주제 및 작가의 주제나 의식세계를 드러내는데 중요한 공간이 된다. 곧, 「날개」의 방은 실존적 자아의 공간이며, 「불꽃」의 동굴은 자아 발견 혹은 자성과 깨달음의 창조적 공간이다.

이처럼 배경 설정은 사실적인 동시에 상징성을 지니는 것이 바람직하다. 예를 들면, 소설 등장인물이 세속의 사건을 피해 동굴 속으로 찾아들어가 자아 발견과 같은 깨달음의 과정을 거쳤다면 이때 동굴은 사실적인 기능과 동시에 재생의 공간이라는 상징적인 배경 역할을 동시에 수행한다. 이렇게 보면 소설에서 방황하는 인물이 걷는 길은 사실적이면서 실존적 자아를 깨달아가는 상징적인 배경으로 해석되기도 한다. 또 다른 예를 든다면 '골방'은 실존적 존재의 고독과 비극을 드러내기 위한 어둠과 파탄의 배경으로 흔히 활용된다.

〈학생작품 / 예문〉

베란다 문을 열고 녹슨 철 계단을 하나씩 밟아 오른다. 하느님이 있는 곳으로,

천사가 날갯짓하며 내려와 포근한 가슴에 나를 안고서 노래 불러주는 곳으로, 가슴이 아리지도 않고, 배도 아프지 않고, 누구도 내 몸에 손대지 않는 곳. 그렇지만 물론 천사는 없었다.

내 볼같이 야위어버린 달이 가는 눈을 뜨고서는 먼저 와 있었다. 동네에서 가장 먼저 이 층이 올라간 집. 이사를 오면서 시원한 바람이 불어서 좋았던 집. 옥상에 올라 고개가 꺾일 만치 하늘을 올려다보면, 동그란 달이 나를 마중 나와 덩실덩실 춤을 출 것만 같았던 집, 달과 춤을 추다 보면 별들이 쏟아져 내리며 박수를 쳐줄 것 같았던 집. 손 있는 날이라 이사하기를 꺼렸던 엄마의 말을 무시하고, 굳이 손 있는 날 이사를 강행한 아버지. 이사를 한 후로 일 센티미터도 키가 크지 않은 채로, 달이 마중 나올 것만 같았던, 옥상이 있는 집의 천장은 날 누르고, 누르고, 또 누르고는 했다.

아버지에게 구박을 받을 때면, 아버지에게 욕을 얻어먹을 때면, 아버지의 옹이가 굵은 손이 내 얼굴이고 마른 몸에, 아무렇게나 폭력을 행사할 때면, 언젠가부터 옥상으로 도망을 쳤다. 시골에서 자란, 홀어머니 밑에서 토벽이 무너져가는 초가집에 살았던 아버지가 옥상이 무서워 오르지 못한다는 것을 알고 난 이후부터, 옥상은 내가 말랐다고 욕을 하는 사람 없고, 내가 다리 밑에서 울고 있었다고 때리는 사람이 없는, 편안한 꿈속의 공간이었다.

－최성춘, 「옥탑방」 중에서

위의 소설에서 옥상과 옥탑 방은 사실적인 장소인 동시에 중립적인 배경이다. 이 소설에서 옥상은 일차적으로 폭력으로부터 벗어날 수 있는 현실적인 도피처이다. 동시에 자아의 탈출구이자 해방구로, 원초적인 고통을 치유하는 장소이거나 도피처를 상징함으로써 기능적 배경으로 의미가 확장된다. 이렇게, 세련된 작가라면 단순히 사실적(중립적)인 공간으로 표현하지만 독자에게는 2차 혹은 3차적인 의미를 부여하는 기능적 배경으로 활용하기도 한다. 이는 소설에서 의미 확장 과정으로 이해되기도 한다.

요즘 소설에서는 옥탑 방이 사이버 공간으로 흔히 사용되기도 한다.

4) 초현실주의 소설의 배경은 너무나 사실적이다

초현실주의 소설에서는 자아의 인식에 필요한 상황이 질서 없이 불쑥불쑥 등장하기 때문에 시간·공간 배경 구별 자체가 무의미하다. 오로지 소설적인 상황 설정이 있을 뿐이고, 이런 경우 이미지를 중심으로 전개하기 때문에 현실적인 배경을 의도적으로 설정하는 경우가 많다.

<학생작품 / 예문>

짜증나는 여름이 시작되었다. 잘 돌아가던 에어컨이 갑자기 작동을 멈췄다. 한 달을 준비해 온 프로젝트가 쓰레기통에 처박혔다. 바쁜 스케줄로 엔지니어를 부를 수가 없다. 상사가 어처구니없는 궤변을 늘어놓는다. 선풍기조차도 없다. 열등감에 찬 그의 눈이 싫다. 기상캐스터가 밝은 얼굴로 최악의 열대야를 전했다.

22시, 나의 발길은 회사 근처로 바로 돌려졌다. 어두운 지하로 들어서면 은은한 조명으로 굳이 자세히 보지 않는다면 서로의 표정이 드러나지 않는다. 금요일 저녁, 오히려 내 기분과 같이 모두 우울해 보인다. 간간히 들려오는 이야기 소리와 웃음소리를 제외하면 지금 이 순간은 나와 잔만이 서로 마주하고 있다. 잔 가득 차오른 알코올은 점점 춤을 추기 시작한다.

이리저리 흔들리는 그것은 바이칼 호수가 부럽지 않다는 듯 출렁이고 있었다. 작은 잔에 담긴 그것이 우스웠다. 그래서 비웃었다. 잔의 출렁거림이 멈추고 작은 동그라미 안으로 내 얼굴이 비쳤다. 그리고 그것을 다시 비웃었다.

몇 번을 더 넘겼는지 모르겠다. 정신이 혼미했다. 집에 가겠다는 일념 하나로 몸을 일으켰지만 도저히 집에 갈 수 없을 것 같았다. 몸은 천근만근이었고, 내가 딛고 있는 땅은 이미 흙으로 다져진 단단함을 가지고 있지 않았다.

마치 구름 위를 걷는 듯 푹푹 꺼졌다. 어쩌면 내가 꿈을 꾸고 있는지도 모른다고 생각했다. 이 세상이 갑자기 한없이 적막하게 느껴졌기 때문이다. 내게 익숙했던 길은 끝없는 미로로, 한 치의 빛도 없는 곳으로 바뀌어 있었다.

— 김민정, 「낙타」 중에서

혼란스럽게 이런저런 장면(배경)들을 무질서하게 늘어놓고 있다. 그러나 그런 장면 전환이 오히려 짜증나는 여름 날, 자아분열의 상황을 자연스럽게 제시하고 있다. 여기서는 소설적인 정황이 중심일 뿐이고, 시간이나 공간 배경은 하나의 장치에 불과하다는 사실을 알 수 있다.

5) 중립 배경과 기능적 배경을 효과적으로 활용하라

사건의 흐름을 중심으로 필요한 배경을 설정하되, 가능한 사실적이면서도 의미를 상징적으로 드러낼 수 있는 배경을 선택하는 것이 바람직하다. 이는 이미지의 결합을 통해 시도하기도 하는데, 예를 들면 비바람이 몰아치는 날 죽음의 그림자가 다가서는 것을 느낄 수 있도록 설정했다면 음산한 밤과 죽음은 동일한 이미지 연결로서 자연스럽고 사실적인 동시에 기능적인 배경이라는 것이다. 여기서 비바람이 몰아치는 날은 사실적 배경이면서 죽음의 그림자를 의미하는 기능적 배경의 역할을 동시에 수행한다.

6) 생동감 있는 배경은 소설의 생명이다

소설 쓰기를 계획할 때 자신이 잘 아는 체험적인 실제 배경을 미리 설정해 두어야 한다. 그래야 소설을 쓰는 동안 실제 작가의 머릿속에 배경이 생생하게 살아 있게 되고, 소설적 정황을 정밀하게, 구체적으로 형상화할 수 있다.

7) 과거 시제 활용을 통해 배경의 통일성을 갖추기

소설 창작에서, 배경 변화는 통일성을 잃지 않으면서도 다양할수록 좋다. 예를 들면 중심인물이 현재 아파트에 있으면서 과거의 여러 다양한 공간에서 있었던 추억들을 떠올리는 식으로 소설이 진행된다면 빈번한 시간과 장소 이동이 야기할 수 있는 혼란을 간단하게 해결할 수 있다. 이런 점에서 배경은 플롯과 함께 통일성을 갖춰야 한다.

다음 작품에서 주된 인물은 아파트 안에만 있으면서 여러 사건들을 회상하고 있다. 이는 주 인물이 아파트를 중심 배경으로 하면서 다양한 배경 변화를 꾀하고 있다. 오늘날 사람들에게 아파트는 단순한 삶의 공간을 넘어 실존적이고 타인과의 단절 등을 의미하는 다층적인 의미 공간이 되었다는 점도 특기할 만하다.

<학생작품 / 예문>

비 내리는 소리에 나는 일찍 눈을 뜨게 되었다. 아직 어둑한 창밖으로 비가 지나가고 있었다. 이제 곧 새벽이 올 것이다. 나는 조용히 방을 나와 베란다로 갔다. 외할머니 방은 아직 문이 닫혀 있었다. 엄마가 죽은 후로 외할머니는 엄마와 내가 살던 아파트로 들어왔다. 원래 엄마와 사이가 좋지 않았던 큰외삼촌은 외할머니 짐을 실어다 주고는 나와 눈도 맞추지 않고 돌아가 버렸다. 아파트를 나가며 큰외삼촌이 미련한 계집애, 그래 죽는 게 낫지, 라고 중얼거리는 것을 할머니는 듣고도 모른 척했다. 큰외삼촌은 그때나 지금이나 외할머니와 함께 큰외삼촌 댁에 가기 전까지는 볼 수 없는 무서운 존재였다.

비가 제법 굵게 내리고 있었다. 아침 출근길이 혼잡하리라고 생각을 하니 내가 오늘도 출근을 해야 하는 처지라는 것이 그렇게 진저리쳐질 수가 없었다. 나는 그냥저냥 고등교육을 마치고, 서울의 명문이라 할 수 없는 대학에 들어갔고, 지금은 경력 2년의 작은 전자 관련 회사 말단 직원이다. 회사에서는 믿을 수 없을 만큼 매일 똑같은 일이 나를 기다리고 있었고, 제일 고비라는 3년차를 내 특유의 덤덤함으로 버티고 있는 중이다. 손가락과 발가락이 차가워질 때쯤 새벽은 어슴푸레 떠올랐다. 이렇게 베란다에 웅크리고 앉아 새벽을 바라볼 때면 나는 자연스레 엄마를 떠올렸다.

외할머니의 방문이 조용히 열렸다. 어린 것이 아침잠 없는 것은 지 에미를 쏙 닮아 가지고. 할머니는 내게 들리도록 혼잣말을 했다.

새벽 냄새는 날이 완전히 밝아지기 전까지 계속 허공을 떠돌았다.

-이현, 「에미」 중에서

인물이 아파트를 중심으로 시간과 공간을 자유롭고 다양하게 넘나들지만 소설은 적절하게 통일성을 갖추고 있다.

8) 배경이 작가의 개성을 빛나게 한다

배경은 작가가 소설 작품의 상황에 알맞도록 의도적으로 설정한다. 흔한 예로, 남녀가 헤어지는 상황이라면 청승맞은 빗줄기가 내리게 한다든지, 바람이 몹시 불이 그가 선물한 스카프가 날아가 버렸다는 설정은 작가가 의도적으로 설정한 상황이며, 이런 상황에 따른 배경 설정은 소설의 완성도를 높여 준다. 이는 작가가 문학적인 정서를 위해서 의도적으로 설정하는 사건이자 상황이며, 작가가 공간과 시간 배경을 효과적으로 활용한다는 뜻이다. 소설 속에서 사랑하는 남녀가 왜 한적한 바닷가에 가는지, 왜 하필 목련이 지는 날 이별하는지, 작가의 의도를 알아야 한다.

그렇지만 배경은 자신이 이미 체험하여 가장 잘 알고 있는 배경을 선택하기 마련이다.

<학생작품 / 예문>

이 늦은 저녁에 가출을 할 리 만무한데, 요즘 남편의 행동반경은 수시로 바뀌고 있었다. 답답증을 견디다 못해 옥상에 올라가 있으려니 짐작했다.

남편은 그곳에 작게나마 터를 만들어 상추 따위를 어루만지는 재미에 스스로 위안의 방법을 터득해가는 눈치였다. 그러한 남편의 행동이 가져다주는 일말의 안도감이 그녀에게는 그나마 숨통을 트이게 했다. 그러나 여린 새싹들을 어루만지고 있을 거라는 그녀의 추측과는 달리 그는 돗자리 한가운데 고즈넉이 앉아 있었다. 어둠 속에 쭈그리고 앉아 있는 남편의 등 너머로 명멸하는 도시의 밤풍경이 아스라이 펼쳐져 있었다.

남편은 무슨 생각에 그토록 깊이 빠져 있었던 것일까. 미동도 없이 먼 밤하늘을 바라보고 있던 그의 뒷모습이 시시때때로 그녀를 괴롭히는 것이다. 소리 없이 기어 다니는 바퀴벌레처럼, 그것은 그녀의 얇고 투명한 보호막을 야금야금 허물어 가고 있는 것 같은 불안감이 엄습해 왔다.

– 이소진, 「미명」 중에서

물론 소설 속의 사건은 소설의 흐름에서 자연스럽게 설정된 사건일 수 있지만, 인물을 밤하늘과 도시의 밤 풍경이 있는 옥상으로 옮겨 놓은 것은 작가의 의도가 분명하고도 깊이 배어 있는 설정이다. 콘크리트에 갇혀 사는 현대인들에게 옥상은 일종의 도피 공간이다.

9) 상하 층위의 효율적인 배경 활용법

소설의 배경은 작품의 전체 배경인 상위 배경에서부터 한 장면의 배경인 하위 배경에 이르기까지 그 층위가 다양하다. 가능한 중심 배경이 되는 상위 배경의 틀 속에서 다양한 하위 배경을 제시하여 풍부하고 신선한 느낌을 주면서도 통일성을 유지할 수 있도록 설정하는 것이 바람직하다.

예를 들면, 「무진기행」에서는 무진이라는 소도시가 중심 배경이지만 옛 기억의 골방이 하위 배경으로 제시된다. 또 고향 후배 '박'을 만나는 장소와 중학교 동창인 '조'를 만날 때, '하인숙'이라는 음악 교사를 만날 때, 무진이라는 소도시의 하위 배경들이 다양하게 펼쳐진다. 즉, 무진이라는 소도시를 소설의 중심 배경으로 하면서 사건에 따른 하위의 배경들을 다양하게 배치하여 소설의 세계를 신선하고 풍부하게 만들어 내는 것이다.

10) 자연스러운 이야기 방법을 통해 배경을 제시하라

배경 제시는 이야기 방법의 선택과 밀접한 관련이 있다. 이때 배경은 일정한 이야기 방식 안에서 사실적으로 선택되어야 한다. 예를 들면 일인칭 주인공이 독백하듯 이야기가 진행되는 장면은 주인공의 체험적인 배경을 전제로 쓰게 되며, 다른 사람의 체험인 경우에는 대화를 통해 들려주는 방식이라야 배경이 자연스럽게 드러나게 된다.

이때 배경은 작가가 직접 제시하는 방법과 등장인물을 통해 제시하는 방법이 있다. 전자는 자칫 인위적이기 쉽고, 후자는 자연스럽고 사실적이라는 상점이 있다.

11) 배경을 통일성 있게 인상적으로 제시하라

연극 무대에서 배경의 변화가 최소한으로 운용되듯, 소설의 배경도 간결하게 통일성을 갖출 때 강한 인상을 줄 수 있다.

12) 낯설고 신선한 배경을 찾아라

같은 이야기라 하더라도 새로운 배경에 담아낼 때 독자에게 신선한 정
서를 제공할 수 있다. 도시의 독자들에게는 산 이야기나 바다 이야기가 신
선하며, 국내 독자들에게 파리 세느강을 배경으로 한 사랑 이야기가 매력
적일 수 있다.

13) 주제와 의미에 맞는 중심 배경을 선택하라

예를 들면 황석영의 「삼포 가는 길」은 벌판이 중심 배경인데, 이는 소설
의 주제를 효과적으로 뒷받침하고 있다. 소설의 제목과 주제가 어떤 이미
지로 맞닿아 있는가가 소설의 성패를 좌우하기도 한다는 예가 될 수 있다.
구체적인 배경을 통해 소설이 전개되면 주제가 더욱 선명하게 드러나게 된
다. 이효석의 「메밀꽃 필 무렵」도 제목으로 이미 일정한 배경이 제시되었
으며, 이로써 주제도 정해졌다. 실제로 작품의 중심 배경은 파장 무렵의 장
터와 메밀꽃이 흐드러진 산길이다. 소설의 주제가 '인생 파장 무렵 허 생원
의 고단한 삶'이라면 실제 여름 시골 장터의 파장 무렵은 허 생원의 인생
파장을 상징적으로 제시하게 되며, 밤중 메밀꽃 핀 길은 고단한 인생길을
또 다른 상징으로 보여준다.

14) 작가마다 개성적인 배경이 있다

소설의 소재는 작가 자신의 절실한 체험에서 비롯되는 문제와 밀접한
관련이 있다. 그래서 대개의 작가들이 자신이 살았거나 살아가는 현실적
삶의 공간이나 고향에 천착하게 된다. 이 문제는 작가마다 즐겨 다루는 소

설 소재와도 밀접한 관련을 맺고 있다. 왜냐하면 소설을 쓰는 동안 배경과 사건이 작가의 머릿속에 생생하게 살아 있어야 제대로 된 표현을 할 수 있기 때문일 것이다. 결국, 이는 작가의 개성적인 작품세계와도 밀접한 관련이 있다.

15) 배경의 전체와 부분의 조화를 이루게 하라

배경은 시간과 공간 이동을 포함한다는 점에서 플롯과 밀접한 관련이 있으며, 작품의 긴장감은 물론 통일성을 드러내는 기본 요소이기도 하다.

최인훈의 『광장』은 주인공 이명준이 남과 북을 오가며, 전쟁터와 남쪽의 포로수용소, 남지나해로 공간 배경이 바뀌어 간다. 이러한 공간 이동과 함께 사건이 긴장감 있게 진행되었다.

송기원의 「월행」도 한 사내가 고향을 찾아오면서 옛적 고향에서 일어난 사건을 회고하는 내용으로 전개된다. 중심 공간은 고향 마을에 국한되지만, 하위 배경의 공간은 한 곳에만 머물러 있지 않고 사건과 함께 빈번히 이동한다. 소설은 사내가 고향을 찾아오는 것으로 시작되어 다시 고향을 떠나는 것으로 끝난다. 이런 수미쌍관(首尾雙關)의 플롯은 배경의 통일성을 갖추는 데 효과적인 방법이다.

4. 배경을 정리하며

소설에서 배경은 기둥 역할을 한다. 소설에서 배경은 인물 사건과 함께 소설 구성의 3요소가 된다.

고대 소설에서는 배경이 중시되지 않았으나 현대 소설에서는 매우 중요한 요소가 되었다. 현대 소설에서 배경은 구체적이고 사실적이어야 한다.

배경은 사건의 흐름에 맡겨 두되, 가능한 사실적이면서도 상징적인 의미가 드러나도록 설정하는 것이 바람직하다. 사실적인 동시에 기능적인 배경이어야 한다는 것이다.

소설에서 배경은 제목이나 주제, 문학적 정서 등을 총체적으로 반영한다. 따라서 소설 창작 방법에서 배경은 단순하고 통일성을 갖추도록 설정해야 한다.

수필쓰기를 위하여

이 성 림*

1. 들어가는 말

2013년 1월호 『월간문학』 부록에 '한국문인협회' 회원 주소록이 실려 있다. 가장 많은 등단 작가는 시인으로 5,982명이고, 그다음이 수필 분과로 2,995명이다. 수치상으로 수필가의 수가 거의 3,000명에 이르고 있다. 가히 수필문학의 전성시대라 할 만큼 근래 많은 양의 수필이 집필되고 있으며 다수의 수필가가 양산되고 있음을 수치로 알아볼 수 있다.

수필문학은 그만큼 많은 사람들이 관심을 보이고 있으며 '붓 가는 대로 쓴다'는 편한 인식의 문학 장르로, 혹은 손쉬운 글로 인식하고 있음을 알수 있다. 한편으로 아무리 이메일이나 디지털화된 문명의 기기를 이용한 다양한 통신망이 있음에도 불구하고 한 글자 한 글자 마음을 적어가는 일의 정서적 의미를 도외시할 수 없다는 것을 통계 수치로 입증하고 있다.

그렇다면 수필문학에 대한 인식은 어떻게 해야 할 것인지를 한 번쯤 생

---

* 명지전문대 문예창작과 교수. 숙명여자대학교 국어국문학과 및 대학원 졸업(문학박사) 한국문인협회 은평지부장. 전국여교수연합회 부회장. 교육과학기술부-교육과정 심의위원. 국립특수교육원-국정교과서 국어심의위원.

각해 보게 된다. 극단적으로 시·소설·극 장르 외에 모든 문자 행위는 수필 장르에 포함한다 하여도 큰 오류가 아닐 것으로 생각된다. 이에 따라 수필 문학의 이론 정립 작업이 다각도로 이루어지고 있음은 발전적인 추세라고 생각된다. 즉 수필문학과 여타 문학 장르와의 차이점 대비 등을 통하여 오히려 뚜렷한 특성이 드러나고 있음을 본다.

수필문학의 자유로움을 인정하면서도 일정한 문학적 형식을 갖추어야 함을 분명하게 각인시키고자 하는 목적에서 본 글을 쓰게 된다.

수필 쓰기를 위한 길잡이로서 몇 가지를 생각해 본다. 그것은 문예창작과 학생으로서 서정적인 글뿐만 아니라 초대의 말씀이나 인사장, 감사편지, 자기소개서 형태의 글 등 실용적인 문장에서도 많이 서투른 것을 경험해 왔기 때문이다. 수필문학의 다양성과 개방성에 문학의 본성을 잘 반영하면서 문학적 가치를 높이고자 의도하는 바에서 시도하고자 한다.

2. 수필의 출발

수필이란 명칭은 중국 남송 시대에 홍매(洪邁:1123-1203)가 자신의 아호를 따서 만든 『용제수필(容齊隨筆)』에서 처음 사용했다고 한다. 서양에서는 16세기경, 몽테뉴의 『수상록(隨想錄)』을 출발로 보고 있다. 우리나라에서는 고려시대 이제현(李齊賢, 1287-1376)의 『역옹패설(櫟翁稗說)』 서문에, "지금 나는 늙은 몸으로 체계 없는 잡문을 써 놓았는데 내실이 없을뿐더러 마치 벼논에 나는 피[稗]와 같이 쓸모가 없는 것으로 여겨진다. 그러므로 이 기록에 이름을 붙여 패설(稗說)이라 한다."라는 내용이 있다. 여기서 '패설'은 홍매가 쓴 '수필'의 개념과 유사하다고 볼 수 있다. 벼 알갱이도 본줄기도 아닌, 추수하고 난 후 논바닥에 떨어진 부스러기 같은 뒤안길의 이야기를 모아 놓은 것으로 본다고 해도 무리가 없을 것이다. 즉 낙수(落穗)거리인 것이다. 이러한 어원은 수필문학의 특징을 가늠해 보게 하는 단서인 것이다.

한국문학사에서 수필 형태를 갖춘 작품으로는 신라시대부터 시작하여 여러 산문 형태를 모아 놓은 설총의 『화왕계(花王戒)』에서 시작되었다고 본다. 또한 박지원의 한문기행문인 『열하일기』(1779) 중 「일신수필(日迅隨筆)」에 최초로 '수필'이란 단어가 나와 있다. 한글로 된 작품을 기준으로 해서 말한다면 현대수필은 유길준의 『서유견문(西遊見聞)』(1895)이 시초라고 볼 수 있다. 그 외 김억의 『사상산필(沙上散筆)』(1931)을 한국현대수필의 시작으로도 본다.* 김억은 '산필'이란 말을 '수필'과 같은 개념으로, 산만하게 붓질해 놓은 분위기로 보기도 하였다.

이렇게 보면 수필문학은 본류적인 문학과 더불어 왔음을 알 수 있는데도 아직까지 본격적인 문학으로서의 위상은 미약한 것 같다. 수필은 교양적인 글쓰기나 생활문, 실용문, 단순한 서정적 감상문의 범주로 국한되는 느낌을 지울 수 없다. 그럼에도 불구하고 수필문학을 향한 도전은 한국문인협회에 등록된 숫자의 25%를 차지하고 있음에서 잘 알 수 있다.

3. 수필이 갖추어야 할 문장 요건

일단, 수필문학을 산문 쓰기의 기초단계로 인식하는 생각에서 벗어나야 한다. 단순히 신변잡기적인 가벼운 글이라는 인식에서 탈피하여 좀더 다양한 측면에서 생각해야만 한다. 물론 경(硬-定格수필-重수필의 뜻으로 formal essay)수필적인 측면과 연(軟-非定格수필-輕수필의 뜻으로 informal essay,

---

* 오양호, 「반도산하」의 수필사적 위상」, 『수필과 비평』 2010년 5/6월호 참조.

miscellany)수필적인 면으로 나누어 볼 수도 있다.

그러나 기본적인 정서는 소박한 감정과 서정의 표현으로 쉽게 손닿을 수 있는 체험적인 수준의 고백에서 출발해 보는 것도 무리가 없으리라 본다. 그동안 전개되고 있는 수필문학의 대중성은 지역 단위 백일장이나 공모전에 '산문 부문'이라는 이름으로 많이 쓰이고 있기 때문에 가장 대중적인 글쓰기로 자리 잡아 가고 있는 현실이기 때문이다.

그래서 좀 더 적확하게 수필 쓰기의 기초로 수필 문장의 기본 개념 정리가 필요하다. 본격적인 문장 쓰기에 들어가기 전에 '국어 정서법'을 익히는 것이 기본이며, 필수이다. 문장의 기본에 대한 고찰을 통하여 바야흐로 좋은 글이란 어떤 것이고, 좋은 문장을 쓰기 위해서는 좋은 글을 왜 많이 읽어야 하는지 등 갈래에서도 개념이 잡혀 나갈 것이다.

문자를 가지고 무엇인가 자신의 생각과 느낌을 사실적으로 혹은 감상적으로 적어 보고자 붓을 들어 원고지 칸을 메꾸어 본 체험은 누구나 있으리라 본다. 그러나 그 행위가 수월치 않았음을 또한 느꼈으리라고 생각한다.

그래서 이쯤에서 가장 단순하고 순수하다는 것이 쉬울 듯 보이지만 사실은 가장 어렵다는 이치에 도달하게 된다. 때로는 인사말씀 하나 쓰기도 버거울 때가 있다. 이것은 너무 잘 쓰려고 기교 부리고 치장을 하다 보니 그렇게 되는 것이다. 꾸며서 억지로 쓰고 덧칠을 하는 것이 때로는 본질을 흐리게 하는 것이며 그러다 보니 문장 쓰기가 힘들어지는 것이 아닌가 생각해 본다.

문장이란 인간의 사상이나 감정을 언어로 표출하지 않고 문자로 기록한 것이다. 여기에서 말하는 문장이란 사고와 판단을 표현하는 가장 초보적인 수단으로서 일상적인 말들의 기록을 뜻한다기보다는 좀 더 갈고 닦여진 전달 체계를 필수적으로 요하는 것이다.

그렇기에 문장으로 표현하는 것은 말로 표현[會話]될 때의 자유스러움으로 인해 빚어질 수 있는 무질서나 조잡성(粗雜性)에서 벗어나 긴밀하고도 조리 있게 정리되어 나타나야 한다. 문장은 인간의 사상과 감정의 표현 수단이라는 점에서 그 사람만의 감정과 사상이 그 사람만의 방식으로 표현된 것이라고 할 수 있다. 그렇기에 가장 정확하고 진실한 문장, 그리고 가장 개성 있는 문장 구사가 필요하다고 할 수 있다. 그래서 '문장은 바로 그 사람'이라고 하는 말을 되새겨 볼 필요가 있다.

다시 말하여 좋은 문장은 말하듯이 쓰는 문장이라는 점에서 '글은 곧 사람이다'라는 명제와 부합할 것을 요청하고 있다. 그러기 위해선 문장으로 쓰기 전에 일상어의 어휘 순화와 더불어 건전한 생활 태도가 밑받침 되어야 할 것이다. 그 사람이 쓰는 언어를 보면 그 사람의 정신적·정서적 수준을 가늠해 볼 수 있다고 하는 것도 이를 뒷받침 해준다.

좀 더 함축적으로 좋은 문장을 쓰기 위해서는,

첫째, 단순한 어휘의 나열이 아니라 말하고자 하는 내용에 부합되도록 응집력 있고 주제의식에 걸맞게 구사해야 된다. 그러면서 문장이 되도록 쉽고, 개성적인 자신의 특성이 드러나도록 써야 한다.

둘째, 효과적인 표현을 위하여 진부한 모방에 그치지 말고 독창적인 자기만의 채취가 전달되도록 해야 할 것이다. 허황된 미사여구에 치중할 것이 아니라 진솔함이 묻어나는 개성과 간결함을 견지하는 것이 중요하다.

셋째, 수식과 꾸밈에 치우치지 않는 진실성 위주의 글로 참된 모습, 진지한 가치관, 성실한 생활상 등의 표출이 필요하다. 그러기 위해서는 명확한 전달력으로 자신만의 향기가 우러나도록 해야 한다.

넷째, 명료한 전달성을 고려하여 문장이 논리가 과연 잘 통하고 있는가를 살펴 보아야한다. 주제의식을 분명히 인식하고, 전하고자 하는 메시지에 관한 일관된 논점을 갖고 써야 한다. 그러면서 여운을 남겨줄 수 있는 문학적 창의성이 뒷받침되는 것이 중요하다.

다섯째, 자연스럽고 객관적인 사실 속에서도 자기의 개성과 내면의지가 잘 드러날 수 있도록 해야 할 것이다. 그렇다고 하여 너무 교훈적이거나 직설적인 표현은 에둘러 어느 정도의 비유와 대화체 방법을 활용하여 쓰는 것도 좋겠다.

여섯째, 문장쓰기의 가장 기초 작업이라 할 수 있는 맞춤법, 띄어쓰기 등 정서법(正書法)에 맞는 언어 표현력이 밑받침되어야 한다. 모든 글쓰기는 원고지 쓰기 원칙과 적절한 문장부호 사용 등 교정 작업을 익히는 것은 필수이며 기초인 것이다. 그것이 정확해야 전달하고자 하는 필자의 마음이 보다 더 효과적으로 잘 표현될 수 있기 때문이다.

이렇게 글과 문장에 대한 기본적인 개념 정리를 하는 것이 우선적으로 필요하다.

누구나 쓸 수 있다고 여기면서 누구나 쓰기에는 만만치 않다는 데에 수필의 특성이 있다고 본다. 힘들겠지만 어린아이처럼 단순하고 순수하게 있는 그대로 노출시켜 담아 내 놓았을 때 그것을 읽어 주는 사람의 마음에 글 쓴 사람의 메시지가 잘 전달될 수 있을 것이다.

문장 연마는 하루아침에 이루어지는 것이 결코 아닌 만큼 충분한 사색과 공부가 함께해야 하며 수십 번 쓰고 지우는 반복적 훈련 또한 필요하다.

4. 좋은 글 많이 읽기

여기서는 많이 읽는 것의 소중함을 말하고자 한다. 다른 사람의 좋은 글을 많이 읽는 것은 좋은 문장 기법을 익히게 할 뿐만 아니라 글쓴이의 고매

한 사상과 정서를 잘 받아들일 수 있기 때문에, 글을 쓰고자 하는 초보자는 반드시 고전적인 수필을 찾아 읽는 일이 필수 과정이다. 고전이란 이미 여러 사람들의 평을 거치고 세월의 흐름에 관계없이 꾸준하게 찾아 읽히는 책이라 할 수 있다.

많이 읽고 많이 생각하고 많이 써 본다는 것이 글을 쓰려는 사람에게 기본적인 요구사항임은 이미 주지의 사실이다. 글을 쓰기 전에 선행해야 하는 작업이 좋은 글을 많이 찾아서 읽는 것이다. 그 과정에서 문맥이 터득되고 기법이 보이고 사상과 철학, 주제 등이 보이기 시작한다.

좋은 글 읽기를 통한 간접체험의 폭이야말로 우리의 좋은 글쓰기와도 직결된다. 독서를 통한 글쓰기 공부의 유용함은 아무리 강조해도 부족하지 않다. 소위 좋은 수필의 전범이라 할 수 있는 글들을 책상머리에 얹어 놓고 수시로 읽고 사색해야만 한다.

수필이라는 그릇이 자유롭기 때문에 시로 다하지 못하는 내용을, 혹은 소설로 다하지 못하는 글쓰기를 담아낼 수 있기 때문에 많은 사랑을 받게 되는 것이다. 그래서 때로는 소설가의 진솔한 수필도 꼼꼼히 찾아 읽어야 할 것이며, 시인의 서정적인 수필을 읽으면서 시적인 표현법이 수필 문장을 어떻게 풍성하게 하는지를 살펴보는 것도 수련에 도움이 될 것이다. 소설가의 수필 문장에서는 묘사력이나 문장을 지루하지 않게 하는 대화 방법을 어떻게 효과적으로 활용하는지 등의 다양한 표현법을 터득할 수 있을 것이다.

학생들에게 좋은 책 읽기를 권장하는 것은 수필문학을 가르치기 전 단계로서 우선시해야 한다고 생각한다. 진부하게 그저 좋은 책 많이 읽으라고 말하기보다는 가르치는 교수자가 모범적인 글들을 가려서 구체적으로 제시해 주는 것도 효과적인 교육 방법이 되겠다.

붓을 들어 단숨에 쓰게 되는 글도 있겠으나, 오랜 시간 사색하여 곰삭히고 천착한 끝에 얻어진 생명력 있는 글들을 교과서적으로 제시하는 것도 좋겠다. 다시 말해 이미 정평이 나 있고 평가를 통해 걸러진 작품, 고전을 먼저 읽게 한 다음 시류적인 글을 읽는 순서로 진행하는 것도 좋겠다.

이렇게 읽기 작업을 먼저 진행한 다음에야 비로소 쓰기 순서로 자연스럽게 옮아가는 것이 바람직한 수필 쓰기 교육 방법이 될 것이다.

5. 상투성에서 벗어나 보기

수필문학의 특성을 이야기할 때 가장 쉽게 따라붙는 수식은 '인생의 관조' '자기 고백성' '유머와 대화체 활용' '생활상 표출' '체험의 고백' 등이다. 그것은 독자들에게 그만큼 친근감과 가까이 다가 갈 수 있는 정겨움을 준다는 의미이기도 하다. 그러므로 수필 쓰기에 가장 수월하게 접근할 수 있도록 유도할 일이다. 손쉽게 접할 수 있는 일기문이나 메모, 단문 등으로부터 시작하게 하는 것 등이 그 구체적인 방법론이 될 것이다.

수필은 이미 가장 쉽게, 가장 자유로이 쓰는 글로 인식되어 있다. 쉽게 접할 수 있다는 점에서 우선 친근감을 느끼게 한다. 그러나 그렇다고 해서 무질서하거나 무궤도한 잡문은 아니라는 인식을 차츰 심어줄 필요가 있다.

글을 써 나감으로 해서 마치 맑은 거울과 같이 마음을 비추어 주는 자기 순화, 혹은 글 속에 자신의 깊은 마음을 토로함으로 해서 자기 정화를 경험하는 순수심(純粹心)으로 빠져들 수 있게 해야 한다. 마치 깊은 마음 속의 갖가지 고뇌를 털어놓고 지내는 지기(知己) 사이의 정성어린 사신(私信)과도 같이 내밀하게 녹아들 수 있게 해야 한다.

다시 말하여 상투적인 방법론에서 탈피하여 수필 기법(技法)의 작위(作

爲)적인 면이 겉으로 나타나지 않는 것을 스스로 터득하게 한다. 이러한 면은 조지훈(趙芝薰)의 「돌의 미학(美學)」이란 수필을 보면 드러난다. 이 수필에서는 기술적인 측면이 예술로 승화하려면 자연미를 얻어야 한다고 했다. 석수장이가 쪼아낸 돌들[石像]과 예술가가 깎고 다듬어 빚어낸 조각품이 과연 어떻게 다른가. 그것을 설득력 있게 잘 해명하여 보여주어야 한다. 쪼아내고 깎아내는 기술적인 측면은 같으나 몸에 밴 기술을 망각하고 끝내는 무비법(無非法)이 될 때 거기에서 예도(藝道)가 성립된다고 했다. 기술적인 수준에서 그치는 것이 아니라 작가의 숨결과 심혈을 쏟아 부어 빚어냈을 때, 돌 속에서 피가 흐르는 듯한 결을 느낄 수 있다는 것이다.

가장 중요한 것은 수필은 일상(日常)의 문학이라는 점이다. 그만큼 우리의 삶과 밀착되고 삶과 함께 호흡하는 글이다. 따라서 우선적으로 바람직한 생활을 하는 것이 좋은 글쓰기, 좋은 수필 쓰기의 첩경임을 인식해야 한다. 건전한 생활을 하다보면 건전한 사고를 하게 되고 언어가 순화될 것이고 정돈된 모습으로 표출될 것이다. 성숙한 인격체로 내밀하게 성숙되어 갈 수 있을 때 가식이 없고 순수하고 솔직 담백하게 자연스런 글을 쓰게 될 것이다. 그것은 사람의 품성이 가장 잘 드러나는 글이 수필이기 때문이다. 본격 수필가가 아니면서 감동을 주는 좋은 글들이 간혹 발견되는 이유도 위와 같이 글쓴이의 인격적 성품이 잘 담겨 있기 때문이다. 내면적 울림이 숨김없이 표출되었기에 그리 느껴지는 것이다. 마치 고백성사를 듣는 듯한 진솔함이 묻어나는 글을 접할 때 가슴으로 내밀한 공감을 느끼게 만드는 힘이 있다.

수필의 또 다른 특징은 대체로 수필의 주인공이 글쓴이 자신인 경우가 많다는 점이다. 수필 주제의 직접적인 전달 방식이라는 면에서도 자신을 주인공으로 내세우는 것이 훨씬 수필이라는 글의 특성과도 부합된다 하겠다. 이는 '글은 그 사람이다'라는 말과도 쉬이 부합하는 것이 아니겠는가. 본 원고에서는 외국 대학에서 요구하는 에세이 쓰기와는 다르게 이 문제는 장을 달리하여 후속 연구로 다루고자 한다.

다음으로, 수필은 자연스럽게 관찰과 자아성찰을 통하여 하나의 메시지 전달이 될 수 있어야만 한다. 좋은 글의 요건 중에 진실성과 성실성에 근거해서 자신의 정제되고 닦여진 인품이 소박하면서도 유난스럽지 않게 개성적으로 담기도록 한다. 때로는 같은 상황에 대해서도 관점이 다를 수 있다는 관찰의 사례를 보여줄 수도 있다.

어떤 수필의 내용은 이러하다. 여러 사람이 사용하는 수세식 화장실에 들어갔다가 먼저 들어간 사람이 물 내리는 것을 잊거나 혹은 여의치 않은 사정 때문에 배설한 분뇨가 고여 있는 것을 보면 대부분의 사람들은 "아이 더러워!" 하며 코를 쥔다. 그런데 자신이 배설한 뒤에는 그것이 된가 묽은가, 또 색깔은 어떤가를 자세히 관찰하고 나서는 소화가 잘 됐나 못됐나를 판단한 후에 처리하는 것이 사람의 심리라는 것이다. 이와 같은 글을 통하여 인간이 얼마나 지극히 자기중심적인가를 은연중 보여주어 작가가 말하고자 하는 바를 전달할 수도 있는 것이다.

또한 인간의 심리가 모두 같을 수도 있다는 점을 아주 솔직하게 잘 묘사해 낸 글도 있다. 그 글의 중심 내용은 선물에 대한 궁금증이다. 대부분의 사람들은 선물을 받으면 궁금해 한다. 점잖은 사람일지라도 내면적으론 모두 궁금해 한다는 것이다. 특히 어떤 사람은 선물에 대한 궁금증 때문에 상대방의 이야기가 잘 들리지도 않고 차라리 빨리 가주기를 바라는 마음이 들었다고 한다. 손님이 가자마자 가지고 온 선물을 풀어 뜯어서 몸에 걸치고 있는데 벨이 울렸다. 놓고 간 우산이 생각나서 아파트 일층까지 갔다가 다시 왔다는 것이다. 불과 2, 3분 사이에 본인이 가지고 온 선물을 입고 있는 광경에 서로가 민망해했다는 내용이다.

그 수필에서는 이런 사례도 얘기해 준다. 집에서는 그래도 괜찮겠지만 파티나 모임 등에서 주는 선물일 경우는 무슨 수를 써서라도 보고 싶어 참을 수가 없게 된다. 오는 택시 속에서 볼 수 있겠지만 모처럼 모인 사람들끼리 '3차 갑시다!' 하면 궁금한 마음이 극에 달하게 된다. 친구들과 오랜만에 함께 하고 싶은 마음과 선물에 대한 궁금증. 그런데 내려오는 엘리베이터 안에서 용감하게 포장지를 뜯는 사람이 있었다. 그 선물은 탁상시계였다. 이때 감탄인지 탄성인지 모를 환호성이 들린다. 그것은 지금 점잖은 자신들이 당장, 제일 먼저 하고 싶은 행위를 대신해서 실행해 준 사람 의 용기에 찬사를 보내는 소리같이 느꼈다는 것이다.

이처럼 수필은 대부분의 사람들 심정이 같은 것을 열어 보이거나 노출시키기 어려워하는 점을 솔직하게 담담히 써내려간 데에 글의 생명력과 공감대가 형성되는 것이다.

솔직하고 담담하게 글을 쓰다 보면 우선 글 쓰는 것이 가쁘지 않고 물 흐르듯이 쉬이 써나갈 수 있음을 학생들 스스로가 느끼게 될 것이다. 그런데 그렇지 않고 가장하여 수식하고 꾸미고 포장하다 보면 붓 나가는 것이 뻑뻑하고 숨이 찬다. 바로 인위적인 글쓰기의 표본이 되어 버겁고 감당하기 어려워진다.

궁극적으로 자신의 목소리, 색감이 잘 윤색되어 농밀하게 되려면 참신함을 유지하면서 자기 스타일을 구축해 나가야 한다. 그래서 글쓴이의 체취, 냄새, 색깔을 문채(文彩, 文采) 또는 문체(文體)라 하여 그 사람의 전모를 느끼게 하는 대표적인 문학 장르가 바로 이 수필인 것이다. 결국 좋은 수필이 생성되기 위해선 좋은 인격체로 성장할 수 있는 분위기, 환경 조성도 중요하다고 생각한다.

무엇보다 상투적인, 비개성적인 표현에서 벗어날 것을 주문하는 바이다. 상투적인 문장은 수필에서 가장 흔히 나타나는 문제일 뿐만 아니라 일반적인 문장으로서도 바람직하지 않다.

6. 나가는 말

좋은 글을 읽고 쓰는 것은 우리 눈빛과 마음을 교정시켜 줄 수 있는 아름다운 서정적 방법이라고 생각한다. 요즈음 문학치료라는 말이 회자되는 것도 바로 이런 측면에서 가능한 것이다. 문학을 통한 힐링 작업을 이야기할 때 가장 요긴한 문학 장르가 수필이라 할 수 있다. 특히 한참 감수성이 풍부하고 예민하며, 장차 문예창작을 하고자 하는 학생들이 흔쾌히 읽고 쓸 수 있는 자연스런 여건을 조성하는 것이 필요하다고 본다. 먼저 보편적 정서를 담아내게 하고, 나아가 글쓴이가 관조한 세상사를 삭히고 걸러내어 향기를 발할 수 있게 하는 개성적인 경지까지 시도하도록 지도해 봄직하다.

잘 쓰기 위하여 잘 보고 듣는 것도 필요하다고 본다. 우선 전범(典範)적인 글 한 편을 차분하게 읽고 생각해 보는 시간을 마련해 보는 것도 좋겠다. 바쁜 생활 속에 마음을 차분히 가라앉힐 수 있는 글 한 편을 읽어 주고 듣다 보면, 마치 창호지에 먹물 스며들 듯이 어느 사이엔가 좋은 정서들로 채워져 나갈 것이다. 이를 위해 가르치는 사람 스스로의 끊임없는 관찰과 연구가 함께하지 않으면 안 될 것이다. 글 한 편 읽어 주는 것은 많은 시간 할애하지 않아도 되고, 그렇게 한 학기, 일 년을 진행하다 보면 학생들은 최소한 좋은 글 수십 편을 힘들이지 않고 자연스레 접하고 받아들여 마음의 양식으로 쌓아 나갈 것이다. 그렇게 쌓인 양식이 펜을 들어 글을 쓸 때 내면에서 풀려 나와 하나의 열쇠처럼 요긴하게 사용되지 않겠는가. 억지로,

인위적으로 읽어라 하기 이전에 필독서를 제시해 주고 스스로 찾아 읽게 만들어 주는 분위기를 잡아 나가는 것도 좋은 글쓰기 공부 방법이 될 수 있다고 생각한다. 이것은 마치 어려서 부모님이 머리맡에서 읽어 주신 한 편 한 편의 동화가 양식이 되고 주춧돌처럼 은연중 자리잡다 보니 격조(格調) 있는 인간으로 성장하는 데 지대한 공적을 끼친 바와 같다.

그리하여 글을 쓰는 힘[文勢]이 생명력 있고 진솔하게, '수필'의 자의(字義)대로 한 땀 한 땀 완성되어 나갈 것이다. 이것은 수필문학이 탐미적 기능과 교훈적 기능을 함께 담아 낼 수 있는 그릇으로 활용하기 유용한 양식이 되리라는 기대치에도 어느 정도 부합하는 것이다.

수필의 무형식성이라는 특성이 형식에 구애받지 않는 자유로운 글쓰기를 가능케 하면서, 오히려 창조성과 문학성이 겸비된 다양한 시도를 하게 하는 점을 최대한 살려 시도해 볼 일이다.

이상에서 수필의 여러 특성과 글쓰기 방법에 대한 몇 가지 방안을 제시해 보았다. 이런 방법을 토대로 구체적 생활 체험담, 자연에 대한 순환적 사고의 배양, 자아도취적인 철학적 견인주의(堅忍主義), 추억에 잠긴 소박한 갈망, 가족관계에서 빚어지는 여러 이야기와 자서적인 교훈, 화해와 용서의 해피엔딩적인 승리담 등의 여러 범주에 걸쳐 수필을 써 볼 수 있을 것이다. 뿐만 아니라 의학과 과학 정보 및 지식 전달, 스포츠 평론, 영화나 연극 감상평, 공연 리뷰, 경제 및 정치 평론, 훈시와 훈계를 겸한 인사말, 기록문학에 속한다 할 수 있는 각종 르포 기사나 수기 전기 형태의 글로 영역을 확장해 나갈 수 있을 것이다. 이처럼 자서전이나 일기, 서간문을 포함한 개인적 범주의 글, 신문의 사설이나 논설 등 세상살이에서 빚어지는 온갖 이야기가 담길 수 있는 글을 자유자재로 시도해 봄직한 글쓰기 형태로 수필 문학과 수필 쓰기는 더없이 유용하다 할 것이다.

추천 도서

이태준, 『문장강화』, 창작과비평사

윤오영, 『수필창작입문』, 태학사

손광성 엮음, 『한국의 명수필, 아름다운 우리 고전수필』, 을유문화사

제2부

문예 창작의 길을 가려는 이들에게

문학의 길을 나서는 그대, 꽃신은 신었는가

채길순

그 시절에는 왜 그토록 눈에 보이는 것마다 뒤틀리고 세상이 어두웠던가. 뭘 어떻게 써야 하는지 모르면서도 마음은 벌써 소설가, 시인이 되어 고뇌의 바다에 빠져 허우적대고 있었다. 문학을 입에 올리려면 당연히 술에 젖어야 하는 줄 알았다. 시인이나 소설가가 되려면 당연히 그 재주부터 갖춰야 하는 줄 알았다. 원로 시인의 "요즘 술도 못 먹는 것들이 시 쓴다고 앉아 있다."고 했던 질책은 유명하다. 지금 생각하면 그 시절 깡그리 망가지지 않고 성하게 살아남은 것만도 다행이라고 만큼 아찔한 시절이었다. 그렇지만 바탕에는 문예 창작의 길이 그만큼 고뇌와 고통이 따른 데서 오는 관습 같은 것이었을 것이다.

그러나 요즘 나는 강의실에서 말한다. 좋은 글을 쓰려면 말짱한 정신으로 오래 책상 위에 앉아 있으라고. 언어의 바다에 오랫동안 낚시를 드리운 사람이 더 크고 싱싱한 언어의 물고기를 낚아 올릴 수 있다고.

그 시절, 시 몇 편, 소설 한두 편이라도 써 본 사람은 그나마 낫다. 아예 술 먹는 버릇만 들이고 폼만 잡다가 무대 저편으로 사라진 문학청년들도 너무나 많다. 물어보면 만날 뜬구름 잡듯 구상중이란다. 어느 날 갑자기 하늘에서 요술같이 실타래가 내려와 시와 소설이 술술 풀린다는 환상에 젖어 술만 축내면서 세월만 보내는 셈이다.

다행히 문예 창작 지도는 끊임없는 실습 요구로 이루어진다. 한 편 한 편 고통을 감내하면서 만들어내다 보면 등 뒤에 내 발자국이 남아 있다. 발자국을 돌아볼 때마다 부끄럽고, 그만큼 덜 부끄러운 흔적을 남기려는 과정이 문예 창작의 길이다. 이 세상에는 아픔 없이 저절로 피는 꽃이란 없다. 꽃은 아픈 만큼 화려하다고 했던가. 문예 창작의 꽃도 대강 그렇다.

자, 이제 여러분들 앞에 두 개의 길이 있다. 고통의 길과 편한 길이다. 앞의 길은 고통 끝에 환희를 만나는 길이다. 그러나 편한 길이란 편하면서도 편하지 않은 길인 셈이다. 남들이 가는 길을 마냥 두려워하면서 곁눈질로 지켜보는데 어찌 편한 길이겠는가.

외롭게 영혼을 담금질하는 그 아픔의 길에 당당히 서라. 어차피 자신이 선택한 길이라면 일단 흔쾌히 그 길을 가라.

귀하고 고운님을 만나러 길을 떠나는데, 그대 꽃신은 신었는가.

추천 도서

위화(余华, Yu Hua)의 소설 「허삼관 매혈기」「산다는 것은」「형제 」
김승옥 단편소설집, 최인호 단편소설집

문예창작의 길을 가려는 이들에게

권 덕 하

　문학은 삶에서 겪은 일을 바탕으로 피어나는 나만의 독특한 표현이다. 여기서 '삶에서 겪은 일'이란 자신만이 체험한 유일한 그 무엇이다. 이 유일한 것은 남모르는 곳에서 혼자 경험한 일만이 아니다. 그런 경험도 그것을 기억하는 자아의 편집 능력 때문에 평범하고 진부한 이야기가 되어 버릴 수 있다. 여럿이 겪어도 남들이 미처 느끼고 깨닫지 못한 이야기가 생길 수 있다. 식당에서 밥만 먹고 가는 것이 아니고, 목욕탕에서 때만 밀고 나오는 것이 아니라 남다른 표현을 얻는 사람들이 있다. 일상의 사소한 것일지라도 그것을 겪는 순간 몸과 마음에 일어났다 사라지는 것을 있는 그대로 지켜볼 때 좋은 표현이 생성되고, 그렇게 여투어둔 표현이 뼈가 되고 거기에 살이 붙어 피가 돌 때 좋은 이야기가 생길 수 있다. 남들과 함께 경험하되 자신의 느낌이나 생각과 더불어 온몸으로 천천히 우려낸 저만의 삶이 바로 좋은 이야깃거리다. 그런 이야기는 듣는 사람의 호기심을 자극하여 귀와 마음을 열게 한다. 내 안의 깊은 우물에서 깜냥으로 길어 올린 것, 내가 세상 사람들에게 꼭 하고 싶은 나만의 이야기, 이것만이 바로 보편적인 공감과 감동을 불러일으킬 수 있다.

　문학은 인간과 세계를 이해하는 훌륭한 방식 중에 하나이다. 이때 그 이해 대상은 우선 지금 여기에서 일어나는 일이다. 물론 주변에서 일어나는 일들이 기계적이고 전형적으로 반복되는 것처럼 여겨질 수도 있다. 그러나 평범해 보이는 일상이야말로 엄청난 진실을 감추고 있으면서 창작자가 다가오기를 기다리고 있는 실재일 수가 있다. 우리는 순간순간 체험하는 자아의 생생한 느낌들은 다 잊어버리고 그중 몇 가지 자극적인 것만 성급히 선택하여 기억하기 쉽다. 습관적인 인식의 틀에 갇힌 인상들은 또 다른 인상으로 대신할 수 있으므로 곧 그 고유성을 상실하고 만다. 절실하지도 않고 뜻도 없는 이미지들이 서로 관련 없이 파편적인 채로 쌓여 근원적인 성찰을 방해하고, 실상을 있는 그대로 지켜보는 일을 가로막고 외양에 머물게 하며 공상과 망상으로 우리를 이끌기도 한다. 삶에 대한 피상적인 인상을 섣불리 처리하고 마는 것이 아니라 삶을 깊이 이해하려는 태도에서 문예창작은 비롯된다.

특히 세계를 이해하려 할 때 관찰자가 세계와 맺고 있는 관계에 유념해야 한다. 유리창을 통해 세상을 바라볼 때 관찰하는 나와 세상에서 일어나는 일들은 분리된 것 같다. 관찰자와 관찰 대상으로 세상을 나누고 보면 이해는 인식과 해석의 차원으로 제한되고 만다. 창작자는 비가 오고 바람 부는 세상을 바깥에 있는 것으로 착각할 수 있다. 이런 착각에서 섣부른 이론이 만들어진다. 나는 세상을 바라보면서 동시에 세상을 구성하고 있는 일부임을 잊기 쉽다. 문학은 창작자가 가담하고 있는 세상에 대한 면밀한 이해 과정이면서 동시에 세상을 만들어 가는 과정인 것이다. 이때 창작자가 체험하는 장소와 시간, 그리고 사건이야말로 진실에 접근할 수 있는 유일한 거점이다. 이 거점에서 시작하여, 다양한 의견과 이해 간의 갈등의 소용돌이를 뚫고, 선입관과 망상의 진흙탕을 지나 진실을 향해 나아가야 하는 것이다.

창작을 하기 위해서는 삶을 끈기 있게 지켜보는 힘을 길러야 한다. 선입

견이나 편견 없이 삶을 있는 그대로 보려는 태도, 남들이 눈감고 마는 사건을 천천히 지켜보며 깊이 생각하고 문제의 원인을 찾고 고민할 수 있는 힘이 필요하다. 그런 힘이 있어야만 예단하거나 서둘러 결론을 내리지 않고, 의심하면서 과장된 믿음을 경계할 수 있다. 또한 어려운 문제를 회피하지 않고 맞부딪쳐 깊이 생각할 수 있고, 삶이 보여주는 모호함과 혼란까지 예민하게 지켜볼 수 있는 힘을 길러야 한다. 충격적인 사건, 애매한 상황, 역설적인 사태에 대해 몰두하는 것은 무척 힘이 드는 일이기 때문이다. 어려운 문제에 부딪히면 사람들은 되도록 힘을 적게 들이고 서둘러 깔끔히 정리하고 싶어 한다. 이분법, 일반화, 자기정당화, 이 모든 성향들에서 비롯하는 착각과 착오를 마치 인식의 계단처럼 여길 수 있다. 문학은 이런 인식의 굴레를 깨고 힘들게 닿은 자리에서 생성되는 제소리와 다를 바가 없다.

추천 도서

백석 전집, 김수영 전집, 이문구 전집, 헨리 데이빗 소로우의 『월든』

남들과 함께 경험하되 자신의 느낌이나 생각과 더불어

온몸으로 천천히 우려낸 저만의 삶이 바로 좋은 이야깃거리다.

시인 같은 삶, 혹은 시인의 삶

이 상 옥

나는 시인이 되고자 한 것은 아니었다. 그러나 시인 같은 삶을 동경하긴
했다. 카우보이처럼 말을 타고 애견과 함께, 양떼를 방목하는 한편, 한쪽에
서는 꿀벌을 치는 초원의 삶을 꿈꾸었다.

　　나 일어나 이제 가리, 이니스프리로 가리.
　　거기 나뭇가지 엮어 진흙 바른 작은 오두막 짓고
　　아홉 이랑 콩밭과 꿀벌통 하나
　　벌들이 윙윙대는 숲속에 나 혼자 살으리.

　　거기서 얼마쯤 평화를 맛보리
　　평화는 천천히 내리는 것
　　아침의 베일로부터 귀뚜라미 우는 곳에 이르기까지
　　한밤엔 온통 반짝이는 빛
　　한낮엔 보랏빛 환한 기색
　　저녁엔 홍방울새 날개 소리 가득한 곳

　　나 일어나 이제 가리. 밤이나 낮이나

호숫가에 철썩이는 낮은 물결 소리 들리나니

한길 위에 서 있을 때나 회색 포도(鋪道) 위에 서 있을 때면

내 마음 깊숙이 그 물결 소리 들리네.

– 예이츠, 「이니스프리의 호도(湖島)」

예이츠보다 좀 더 화려한 꿈을 꾸었던 것 같다. 오두막집이 아니라 좀 근사한 목장 하나를 가지고 싶었으니까. 그런데, 시인 같은 삶은 살지 못하고 시인이 되고 말았다.

지금도 나는 시인 같은 삶의 꿈이 무의식중에라도 남아 있는지, 도시에 살면서도 삽살개 '셔리'를 키우며, 심야 창원의 토월공원을 산책하는 것을 일과 중 가장 즐거운 시간으로 여기고 있다.

나는 칸트가 아니어서

심야에

편백나무 사이로 난

오솔길 따라

조그만 농장 건너

KTX창원중앙역이 보이고

아담한 저수지 둑길

조금 더 가면 산길 약수터

'셔리'는 목을 축이고

혼자 유튜브로 음악을 들으며

걷는,

달이 너무 밝아 하늘을

한참 보다

— 이상옥, 「산책」

나는 시인 같은 삶을 동경하다가 시인이 되고 말았지만, 시인보다 시인 같은 삶을 여전히 동경하고 있다. 그냥 지금 당장 직장을 명퇴하고 중국대학에서 몇 년 근무하며 중국 대륙을 주유하는 여행 작가가 되어볼까? 평소 읽지 못했던 철학서적, 신학서적 따위를 읽으며 나의 사유의 지평을 넓히고 철학자 칸트처럼 산책하며 사유하는 삶을, 더 늦기 전해 살아봐야 하지 않겠는가 생각한다.

시인 같은 삶을 꿈꿨던 내가 1989년 시인으로 등단하여 시력 20년을 훨씬 넘기는 시인이 되어 3년 만 지나면 어느덧 예순이 된다. 벌써 노년이 눈앞에 와 있는 것이다. 60이 되기 전에 내 삶의 패러다임을 확 바꿔야 한다. 여전히 어제처럼 살 수는 없는 노릇이다. 요즘은 푸코, 바르트, 레비스트로스, 라캉 등을 읽는다. 도대체 인간이란 무엇인가. 어떻게 살아야 하는가, 따위의 질문은 나이가 들수록 더욱 절실해진다. 이런 물음들을 더 이상 제쳐 놓고 일상적이기만 한 삶을 살 수는 없다.

나는 앞으로, 그것이 시인의 삶이든 시인 같은 삶이든 뭐든, 책읽기와 여행과 산책과 사유와 글쓰기를 멈출 수는 없을 것이다.

추천 도서

우치다 타츠루, 이경덕 옮김, 『교양인을 위한 구조주의 강의』, 갈라파고스.
권정생, 『우리들의 하느님』, 녹색평론사.

나는 시인 같은 삶을 동경하다가 시인이 되고 말았지만,

시인보다 시인 같은 삶을 여전히 동경하고 있다.

문예창작, 그 고단하고 순결한 여정

손병현

어느 겨울날, 아마도 연말이었을 것이고 시간은 자정을 넘어가고 있었을 것이다. 어쩐 일인지 그날은 깐깐하게 술장사를 하는 '금정(金井)'의 칠순 노파가 때아니게 취한 날이었고, 마땅히 귀가할 곳이 없거나 낡은 구두 뒤축을 꺾어 신은 주정뱅이들이 심란한 주사를 늘어놓던 밤이었다. 누가 독려하지도 않았건만 근 열 명 가까운 술손과 노파가 막걸리 주전자를 중심으로 빙 둘러앉게 되었다. 그리고 돌아가며 노래 한 가락씩을 자랑하게 되었다. 혀가 꼬부라지고 막걸리가 튀는 가운데 또 그렇게 인생에서 하룻밤이 쓸쓸히 빠져나가고 있었다.

차례가 된 노파는 사발을 들어 목을 축이고 나서 이미자의 '동백아가씨'를 불렀고 연이어 남진의 '가슴 아프게'를 불렀다. 빠진 잇바디 사이로 노랫말이 새고, 가쁜 숨 때문에 끄트머리 가락이 흐릿했지만 술꾼들은 정말이지 가슴이 아프게 동백아가씨를 그리워하지 않을 수 없었다. 노래가 뭔지 인생이 뭔지 뼈마디가 녹아날 만큼 절절하게 불러대는 노파를 보면서 '진짜 가수'가 어떤 것인지 '진짜 노래'가 어떤 것인지 명징하게 확인할 수 있었다.

이십년 가까이 봐 온 소설가 한 사람이 시골집 한 채를 마련해서 낙향했다는 소식을 전해들은 지 한 달쯤 되었다. 처음 그를 봤을 때 그는 5권짜리 역사소설을 집필 중이었고 얼굴에는 소설에 대한 집념이 이글이글 타오르고 있었다. 흡사 사냥에 나선 호랑이 한 마리를 마주한 느낌이었다. 눈에서는 불이 이글거렸고 이빨은 세상의 모든 음식을 씹어 삼킬 수 있을 정도로 강렬했다. 그는 굶주린 사람처럼 글을 써댔다. '쓰지 않으면 먹지 말자'란 표어를 책상 위에 붙여 놓고 진통제를 먹어대면서까지 글을 썼다.

내내 그에 대해서는 의문부호였다. 대체 어쩌겠다는 것인가? 문단에서 그의 글과 이름은 회자되지 않았으며 키워야 할 자식은 셋이나 있었다. 그러나 그는 그의 말처럼 '야쿠자 기질'로 모든 세상의 평판과 걱정을 무지르고 꿋꿋하게 글만 써댔다. 물려받은 재산이 축났고 그러는 사이 야금야금 건강이 허물어졌다. 그렇더라도 누구 하나, 이제 소설 쓰기는 그만두고 가족과 건강을 챙기라는 진실 된 조언을 건네지 못했다. 희끗희끗 머리가 새어 갔지만 그의 소설에 대한 집념과 열정은 사그라지지 않고 더욱 꿋꿋이 발기하고 있었기 때문이다.

간혹 읽을 만한 소설을 써내기도 했고, 피땀이 배어 있는 찐득한 소설을 찍어 내기도 했으며, 원고지에 글씨만 채운 헐거운 소설을 만들어내기도 했다. 그렇게 탄생시킨 소설집이 수십 권에 달했다. 언제쯤 그가, 그의 소설이, 세상 속에서 한줌의 빛이라도 쬐여 받을 수 있을까, 조마조마 하는 심정이었다. 세상에 소설을 주관하는 신이 있다면 그의 작품을 한 번이라도 들어보여 줄 수 있을 텐데, 간혹 기도하는 마음이기도 했다.

하지만 그는 끝내 쓸쓸히 퇴장했다. 얻은 것이라고는 가난과 질병이 전부였다. 사람들은 그를 향해 섣부른 평을 하지 못하고 입을 닫았다. 굳이 세상 사람들의 닫힌 입을 열어보자면 '노력과 열정은 가상하였으나 끝내 성공을 거두지 못한 비운의 작가'라는 탄식이 흘러나왔을 것이다.

그는 쓸쓸히 퇴장했지만 그가 걸어간 여정은 결코 만만치 않았음을 기억한다. '성공한 작가'라는 꼬리표를 달지는 못했지만 '진정한 작가'라는 의미는 확실히 각인시켰다. 수많은 '비운의 작가'들이 산처럼 쌓여서 '유명 작가' 한 사람이 탄생한다는 명제는 사실이다. 어느 것 하나 그릇된 것은 없다. 그의 올곧은 발걸음이 순결했고 그가 남긴 작품이 진실했으므로 작가는 만족할 뿐이다. 그 고단하고 순결한 여정에 박수를 보낼 뿐이다.

이제, 그 고단하고 순결한 여정에 당신들도 첫발을 떼었다. 부디 무릎이 꺾이지 않도록, 앙다문 이빨이 열리지 않도록, 항상 살피고 채찍질하길 조용히 응원하는 앞선자들이 있음을 명심하라.

추천 도서

이병주, 『지리산』
존스타인 벡, 『분노의 포도』
콜린맥컬로우, 『가시나무 새』

수많은 '비운의 작가'들이 산처럼 쌓여서

'유명 작가' 한 사람이 탄생한다는 명제는 사실이다.

어느 것 하나 그릇된 것은 없다.

그의 올곧은 발걸음이 순결했고 그가 남긴 작품이 진실했으므로

작가는 만족할 뿐이다.

문학청년 시절에 들었던 환청들

김 희 정

문학청년 시절을 뒤돌아보면 아찔하다. 그 시절에 나는 무슨 글을 어떻게 써야 하는지도 모르면서 오로지 소설가, 시인이 되겠다며 날을 세웠다. 매일 문학을 하노라 하는 청년들과 밤을 새워 술을 마시고 문학 이야기를 나누고 일상에 지친 정신을 깨워 책을 읽었다.

그 시절에는 가만히 앉아 있으면 마치 시간이 손아귀에 잡힌 물 같아서 언제나 가슴이 졸았다. 늦은 밤 술에 취해 자취방을 기어 들어가 놓고도 뇌리를 잡아당기는 불안에 세수를 하고 찬 공기를 마시며 원고지 앞에 앉고는 했다. 내가 세상에 하고 싶은 말, 하고 싶은 이야기들이 자칫 세월에 사라질까 봐 언제나 초조했다. 동아리 합평에서 내가 쓴 글들이 된서리를 맞을 때마다 이러다 내 말들이 꽃도 피어보지 못하고 스러지는 것은 아닌지 불안에 떨었다. 내 이야기들이 좋은 시, 좋은 소설이란 이름으로 되살아나길 손꼽아 기원하는 데, 원고지 앞에 앉을 때마다, 동인들의 합평을 받을 때마다, 그리고 신춘문예에 떨어질 때마다, 그런 일은 영영 일어나지 않는 것이 아닐까 하며 고통스러워했다.

그래도 나는 나와 내 이웃에 대해 하고 싶은 이야기가 있었기에 글쓰기를 포기할 수 없었다. 시 하나를 놓고 수십 번을 고쳐 쓰던 시절. 하고 싶은 이야기를 어떻게 풀어놓아야 하는지 알 수 없어 고치고 퇴짜 맞고, 고치고 퇴짜 맞고 밖에 할 수 없었던 시절. 나는 아직도 그 시절이 뒤돌아보면 아찔하다.

온몸 가득 추위가 몰려오는 12월. 문학청년들에게는 바닥이 열꽃처럼 뜨끈뜨끈한 국밥집에 앉아 손을 녹이고도 뼈가 시린 12월이었다. 여기저기서 누구는 어디에 내었네, 누구는 어디 몇 차에서 떨어졌네, 하는 소리가 수군수군 들리고 전화 한 통을 자취방 한쪽 햇살처럼 기다리는 12월이었다. 지금도 후배들 신춘문예 소식을 들을 때마다 그때의 고통이 파도처럼 일었다 사라진다.

누구는 첫 번에 기적처럼 등단하기도 한다지만 대부분은 수없이 떨어진다. 하지만 본인이 아니라 선배 입장에서는 그 일이 꼭 나쁘지만은 않다. 떨어지면 떨어질수록 작품은 소복이 쌓인다. 부딪히면 부딪힐수록 글은 단단해진다. 당선은 일찍 되어도 세상에 낼만한 시가 없어 시집을 못 내는 사람도 많은데, 자신이 열심히만 하고 있다면, 제대로 퇴고하고만 있다면 전혀 나쁜 일이 아니다. 본인은 지금 현재가 답답하고 절망스러울지 몰라도 자신의 경력은 떨어지고 있는 이 순간에도 쌓여가고 있다. 이 과정이 모두 작가가 된 이후에도 자신을 지탱해 주는 힘이 된다. 자신이 왜 글을 쓰고 있는 지도 알게 해 준다.

문학청년 시절에는 신춘문예 등단이 끝이라고 생각했다. 그 지점만 통과하면 내 글이 유명해지고 세상과 소통할 것이라고, 그리고 그 소통이 세상을 바꾸리라고 말이다. 나 말고도 대부분의 문청들이 그런 생각을 했다. 그리고 지금도 후배들은 그런 생각을 한다. 하지만 정말 그럴까. 예전 내가 학교를 다니던 시절에는 선생님들이 늘 이렇게 말했다. '너희가 지금 열심히 해서 대학만 가 봐.' 마치 대학만 가면 모든 게 끝나는 것처럼, 모든 일이 해결되는 것처럼 이야기했다. 하지만 요즘 고등학교에서는 그런 말을 하지 않는다. 그런 말을 해도 학생들은 믿지 않는다.

　문단에 등단하고 십 년. 세 권의 시집을 냈는데 나는 아직도 세상과 소통하지 못한다. 유명해지지도 않았다. 세상이 바뀌지도 않았다. 세상에 내 목소리는 마치, 서로 채널번호를 주고받고 애써 맞추어야만 소리를 들을 수 있는, 라디오 단파방송과도 같다. 술을 마시고 새벽 무렵이면 전화를 한다. 저번에 읽은 시, 엊그제 말을 나눴던 작가, 유명하거나 그렇지 않거나 모두가 곤히 잠이 든 때에 나는 울컥 마음이 쓰리고 외로워 사람을 찾는다. 잠이 덜 깬 사람을 전화기 앞에 두고 횡설수설, 시에 대해 참견도 하고 칭찬도 하며 민폐를 부린다.

　글을 통해 세상과 소통하고 싶은데, 벌써 십 년이 흘렀는데, 아직도 어렵다. 십 년 했으면 뭐를 했어도 길이 보여야 하는 데, 싫어 불쑥불쑥 이 글쓰기를 내던져야 하는 게 아닌가 싶다. 그런데도 내게는 아직 환청이 들린다. 할 수 있을 거야, 내 글쓰기가 결국은 세상과 소통할 수 있을 거야, 하고 문청 시절 들었던 목소리가 내 안에서 들려온다.

　사람마다 글을 쓰는 방법은 다르다. 누구는 밤을 새워 글을 쓰고, 누구는 마치 직장에 다니는 것처럼 작업실로 출근을 하고 아침 몇 시간, 오후 몇 시간 하며 글을 쓴다. 또 누구는 생계에 쪼들려도 글만 쓰고, 또 누구는 다른 직장을 다니며 틈틈이 글을 쓴다. 세상에는 수많은 작가들만큼 수많은 글쓰기 방법이 있다. 하지만 그 글들이, 작가가 세상에 하고 싶은 말, 혹은 이야기라는 것만은 다르지 않다. 가끔 등단을 준비하는 후배들에게 속으로 묻는다. "너는 세상에 무슨 이야기를 하고 싶어?"

　나는 아직도 같은 시대를 살고 있는 사람들과 이야기를 하고, 듣고, 함께 놀고 싶다. 덕분에 나는 지금도 글을 쓴다.

추천 도서(시집)

이면우, 『아무도 울지 않는 밤은 없다』, 창비
김경주, 『나는 이 세상에 없는 계절이다』, 문예중앙시선
김희정, 『아들아 딸아 아빠는 말이야』, 화남

엉덩이에 뿔난,
그러나 사실 지독한 외로움 속에

유금호

왜 그렇게 장난들을 심하게 했을까. 까까머리 고등학교 시절, 방학이 되어 남쪽 바닷가에 있는 고향집에 가면, 한밤중 악동들과 어울려 그곳 비봉산 중턱, 아기무덤들이 있던 돌무더기까지 가서 돌무더기를 헤치고 두개골들을 꺼내오는 내기들을 하고 했으니까.

그 해골바가지 안에 작은 손전등을 켜서 동네 어귀 팽나무 가지 사이에 끼워 놓고, 아낙네들이 새벽시장에 푸성귀를 팔러나가다가 비명을 지르며 주저앉는 모습을 숨어서 지켜보다가 히히덕거리고….

지금이야 장난에 동참했던 악동들 역시 세상을 떠나기도 했고, 소식이 끊겼거나, 또 많이 늙어 버리기도 했지만, 내게 있어서 고향은 꿈 혹은 유년, 문학, 그 모두를 포괄하는 노스럽 프라이(N.Frye, 1912-1991)식 낙원의 공간으로 늘 마음 깊은 곳에 살아 있다.

저 남쪽 끝, 고흥반도 귀퉁이에 있는 녹동(鹿洞)이라는 작은 포구가 내가 나고, 유년을 지낸 고향이다. 최근에는 득량만 쪽 바다 낚시터에다, 소록도(小鹿島)가 포구 건너편에 있어서 객지 사람들에게도 얼마간 알려진 곳이지만, 내가 어렸을 때는 지금 기준으로 보면 참 궁벽한 땅끝 마을이었다.

나는 그 포구에서 1.5km 정도 떨어진 언덕빼기에 있는 과수원집 아들이었다. 농사나 고기잡이하는 사람들이 대부분이었던 그 시골에서 과수원집이라는 것은 얼마쯤 국외자적이었다는 생각이 든다.

학교 끝나면, 나무를 하러 가거나 소를 먹이고, 부모를 도와 그물 손질을 해야 하는 또래들 중에 나는 탱자나무 울타리로 둘러싸인 그 과수원 자체를 혼자의 놀이터로 가지고 있었던 셈이었다. 아이들은 솎아내는 복숭아나 익기 전에 떨어진 배를 나누어줄 수 있는 내 눈치를 많이 보았을 것이다. 그러나 대부분의 아이들과는 다르게 나는 그 울타리 안에서 자주 혼자였다는 생각이 든다.

한의(韓醫)셨던 할아버지는 95세, 돌아가시는 날까지, 붓으로 작은 글씨의 약 처방문과 한시(漢詩)들을 필사했던 것으로 기억된다. 아버지는 술친구들이 많았지만, 대부분 시간을 과일나무를 손질하거나, 거기 관계되는 책을 뒤지며 지냈기 때문에, 『양봉전서(養蜂全書)』『전지(剪枝)의 기술』 따위의, 아버지가 보시던 책들을 나도 뒤적였던 것으로 생각된다.

초등학교 2학년 때 처음으로 읽었던 소설이 『15소년 표류기』였는데, 그 책이 왜 우리 집에 있었는지 알 수 없지만, 과수원 언덕에서 화물선이나 흰 돛을 단 작은 배들이 바다를 떠가는 걸 매일 보아 왔던 시골 소년에게 그 책 속에 펼쳐진 상상력의 공간은 얼마나 큰 충격이었겠는가. 시골 소년은 날마다 바다를 내려다보며 배를 타고 먼 무인도로 떠나는 꿈을 꾸었을 것이다.

그때는 중학교에 직접 가서 입학시험을 보던 시절이었다. 나는 광주서중에 합격이 되었는데, 그때 고향을 떠난 것이 내게는 결국 내 삶 전체를 완전한 타향살이로 이어지게 해 버린 셈이었다. 군내에서 단 한 명 합격생이 나올 만큼, 시골 초등학교에서는 대단한 출세를 한 이 촌놈은 광주 유학

생활을 하면서부터 서서히 엉덩이에 뿔이 돋았을 것이다. 그러면서도 과수원 언덕에서 내려다보던 바다와 과수원 울타리에 둥지를 만들던 뱁새며, 오목눈이에 대한 끝도 없는 그리움, 열두 살 먹은 소년에게 그 지독한 향수와 결핍의 감정은 상상의 세계 속에서만 충족될 안타까움이었다.

그러니 방학이 되어 시골에 내려가면 악동들과 어울려 날이면 날마다 무슨 장난을 할까, 그런 궁리만 했을 것이다.

그때는 지금 같은 입시 지옥이 없었던 탓에 중고교 시절 전부를 학과 공부보다는 하숙집 앞에 연이어 있던 헌책방에서 날이면 날마다 책을 빌려 지독한 남독의 시절을 지냈다. 그때 나이는 나보다 위였지만 이청준이 같이 중고교를 다닌 동기생이었는데, 그는 공부도 아주 열심히 했었다.

그러나 학과 공부는 뒷전으로 아무 책이나 읽어대었던 그 남독의 시절을 나는 지금도 후회하지 않는다. 학교 공부를 열심히 했었다면 나는 가족의 뜻대로 의사가 되었을 것이기 때문이다. 그 무렵 나는 막연하게나마 재미있는 이야기를 쓰는 소설가가 되기로 작정을 해 버렸다.

할아버지의 의업을 이어받지 않고, 과일나무를 가꾼 아버지는 본인의 불효를 내가 대속(代贖)해서 의사가 되기를 바랐었다. 그 갈등의 와중, 나는 고3 말까지 의과대학 지망을 숙명으로 받아들이다가, 끝내 고개를 젓고 소설가가 되기로 혼자 결심을 했다.

그런데 그 나이에도 이 땅에서 소설만 써서는 먹고살기 힘들 것 같아, 일단 국어선생이 되기로 계획을 세웠다. 그러나 의대 지망에서 갑자기 국립사대 국문과 지망이 쉬운 일이 아니었다.

그 당시 국립사대가 3개였는데, 서울사대는 시험 과목에 제2외국어가 있어서 짧은 시간에 준비하기가 도저히 불가능했다. 공주사대와 대구사대두 개를 놓고, 지도에서 고향에서부터 거리를 재어보니, 공주 쪽이 조금 가까웠다. 좋다. 공주로 가자. 계룡산도 있으니까 도 닦는 기분으로 가서 소설가가 된 후에 하산하자, 그렇게 결정을 해 버렸다.

그런데 입학하고 나자, 그해, 1학년 때 4·19 혁명이 일어났다. 이듬해에는 또 5·16이었다. 20대 초, 민감하던 나이의 외부적인 이 충격들 속에서 가족적인 불행도 연달았다.

손아래 남자 동생이 죽었고, 어머니는 병으로 쓰러지고, 아버지의 과수원은 육지에서 처음 시도했던 귤 재배의 실패로 잡초밭이 되어 갔다. 혼돈과 상실감, 그 외로웠던 좌절의 젊은 날들. 탈출구는 유일하게 소설을 써서 그 무한한 상상력의 공간을 통해 나를 보상받는 방법밖에 없었다.

하지만 소설가가 되는 것이 그렇게 만만한 게 아니었다. 나는 대학의 수요문학회 회장을 맡아, 이를 갈면서 회원들과 토론하고, 또 밤새워서 소설을 썼지만 신춘문예에서는 계속 낙방이었다.

많은 것이 고통스러웠던 젊은 날이었다. 속을 부글거리며 고향에 내려가서는, 이제 비봉산 중턱에서 꺼내온 해골 조각을 바바리 안주머니에 휴대용 막걸리 잔으로 넣고 다니다가, 부둣가 대폿집에 들러 그 잔에 술을 따라 마시기도 했다. 너무 외로웠다.

2천 매짜리 『장편서사시 전봉준』을 쓴, 이제 고인이 된 장효문이 그때 서라벌대를 다니면서 우리 과수원에서 멀지 않은 곳에서 살았는데, 그 친구는 제 방 사면 벽을 새까만 종이로 도배를 해놓고, 벽에다가 "김동리, 서정주, 그대들을 내 언젠가 문단에 추천하리라!" 시건방지게 제 선생님 두 분을 자기가 추천하겠다고 써 붙여 놓고 악을 쓰며 시를 쓰고 있었다.

나도 계속 쉬지 않고 쓰기는 썼다. 마지막 졸업을 앞두고는 소록도 나환자들의 꿈과 그 한계, 절망을 담은 「하늘을 색칠하라」를 써서, 그 당시 제일 현상금이 많았던 〈서울신문〉 신춘문예에 우편으로 보내놓고 나는 고향

바닷가로 내려와 버렸다.

　새해가 되었는데도 나는 여전히 지난해처럼 신문사에서 아무런 연락도 받지를 못했다. 내 문학적 능력의 한계를 쓰게 곱씹으며 나는 부둣가 대폿 집에 앉아 외투 안쪽 호주머니에서 해골 조각 술잔을 꺼내 거기에 술을 받아 마시고 있었다.

　그날이 1월 5일이었을 것이다. 밤이 깊어서 몇 명인가 어깨동무를 한 채 바다에다 오줌을 내갈기고, 악을 쓰면서, 비틀거리며 녹동 우체국 앞을 지나게 되었다. 그때 내 얼굴을 아는 우편배달부가 그 시간 나를 발견하고는 내 우편물이 많으니 가져가라는 것이었다.

　한아름의 우편물 속에서 신춘문예 소설 당선 축하 편지와 엽서들이 우르르 쏟아져 나왔다. 작가와 연락이 안 되어 우선 당선소감을 싣지 못하고 당선작을 발표하니, 작가는 급히 신문사로 연락을 바란다는 1964년 1월 1일자의 신문까지 그 속에 끼워져 있었다.

　지금 같으면 상상도 안 되겠지만 전화는커녕 전보마저 더러 증발하던 1964년의 이야기이다. 심사위원은 황순원, 최정희 두 분. 지금은 두 분 다 고인이 되셨지만, 나는 그날 이후, 20여 년이 지나서 황순원 선생님을 지도교수로 학위 논문을 썼으니, 황 선생님과의 인연은 길고 질긴 것이었다.

　그 새벽 일찍 죽은 동생 무덤 앞에 가서 모처럼 실컷 울었다. 네가 다 살지 못했던 삶, 형이 작품을 통해 대신 살아주겠노라고 중얼대면서.

　그러나 당선이라는 것 자체가 소설 쓰기에 있어서는 새로운 시작이었을 뿐, 세월이 많이 지나, 또 새해를 맞지만 글쓰기란 늘 또 시작하는 일이라는 것을 지금의 나는 안다.

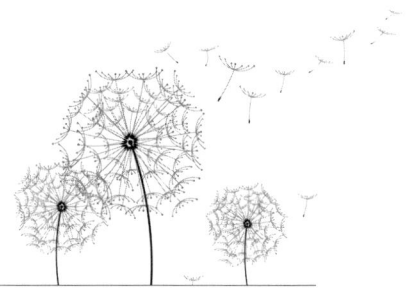

당선이라는 것 자체가

소설 쓰기에 있어서는 새로운 시작이었을 뿐,

세월이 많이 지나, 또 새해를 맞지만

글쓰기란 늘 또 시작하는 일이라는 것을 지금의 나는 안다.

글쓰기는 미완의 영원한 내 꿈이다

민 병 기

나는 농촌에서 태어나 소년기에 무명옷 입고 지게질했고, 청년기부터 도시에서 교사로 근무했고, 장년기엔 컴퓨터로 인터넷을 검색하며 연구했다. 이렇게 농경·산업·정보화 사회를 순차적으로 경험했다. 세 겹의 문화층을 체험하며 일관된 하나의 꿈을 품었으니, 그것은 글쓰기였다.

나는 유년 시절부터 내 꿈을 소설 쓰기로 이루려 했다. 고교 시절까지 입시 때문에 소설을 많이 읽지 못한 나는, 대학 시절부터 그 기법을 익히기 위해, 러시아·프랑스 소설을 탐독했다. 하지만 그 꿈을 나는 실현하지 못했다. 소설이란 읽기엔 재미있지만, 쓰기엔 참으로 괴롭다는 사실을 절감했다. 그 절망감을 견디지 못해, 글쓰기에 전 생애를 걸지 못했다.

소설 쓰기를 보류하고 교직을 선택한 후에도, 그 꿈에서 난 자유롭지 못했다. 언젠가는 소설을 쓰겠다는 마음으로 현실적 패배감을 달래며 위로를 받기도 했지만, 그것은 잠시 동안이었다. 그보다 소설을 쓰지 못하고 있다는 초조한 자의식이 단단한 올가미처럼 내 숨통을 조인다고 느낄 때가 많아졌다. 그 압박감을 견디지 못해 소설 쓰기를 포기했다.

시 전공 교수가 된 이후, 난 당연히 시에 관심을 가졌지만, 그 창작이든 비평이든 양자 모두 내 생리에 맞지 않았다. 표현미를 위해 의미를 희생시켜야 하는 시창작이 내 체질에 맞지 않았다. 말이든 글이든 언어 텍스트에 내 생각·감정이 분명하게 담겨져야 직성이 풀리는 것이 내 체질이다. 의식의 피부 같은 체질을 나는 거역하지 못했다.

시의 중요한 기능이 모국어 정화(精華)인데, 이를 역행하는 시단의 풍토에 나는 또 절망했다. 이상(李箱)의 시처럼 난해한 추상시 경향이 한글 문화를 혼란스럽게 만든다고 생각했다. 시적 표현미보다 언어를 논리적으로 구사하도록 지도하는 글쓰기 교육이 사회적으로 중요하다는 것을 인식한 뒤로, 나는 시에서 논술교육(작문교육)으로 전향했다.

온 세상에 가득 찬 부조리처럼, 비문·악문이 판치는 한글 문화권에서, 나는 논리성이 분명한 글쓰기 교육의 중요성을 실감했다. 한국의 선진화를 위해, 한글을 논리적으로 구사하는 한글 정화운동의 필요성을 절실히 느꼈다. 모국어를 분명하고 논리적으로 구사하는 민족이 법 질서를 확립하고 조국 선진화를 이룩할 수 있다고 나는 믿는다.

우선 한국의 법치 문화 확립을 위해, 우리 법조인들이 간결·명확한 정문正文으로 한글을 써야 한다. 그들이 마침표를 쳐야 할 곳에 쉼표를 쓰며, 긴 문장을 쓰는 것이 관례가 되었다. 그렇게 절들이 많고 문장이 길어질수록 그 의미가 모호해진다. 따라서 소송 당사자조차 거의 판결문을 이해하지 못한다. 이유는 단어 자체의 난해성보다 문장이 지나치게 길고 절이 많은 데 있다.

글쓰는 법칙을 연구하는 분야가 문법이다. 하지만 문법학자들은 아무도 그 사실을 꼬집으며 개혁하기를 주장하지 않는다. 왜 그럴까. 답은 간단하다. 틀린 문장을 연구하면 새로운 이론이 나온다. 따라서 비문을 바르게 쓰도록 인도하는 연구를 하지 않고, 오히려 정당화시키는 연구를 한다. 그래야 새로운 이론이 탄생한다.

예를 들면 '나는 호랑이가 무섭다'란 문장이 있다. 주어가 호랑이인지 나인지 분명하지 않아, 이 문장은 비문이다. 바르게 고치면 "나는 호랑이를 무서워한다."이다. 그것이 정문이다. 비문을 연구할수록 업적은 많아진다. 주어가 겹치는 모호한 문장을 연구 대상으로 삼아 분류하고 체계화시키는 연구가 많다. 그런 연구 풍토에서 한글 쓰기 정화운동은 성공하기 힘들다.

예를 들어 다음과 같은 비문을 정문으로 고치는 연구는 없다.

나는 술이 싫다. → 나는 술을 싫어한다.

나는 꽃뱀이 무섭다. → 나는 꽃뱀을 무서워한다.

나는 냉커피가 마시고 싶다. → 나는 냉커피를 마시고 싶다.

백인은 눈알이 파랗다. → 백인의 눈알은 파랗다.

흑인은 피부가 검다.→ 흑인의 피부가 검다.

LED 전구는 한국만이 백열등보다 어둡다.

→ LED 전구는 한국에서만 백열등보다 어둡다.

계절은 봄이 최고다. → 봄이 최고의 계절이다.(최고의 계절은 봄이다.)

이 책상은 먼지가 많다. → 이 책상에 먼지가 많다.

산은 말이 없다. → 산은 말하지 않는다.(산은 말을 못한다.)

생선은 참치가 맛이 최고이다. → 참치가 최고 맛있는 생선이다.

서울은 강남이 집값은 제일 비싸다. → 서울에선 강남의 집값이 제일 비싸다.

한국은 여름이 비가 제일 많이 온다. → 한국에선 여름에 비가 제일 많이 온다.

아름다운 사람은 머문 자리도 아름답다. → 깨끗하게 머물면 자리도 아름다워진다. (깨끗하게 머물다 떠난 사람이 미인이다.)

우리나라는 대통령이 법을 어겨 헌정을 파괴하는 위기에 처해 있다.

→ 대통령이 법을 어겨서, 헌정이 파괴된 우리나라가 위기에 처했다.

한국은 국민소득이 2만 불이 넘는 선진국의 문턱을 넘어 섰다.

→ 국민소득이 2만 불 이상인 한국은 선진국의 문턱을 넘었다.

한국의 이공계는 글쓰기가 두렵다. → 이공계 한국인들은 글쓰기를 두려워한다.

이상 주어가 겹치는 문장(이·삼중 주어문이나 주어 충돌문)들은 모두 주·술어가 어긋나는 비문들이다. '나는 밥이 싫다.'란 문장에서 주어가 '나'이고 서술어가 '밥이 싫다.'란 절로 본다면 의미상 호응은 되지만, 절 자체가 틀렸다. 이 절에서 주어 '밥'과 서술어 '싫다'는 의미상 어긋난다. 이렇게 서술절이 틀렸으니, 당연히 그 문장도 비문이다. 따라서 주어가 겹치는 문장은 모두 비문이다.

또 '신은 죽은 것인가.' 같은 문장도 서술어 오류의 비문이다. '것이다'로 끝나는 문장들이 한글문에 많은데, 그것들이 거의 비문이다. 또 서술어가 '때문이다'로 끝나는 모든 문장들은 주·술어가 어긋나는 비문들이다. 주·술어 호응관계를 꼼꼼히 따져 보면 분명히 틀린 사실이 드러난다.

여기서 비문이란 비논리적이라 틀린 문장이란 뜻이다. 현행 학교 문법책에 논리성과 일치되지 않는 면이 많다. 특히 주어가 없는 문장들이 많다. 예를 들면 "어느 이른 아침이었다."나 "내가 퇴근하는 길이었다." 같은 문장들이다. 문법학자들은 논리성과 문법성을 일치시키려고 노력하지 않는다.

비문이 모이면 악문이 된다. 쉼표와 마침표를 의도적으로 혼용하며 악문을 쓰는 법조인들의 관례를 그들은 스스로 개선하지 않는다. 자신들의 권위를 유지하는 수단으로 삼는다. 더욱이 '직업적 이득'을 극대화하여, 그

특권을 계속 누리려는 집단적 이기주의 때문에 악문이 계속 남용되고 있다. 변호사나 변리사 같은 인기 높은 직종에 종사하는 지식인들은 고수익을 유지하기 위해, 악문을 악용하는 '언어적 장벽'을 스스로 허물지 않는다.

법학자들은 물론 문법학자들도 관심을 갖지 않는다. 기존 문인들 역시 그런 사실을 인정하지 않는다. 악문이 많아 혼탁한 한글 환경을 개선할 주인공은 바로 미래의 작가들이요, 이 책의 주 독자인 문창과 학도들이다.

문학의 길을 가려는 그대, 꽃신은 신었는가

등록 1994.7.1 제1-1071
1쇄 발행 2013년 5월 6일

지은이　🅦 전국대학 문예창작학회
펴낸이　박길수
편집인　소경희
편　집　김문선
관　리　위현정
디자인　이주향
펴낸곳　도서출판 모시는사람들
　　　　110-775 서울시 종로구 경운동 88번지 수운회관 1207호
전　화　02-735-7173, 02-737-7173 / 팩스 02-730-7173

인　쇄　상지사P&B(031-955-3636)
배　본　문화유통북스(031-937-6100)
홈페이지　http://blog.daum.net/donghak21

값은 뒤표지에 있습니다.
ISBN 978-89-97472-37-6　03800

이 도서의 국립중앙도서관 출판시도서목록(CIP)은 e-CIP 홈페이지 (http://www.nl.go.
kr/ecip) 에서 이용하실 수 있습니다.
(CIP 제어번호 : 2013003042)